出版说明

文化交流是中俄两国进行经济、政治以及其他领域深层次交流的重要基础和前提，是两国寻求更深层次合作发展的重要途径之一，具有极为深远的当代价值和意义。为了进一步服务中俄合作领域的哲学社会科学研究，为我国文艺作品繁荣发展、中俄文化交流以及“一带一路”建设贡献积极力量，我社结集出版了王士燮先生的俄罗斯文学经典翻译作品。

王士燮先生为我国资深俄苏文学翻译家，在俄罗斯文学翻译领域具有深厚的积淀和学养，此次结集出版的翻译成果有《叶夫根尼·奥涅金》《死魂灵》《烟》《青年近卫军》《普希金传》等经典译本。

译文集多数篇目由原始版本辑录。对于个别原始版本中的前言、后记、附录等内容，并非俄文原版图书内容的，均不收录，译者本人所写译者序等予以保留。

丛书旨在突出译者翻译作品的原貌，故在编辑过程中，只对作品中会影响读者理解的明显讹误进行了订正；考虑到翻译版本年代久远，对于个别词形、人名以及事件名称的表述，我们以现有的文字规范和译名规范为准；除作者原注外，亦保留译文在初次出版时的译者注，供读者参考。

出版前言

在整个中国翻译界，黑龙江的文学翻译是一个独特的景观。大批俄语文学翻译家在此诞生，得以培养，其人数之多，翻译作品之繁盛，都蔚为大观。虽然由于地理位置特殊，有些成就很大的翻译家在国内的名气未必高扬，但细察他们的成就，却令人感叹不已。

黑龙江俄语翻译人才的成长，离不开一所学校。1944 年，周恩来同志提出了为新中国准备外语干部的要求，积极主张加强外语人才的培养工作。中央决定将中央军委俄文学校扩建为包括俄文系和英文系的延安外国语学校。1946 年初，党中央从培养俄文军事翻译的实际需要出发，决定把延安外国语学校迁至哈尔滨复校。1946 年 11 月 7 日，东北民主联军总司令部附设外国语学校正式成立。学校是军事干校性质，专门培养军政翻译。1948 年底，东北全境解放，东北民主联军总司令部附设外国语学校改归东北局和东北人民政府领导，改名为哈尔滨外国语专门学校，成为当时培养革命俄文干部的主要阵地。1953 年，我国大专院校进行调整，哈尔滨外国语专门学校改名为哈尔滨外国语专科学校，归高等教育部领导。1956 年，哈尔滨外国语专科学校更名为哈尔滨外国语学院，这所学校也就是现黑龙江大学的前身。许多著名的翻译家就毕业于原来的哈尔滨外国语专科学校，如赵洵、李锡胤、郝建恒、徐昌汉、王士燮、姜长斌、高文风、刁绍华、张会森、王育伦、孙维韬、王忠亮、赵慧晨、甘雨泽、黄树南、宋嗣喜、金亚娜等。

王士燮先生从 1955 年起就开始从事翻译工作，经验丰富，治学严谨，成果显著。王士燮先生曾先后参加一系列重大翻译项目，是翻译苏联科学院编《俄语语法》(共3卷)的骨干学者。在20世纪60年代，翻译出版了阿克肖诺夫的《带星星的火车票》,反响很好,这使其深受鼓舞,决心在翻译事业上下一番功夫。早在1963年9月,他就译出了普希金的《叶夫根尼·奥涅金》初稿,“文革”开始后译稿搁置。1970年,王士燮先生在插队的时候,于农忙之余又对初译稿进行了逐字逐句的推敲,最后定稿是在1979年,1981年12月由黑龙江人民出版社出版。该书于1991年由浙江文艺出版社推出修订版,其最显著的艺术特色便是它的抒情性,作品中始终贯穿着诗人自己的形象,贯穿着作者的声音。这种特点集中体现在作品中27处之多的“抒情插笔”,其中,有作者对人物的贬褒,有对事件和场面的评论,有对往事的追忆;有的严肃庄重、富于哲理,有的尖锐激烈、锋芒毕露,有的诙谐幽默、妙趣横生,有的画龙点睛、入木三分;有些“插笔”与人物和情节的发展息息相关、丝丝入扣,有些“插笔”看似与人物或事件无关,其实并未离题。正是这些多角度多层次的“抒情插笔”,扩大了作品的容量,深化了作品的内涵,加强了作品的感染力。和其他的译本相比较,王士燮先生的译本不追求诗歌形式上的相似,而是以能够表达作者原意为主旨,无论是从理解深度上,还是从语言风格上,王士燮先生的译本都被公认为我国已有的五种译本中较好的译本,在1987年的“苏联诗歌翻译座谈会”上博得好评。《苏联文学》杂志中报道此次座谈会的文章将王士燮先生列为我国苏联诗歌翻译的第三代译者,名列第二。王士燮先生翻译的多部文学经典作品在国内影响深远,为俄语文学翻译领域学者提供了重要参考和借鉴。

王士燮先生还从事翻译理论研究,不断总结自己多年来的翻译经验,已发表论文《从翻译标准到翻译学》、《文学翻译的特殊要求》和《谈译者风格》等。

本文集收录了王士燮先生一生翻译的多部成果,包括《叶夫根尼·奥涅金》《死魂灵》《烟》《青年近卫军》《散文的诗意——巴乌斯托夫斯基散文集》《梅花鹿——普里希文散文集》《普希金传》等,旨在全方位展示王士燮先生在俄罗斯文学翻译领域的深厚积淀和学养,进一步服务于中俄合作领域的哲学社会科学研究，为我国文艺作品繁荣发展、中俄文化交流以及“一带一路”建设贡献积极力量。同时，本文集中的翻译作品，为国内语言学工作者以及渴望提升俄罗斯文化积淀的专业读者提供了全面丰富的文献资料，为加强中俄文化交流、促进中俄关系的健康发展提供了重要支撑，具有良好的社会效益和学术价值。

目　录

散文的诗意——巴乌斯托夫斯基散文集

梅花鹿——普里希文散文集

散文的诗意

——巴乌斯托夫斯基散文集

巴乌斯托夫斯基和他的散文

康斯坦丁·格奥尔基耶维奇·巴乌斯托夫斯基生于1892年,卒于1968年。先后就学于基辅大学和莫斯科大学法律系。因第一次世界大战而辍学,当过电车司机、卫生员、冶金工人、水手,十月革命后参加过红军。在《海员报》和罗斯塔社担任编辑,直到1932年《卡拉布加兹海湾》一书出版,开始成为专业作家。接着发表了《查理·隆谢维尔的命运》《科尔希达》《黑海》《北方故事》等。从1945年开始写自传体长篇小说《人生的故事》,以个人经历为线索描写了从19世纪末到20世纪30年代的俄国和苏联的广阔生活画面,可惜没等完成作者便与世长辞了。他的作品得到高尔基和罗曼·罗兰的赏识。1965年他曾被提名为诺贝尔奖候选人。

巴乌斯托夫斯基论年龄与费定同岁,比富曼诺夫只小一岁,然而论成名的年代却要晚一些,不能不说是大器晚成。他在念中学的时候,就在1911年发表过短篇小说,这可能是由于中学语文教师的影响,所以从那以后他换过很多职业,都是为了充实生活,直到1932年发表《卡拉布加兹海湾》,才一举成名。

卡拉布加兹海湾,现名卡拉博加兹戈尔湾,在里海东岸,属土库曼斯坦,盛产芒硝,可提炼硫酸盐,20世纪初曾经成为多国争夺的目标,帝俄和苏联都曾多次派出考察队,直到该书发表为止,苏联也只是拟议建造化学联合工厂。就是这么一个不起眼的地方,被巴乌斯托夫斯基用游记的形式写成几起几落的故事,并拖着一个为人类储存热能而防止地球毁灭的光明的尾巴打动广大苏联读者,并博得高尔基和罗曼·罗兰的好评。更有甚者,作者游历梅晓拉之后,写出《梅晓拉地方》,从此这块地方成为旅游度假胜地,自然景观遭到破坏,作者为此而受到普里希文的责难。

巴乌斯托夫斯基跟普里希文一样,也爱写大自然,爱写游记。但是巴氏的游记更符合传统形式,巴氏不仅写处女林式的自然风光,也写人类征服大自然的成果,如《海的诞生》就是写伏尔加河和顿河之间的运河的。但是另一方面,他又呼吁保护大自然。如果说普里希文"想为人们哪怕保存几小块这样原始的土地"的话,那么巴乌斯托夫斯基则具有更现代的观念,主张改造大自然,同时又尽一切力量保持生态平衡。

巴乌斯托夫斯基在苏联是有名的散文大师,巴氏热在苏联从60年代开始,在我国俄语界当然是"文化大革命"以后的事。学俄语不读巴氏作品,尤如不读普希金的诗一样。巴氏散文优美在哪里?一般都说是抒情情调。连巴氏的短篇小说,也富有抒情,就像优美的散文一样。比如短篇小说《电报》,严格说是对忘记了老母亲的女儿的责难。但是故事情节和叙述语言都那么轻松自然,使你读过之后,更多地感到的是惆怅而不是愤慨。所以我觉得,巴氏的抒情笔调是奠定在作者的审美观或审美角度上。上面说过,不起眼的梅晓拉在作者笔下就写活了,变成人人朝拜的地方。再如坐轿车途中遇暴雨,本来是最令人苦恼的事,可作者偏偏不顾别人的批评,把闪电中出现的白桦树和火红色的狐狸写得栩栩如生,令人叹为观止。

本集收入的前11篇,包括各类文字,其中关于卫国战争的就有5篇。这些文字不仅反映出作者的爱国主义精神,而且反映出作者在战场上的真实感受。"我们侧身望着,等待轰炸。炸弹尖啸一声,大地发出叹息,接着一片爆炸声,尘土四起,有一块热弹片落到附近的泥土里。我躺着望它。它闪耀着死亡的蓝光,我觉得它那尖利的钢碴儿恰恰表现了德寇的恶毒和卑鄙。"

第12至18篇是关于苏联作家的纪念性随笔。其中有写老一辈的,也有写同辈的。从这些文字不难看出作者性格随和,对每位作家都能发现人之所长,而不去吹毛求疵。尤其是关于格林的一篇,可以说是为格林立传。因为除开《红帆》之外，格林的生平几乎不为人知。关于费定的一篇好就好在写出大作家的平凡处。这里的文字大多选自 1958 年出版的六卷集，又从 1983 年出版的 9 卷集补进两篇（关于爱伦堡和费定）。关于普里希文的取于《人生的故事》。前 11 篇是按发表年代编排的，第 12 至 18 篇是按被写的作家出生先后编排的，这样似乎读起来更方便些。

最后一篇《散文的诗意》，是作者谈散文写作的技巧的，也顺便谈到《金玫瑰》（一译《金蔷薇》）一书的写作过程。当作家又同时研究创作的人，为数不多，所以巴氏这部《金玫瑰》可以说难能可贵。尤其是作者不是用议论文的体裁，而是用小说和故事的体裁，用轻松的散文笔调写来，就写得饶有趣味。像《夜行车》就脍炙人口。作者对语言的研究，虽然经过翻译难免失去光彩，但是他那种钻研语言的精神，向老百姓学习语言的谦逊，不都值得后人学习吗？译诗固然难，译好散文也颇不易，如有不到之处，敬请指正。

（本文在辽宁教育出版社 2000 年版《散文的诗意——巴乌斯托夫斯基散文集》的译序基础上略做修改）

施密特中尉

赫尔松草原渐渐消失在傍晚的黄尘里。海上是暴风雨过后的长浪。夕阳炎热而暗淡，低悬在古老的碧绿的海面上，干燥的暖风从南方什么地方吹来，大约是从安纳托利亚海岸。

暮色中，轮船驶过一座小岛的凄凉的海岸。天上的星星剧烈地颤抖，桅杆吱吱嘎嘎响，只有发动机发出均匀的叹息。

从高高的船长桥楼上传来喊声：

“别列赞！”

红旗呼啦一声顺着桅杆落下来。

大家都脱帽致敬。

驾驶室里的舵手转过饱经风霜的结实的脸庞，隔着玻璃窗久久地注视着岛上。

岛上埋葬着发动黑海舰队起义的施密特中尉①。施密特和跟他一齐遇害的水兵们的尸体，被疾驰的炮车碾为平地，连墓坑都是马蹄刨出来的。

这就是施密特中尉。他在塞瓦斯托波尔墓地上发出的誓言震撼人心：我要把所有的力量和智慧，把我的生命献给复兴祖国的事业！据说施密特讲演的口才远远超过饶勒斯②。当他在法庭上讲演时，警卫都放下了步枪，而法庭上的庭长——一位老团长——也为之落泪。

---

① 彼·彼·施密特(1867—1906)，塞瓦斯托波尔苏维埃委员，1905年率领“奥恰科夫号”巡洋舰起义，失败后被害。——译者注

② 饶勒斯(1859—1914)，法国社会党领导人，曾任工人国际法国支部右翼领袖，创办过《人道报》。——译者注

“我死得很荣幸，因为你们执行枪决时一定要把我绑在立柱上，而这根柱子将成为奴隶制的俄国和自由的俄国之间的界标。”

有个当时在场的人说：“我永远也忘不了他的面容，他那双炯炯有神的眼睛和他那自豪的神态，永远忘不了这位‘光明的演说家’，他有一颗赤子的心肠，他在临死前那么自然地提到基督，真令人感动。”

施密特是意志的化身，是一种不可战胜的精神力量，凡是缺乏意志的人在他面前都抬不起头来，或者羞愧得无地自容。他不带任何武器来到军舰上，号召水兵起义。水兵们洗耳聆听，连老将军们都默默无言、毕恭毕敬地送他下船，情不自禁地佩服他那达到疯狂程度的勇敢。

“奥恰科夫号”起义、圈套、在狱中度过最后的日子……

岛上起雾了，笼罩在一片灰色的暮霭中。天上几颗大星星凝然不动，也显得暗淡，我们的船高举着桅杆上白色的灯火，向昏暗的远方和无边无际的海洋驶去。

这是平淡的一天。天气凉爽。地点很偏僻，是在奥尔洛夫省的一个被人遗忘的县份。庄稼沙沙作响，大路上扬起白色的尘埃。我来到一座大村庄，正街有三里长，村头的牧场上还有一座旧教堂。想歇歇脚，便踅进邮政所所长的办公的地方。

屋内很闷，天棚低矮，墙上糊着发黄的旧《俄语报》，只是窗台上摆着凤仙花。我顺手翻看一本厚厚的、已被翻脏了的明信片册。等我翻到最后一页，突然好像有一把尖刀扎在心上。

这最后一页贴着施密特中尉的照片。旁边印着他的誓言。我读了一遍，立刻意识到，所有这虚度的年华，这充满模糊的渴望和期待的岁月，都不是真正的人生，缺乏勇气。又领悟到，所谓模糊的期待，就是对健康、自由而欢乐的生活的向往，施密特正是号召我们去为这种生活而斗争。

我走时已经黄昏了。松树林被风刮得呜呜响。心里一直想着施密特，想着这个用自己的一生创造了一个最悲壮动人的传说的人。

去年我又来到塞瓦斯托波尔，在施密特的遗体迁葬整整一年之后。

果园里扁桃花盛开,雪白的和淡粉的花瓣撒满小径,这正是克里木的春天,明净而平和。海浪如梦如痴地拍打着赫尔松涅斯古城的遗址,每到黄昏船厂一带便在暮雾中闪烁着一条条金链似的灯火,天空中不时掠过探照灯惨白的光带。我在教堂街上施密特常去的一家住了三天。女主人清楚记得他,说他是一个沉默寡言、谦虚而腼腆的中尉。

于是我明白了:施密特是大海所哺育和培养的人。大海给予了他广阔的视野,使他养成大胆和自由思维的智慧。我想到这个严肃而腼腆的人是如何锤炼自己坚强的意志力的,如何怀着对人类的纯洁的信念,并且时时刻刻爱护它,而他正是因为怀着这种信念而被枪杀的。当我想到这一点时,似乎感觉到,施密特是离不开大海的,离不开这清爽的风和这腼腆而纯洁的海滨的春天……

1917 年

白教堂

不久以前，红军部队发动强攻，收复了乌克兰的白教堂市。我的祖父——一个慈祥的老人，生着一对蓝眼睛，银发飘洒，和我的父亲，都在那里土生土长。我小时候也常常到那里去。所以我很难想象在这座城市里进行残酷的坦克巷战的情景。说得更准确，不是巷战，而是在林荫路上交锋——这座城市有宽阔平静的林荫路，路旁长满蒲公英，路上被太阳照得暖洋洋的，飘逸着杨树叶子和莳萝的芳香。

请设想一下在莎士比亚的故乡斯特拉特福或者英国的另一座古城——伦敦人到了那里，不仅在夜里，而且在白天可以听到树叶的沙沙声和公鸡的喔喔啼鸣——如果发生巷战，该是什么情景。

白教堂是一座古城，曾是乌克兰首领的都城，城郊有一座庞大宏丽的亚历山大花园，一度曾归叶卡捷琳娜二世的女儿勃拉尼茨卡娅伯爵夫人所有。普希金和密茨凯维奇都曾经游览过。这座花园使人觉得进入了童话世界。树木高大茂密，经常笼罩着淡淡的烟雾——可能由于阳光照射，也可能由于雨的湿气。树林里常常有野鹿出来到喷泉旁喝水。而喷泉直接从草丛里，从野玫瑰丛里、旱金莲丛里向上喷溅。花园的地势越来越高，可分上好几层，所以光线和色调也有许多层次，其中的魅力和深邃的秘密，恐怕只有天才的柯罗①才能传达出来。

亚历山大花园里有罗西河流过，河水深而清澈。河面上长满睡莲。在我小的时候，这条河流经花园的地方，用生锈的铁链子拦住，以免小船进来撞坏睡莲或惊走栖息在河里的天鹅。罗西河流经市郊，还

① 柯罗（1796—1875），法国画家，擅长风景画，以丰富的阴暗色调和幽雅的银灰色调著称于世。——译者注

要穿过阿夫拉登山。这座山不过是喀尔巴阡山的余脉，由于年代久远，河水一直冲刷到山根底下了。于是在乌克兰大草原的心脏有一条山溪被红色的花岗岩岸夹在中间，形成许多瀑布，响声不绝。

我的童年最初就是在白教堂度过的，这座古城坐落在乌克兰一片片淡蓝的和金黄的田野中间。在我的记忆里，它好像落在马齿苋蔓生花上的一颗温暖的露珠，好像当地用来烧炉子的麦秸的香甜烟味，好像老祖父给我讲的故事——他在尼古拉朝代当过兵，常讲远征色雷斯的故事。

整个夏天，祖父都住在养蜂场的窝棚里。蜜蜂都喜欢他，据他说是因为老人说话的声音温和，再就是他从来不吸烟。我小时候常听他唱歌，他的声音沙哑刺耳，唱的是古代扎波罗热哥萨克的歌曲。这歌声有时带有草原的忧郁，有时变成热烈欢快的节奏。老祖父还记得从前乌克兰还没修铁路的时代，他曾经跟着大车队，赶着灰牛，从克里木拉上盐和鱼干儿，送到基辅。

当时白教堂还住着许多耍手艺的犹太人——钟表匠、皮具匠、鞋匠和马车夫。他们都很穷，但是善良而快活。他们常常送给我罂粟籽糖，有时是陶笛或复制的画片。每当我母亲坐到钢琴旁弹琴的时候，庄严的琴声传到街上古老的杨树中间，邻近的手艺人便都汇集到窗前，坐在草地上聆听，还不时摇头晃脑。然后老车夫门德尔赶着马车悄悄走来，停住车，并不下来，坐在那里听肖邦或柴可夫斯基的乐曲。他的老马站在那里睡着了。乐曲弹完了，门德尔摘下帽子，用帽子擦擦眼睛，对我母亲说：

“您真是个伟大的演员！但愿您能长命百岁！”

6 月，到了乌克兰民间的伊万·库帕拉节，在闷人的夏夜，地平线上不时有电光打闪，正是庄稼成熟的季节，市郊的河面上便会飘来许多用野花编成的花环，花环上还放着点燃的蜡烛。这是乌克兰姑娘的一种算命的游戏——谁的蜡烛燃烧的时间长，谁的寿命就长。

关于这座城市的美妙和诗意我还可以写上许许多多，可惜既没有篇幅，也没有时间。

如今白教堂被收复了。德寇是职业的杀手，他们毁坏了城市，在山沟里枪杀了数以百计的和平的手艺人，砍光了亚历山大花园的树木。但是正像老祖父的歌中唱的，还没有一种乌云不被乌克兰热烈的太阳的光芒刺透。

乌克兰将在灰烬中得到新生，还会开遍鲜花，茂密的树木还会沙沙响，还会歌声飘扬，人民还会从事壮丽的劳动。

1944 年

克里木的春天

我们的军队进入了克里木。攻占了占科伊。攻占了刻赤。在这些夜里，塔夫里达低矮的星空已经在我们战士的头顶上燃烧。它总是在琼加尔和锡瓦什湖对岸欢迎我们，一到占科伊，想象到再过几小时便可看到南国的风光，不能不令人感到欢快的心跳。那塞瓦斯托波尔的蓝色的港湾、无数的舰船、黄色的码头，纷繁杂陈，令人眼花缭乱。还有那盛开的扁桃花，还有那亲切的黑海水光接天。黑海是大地上最优美的大海之一。

我们知道，克里木已经被破坏了，被德军的士兵的大皮靴践踏了，但是它又要成为我们的土地。我们知道我们会解放它。德寇在我们珍爱每棵树、每个拐弯的茂盛的花园里，放肆地嬉笑。德寇把英雄城市塞瓦斯托波尔变成一片瓦砾场。

德寇玷污了克里木神圣的土地。但是我们知道，我们会解放克里木，我们的克里木，那里的海角的巉岩峭壁沐浴在蓝天和水光之中，而大海把落叶送到悬崖的脚下。克里木使我们每个人都想让时间停住，以免失却青春的感觉。在克里木的生活，好像大海的早晨一样，总能令人精神振作。在那里的生活已接近顶颠，黄金世纪清晰可见。克里木对我们说来，永远是激发灵感、充满诗意和宜于创作的土地。

整个克里木，包括路旁的石头，都充满着伟大的回忆。普希金曾到过这里，到过古尔祖夫。关于克里木他写过天才的诗句：“一条浮云散了。”列夫·托尔斯泰在克里木写出了最早的描写卓越的俄国士兵的短篇小说。为了保卫克里木，几位“出身水兵”的伟大将军，如纳希莫夫和科尔尼洛夫献出了生命。在克里木举行过“波将金号”起义，在克里木施密特中尉进行过斗争,契诃夫在奥特卡的小白房里写下了令人惊叹的短篇小说。红军正在攻打彼列科普。在这块土地上成长的成千上万的渔民、水手和农民为祖国贡献出多少胜利和欢笑,多少热爱自由的思想。

凡是到过克里木的人,离开它的时候都会带走对这片多石的土地的永生的爱——克里木就是有一种突如其来的魅力。

我们的军队进入克里木。不久整个半岛,从刻赤到塞瓦斯托波尔两岸之间的光辉的土地,都要赶走厚颜恶狠的法西斯匪徒。首都上空礼炮轰鸣,传遍莫斯科近郊的森林,报告费奥多西亚、苏达克、雅尔塔、阿卢普卡、巴拉克拉瓦、辛菲罗波尔、塞瓦斯托波尔——直至整个克里木的解放。

我们要恢复克里木。它那肥沃的土地、充沛的阳光和海上的清风都会帮助我们。克里木沿岸入夜的海面上又会摇荡起万点灯影,花园里又会开满鲜花,太阳又会照耀,葡萄园和黑海的松林又会散发出沁人心肺的气息。

我们欢迎克里木的解放者。我们为他们而自豪。我们对他们感到艳羡。是他们第一批踏上克里木的土地。他们将第一批看到克里木的春天,他们得到了多么伟大的荣幸,多么伟大的光荣和喜悦。这将是解放的春天:克里木多雾而清爽的 4 月——大地开遍鲜花,每分每秒都会有几十亿的树叶萌芽,花苞绽放。战士们面对着这被解放的土地上烂漫的春花,来到黑海之滨,望着大海,情不自禁地摘下钢盔,舒胸呼吸:“这真是宝地! 如今永远属于我们了!”

1944 年

南方的巴尔米拉

1941年8月，我们撤离敖德萨。夏季多雨。频繁的阵雨不时地落在当时已空旷但美丽的城市。从博斯普鲁斯海峡吹来的暖风，柔软的“近东风”霎时间就把路面吹干了。雨后只留下晒热了的大海和发黄的多孔的石灰岩的气味，凡是到过敖德萨的人都熟悉这种气味，因为敖德萨的房子就是用这种好像海石沫子似的石灰岩建造的。

我们在撤退，但是我们心里清楚，我们很快就会回到这座城市——这是一座富饶乐观的城市，它那快乐振作的精神一直影响全国。

过了梯利丘尔湾，我们在草原里露宿。给我们开车的司机不肯睡，坐在大卡车的踏板上吸烟，一边望着西方，西方漆黑的天空里，升起一片无声无息的黄色的火光。

“又空袭敖德萨了。”司机说，“那里打仗，可这里静悄悄的，只能听见苞米沙沙作响。”

司机沉吟一会儿。

“我是不是疯了？”他自问自答地说，“整天只想着一个念头：等我回家的时候，回到敖德萨的兰日隆，该怎么走。我会慢慢儿走，碰碰每家的栅栏门，摸摸每棵金合欢，仔细看看——也许这金合欢被德国鬼子的毒弹打伤了。我就像个小男孩子似的，坐在这儿瞎想。多可笑！”

谁也没搭腔。他说的话一点儿也不可笑。

我也在想象，到时候我该怎么走过整个敖德萨回到法国林荫路，在那茂密的果园里，时时都有蝉叫，微风吹动小路上斑驳的光影。我要穿过被太阳晒热了的整个市区，每一步都停下来，看一看，想一想，而这些回忆和穿街而过的海风会使我的心跳得更沉重。

我来到叶卡捷琳娜街和杰里巴斯街的拐角。这里每到傍晚常有女孩子卖花。盆里放着凉水，装着一堆堆的玫瑰、芍药和丁香。花顶上的树枝上还点着灯笼。尽管街角上电灯通明，但是旧传统还是保留下来——卖花姑娘们自己带来灯笼点上，于是柔和的光辉跟花香混合在一起。到了海滨林荫路。长着一排排老树——法国梧桐。斜坡下面就是海港——庞大无比，烟雾缭绕。防波堤上从早到太阳落都有一群敖德萨老人——他们爱嘲弄人又爱发牢骚——在那里钓快活的鲭鱼。

沃龙佐夫灯塔。检疫港。早在1854年①，敖德萨就从这里给予了敌人第一次回击。当加默兰舰队攻击敖德萨时，正是晓戈列夫准尉率领一个炮兵连驻守此地。敌人有350门大炮一齐开火，炮兵连坚持了6个小时，开始用4门大炮还击，后来用2门，最后用1门。敌舰遭到俄军顽抗，终于撤退。

敖德萨奠基者黎塞留纪念碑。敖德萨人都亲切地称他为“公爵”。公爵举起一只铜臂指向大海，仿佛在赞美黑海的辽阔和蔚蓝的水光。

市剧院。普希金街。1941年7月，普希金住过的小屋被炸弹炸毁了。只剩下一块断壁，上面的纪念铭文还完好无缺。有一棵打坏了的金合欢也斜倚在断壁上，树叶还没枯死，微风吹来哗啦响，还把影子投落在铭文上。普希金就是在这座小屋里开始写《叶夫根尼·奥涅金》的。

港口里的斜桥。西班牙式平房。敖德萨有名的铁皮路的隆隆声。海关上的旗。花园、拱廊、帕列－罗亚尔的法国旧式建筑、喷泉和到处都是一片蔚蓝的大海。

敖德萨市场。这里值得来看看听听。蔬菜堆积如山，带着露水，有西红柿、茄子、青椒，还有西瓜和香瓜，大块发绿的羊奶干酪，摆在包铁皮的柜台上的扁扁的比目鱼，都值得一看。小贩和买主之间的对话

---

① 克里木战争（1853—1856）时期，英法舰队曾攻打敖德萨。——译者注

洋溢着快乐,值得一听,市场上还有一排排胖胖的渔妇,守着装小鱼的鱼筐。听她们亲切地吆喝:“买点儿猫食吧,太太!买猫食吧!”

通向海边的台阶多么壮观。据敖德萨人说,世界上哪儿也没有这么好的台阶。这并不是自己吹嘘,的确如此,有历史价值的“伦敦大旅社”,它那白发苍苍的服务员,半个俄国都知道。凉爽的地下室里卖塞尔查矿泉水和用长颈玻璃瓶装着的五光十色的糖浆。每到秋天散发着炒栗子味,每到春天散发着深色紫罗兰味。

海港里的造船台、沙坝上的蒸汽磨坊和工厂。生锈的铁锚、石油和盐水的气味、泥疗的咸湖、卢扎诺夫卡疗养地的广阔的海滨浴场——而这一切都沐浴在南国正午的干燥的阳光中。

敖德萨人到处都开玩笑——不论在机关、在大街、在电车里还是在市场上。玩笑说得俏皮而恰中要害。这是由于他们有过多的乐观和才气,也由于阳光和热度过剩。

敖德萨真是地杰人灵,造成一批有才能、有文化又有活动能力的人。敖德萨培育出一批杰出的作家、诗人、画家、政治家、音乐家、学者和航海家。

巴格里茨基、维拉·英贝尔、卡达耶夫、斯拉温、伊里夫、彼得洛夫、奥列沙、基尔萨诺夫①,都是土生土长的敖德萨人。描写敖德萨的小说和诗歌,数不胜数。敖德萨独特的生活题材俯拾即是。只有懒惰和冷漠的人才看不到这一点。信手拿来哪一篇写敖德萨的短篇小说,都可作证。

库普林在敖德萨住的时间并不久,就写出不少出色的短篇来。如描写敖德萨的一位犹太老人发现了牛顿的二项式,却不知道有牛顿这

---

① 巴格里茨基(1895—1934),苏联诗人,原姓久宾。他的诗歌充满革命浪漫主义精神。维拉·英贝尔(1890—1972),苏联女诗人。她的长诗《普尔科沃子午线》曾获奖。卡达耶夫(1897—1986),苏联作家。作品已译成汉语的有:《团队之子》《雾海孤帆》等。斯拉温(1896—1984),苏联作家。伊里夫(1897—1937),原姓法因济利贝格,经常与彼得洛夫(1903—1942)合作写书,后者原姓卡达耶夫,他们的代表作有《十二把椅子》等。奥列沙(1899—1960),苏联作家,以写童话长篇小记而著名。基尔萨诺夫(1906—1972),苏联诗人。擅于写政论诗,曾获国家奖。——译者注

个人存在。还有《冈布里努斯》里的音乐师萨什卡。而卡达耶夫的《雾海孤帆》里所描写的一切,直到被吮干的柠檬皮被大海抛到岸上来,都渗透着敖德萨生活的特色。

这座城市着装华丽,跟南方的大多数城市一样有些轻佻,它适宜于劳作和娱乐,但是到了 1941 年秋,却处于正面对敌的地位。不过敖德萨没有发抖。快乐变成了疯狂,乐观变成了对敌人的仇恨,说笑变成了勇敢。

敖德萨进行了顽强残酷、不屈不挠的战斗,不肯向敌人让出一寸土地、一块石头。敖德萨的保卫者表现出整个民族的骄傲。无论是水兵,有波将金舰和奥恰科夫舰的接班人,还是沙坝和摩尔达万卡的工人子弟,还有赫尔松帆船船长的儿子和大喷泉、多菲诺夫卡和奥维迪奥波尔的渔夫子女,都站在最前线,站在最危险的岗位,被子弹打起的白色尘土眯了眼睛,落满耳朵和嘴——他们是黑海哺育的一代勇敢快活、不亢不卑的人。

敖德萨又被我们攻克了。它那勇敢和苦难的历史还没有讲完。

敖德萨会以不可思议的迅速从灰烬和废墟中得到新生和繁荣。它又会把轮船的汽笛声、歌声、笑声、钢琴的和弦和果园里茂密的树叶的沙沙声洒到海面上。

1944 年

生活

1941年夏,我们躺在蒂拉斯波尔附近的草原里,侧着身子从胳膊肘底下望着德寇轰炸机低空飞行,照直朝着我们飞来。大地是干热的。天空飘着几片灰云。有个怪念头萦绕脑际,排遣不去,总觉得这些云彩上落了很厚一层尘土,是被战争炸翻了道路而从地上飘上去的。

这些灰云整天都发出低沉的轰鸣,不知里面有多少发动机。于是我第一次对这些灰云、对落日、对雨云感到一种敌意,总之,凡是德国的黑色"福克-武尔夫"飞机能用作掩护而悄悄飞来投下带呼啸声的炸弹的一切,都会引起我的仇恨。

我们侧身望着,等待轰炸。炸弹尖啸一声,大地发出叹息,接着一片炸裂声,尘土四起,有一块热弹片落到附近的泥土里。我躺着望它。它闪耀着死亡的蓝光,我觉得它那尖利的钢碴儿恰恰表现了德寇的恶毒和卑鄙。

"你呀,"我心想,仿佛在跟弹片谈话,"本应该打死我。他们就是为了这个目的才把你铸造、打磨出来,还给你装上炸药。可惜你打偏了,没有完成任务。"

弹片落的地方,开着一朵不知名的小花——难道我们田野生长的野花都能叫出名字来吗?

细细的茎上长着一串筒状的小白花,花尖上有一圈黄。样子很像黑豆,但不是黑豆;是一种不起眼的小花。微风吹来,花茎轻轻摆动,于是我突然闻到花味——略带苦涩,但有清新感,令人想起草原上的黄昏,夜里的凉气突然吹拂着盛夏的土地。

我摸摸花茎，不禁想到："这真是两种生活。弹片意味着战争，而小花象征着和平生活，现在这种生活离我们大家都很遥远，但是我们正在为它而战斗，人人心里都怀念它。"

最近几年我们过着一种特殊的生活。透过战争的浓烟和轰隆声，我们看到晴朗的天空、江河明媚的水光、森林的葱葱郁郁、篝火的青烟，看到我们过去的一切，家园和亲人。那没有享尽的幸福被战争打断，变得十分遥远，不能不令人痛苦，但是我知道，这一切都会回来的，而且比以前更加百倍地亲切。只有咬紧牙关，战斗到最后一口气。我国人民之所以能赢得胜利，因为他们曾经经历过伟大而理智的生活，因为他们享受过幸福，有过自己的土地，他们劳动过，他们爱过，还因为我们俄国人是善良而有才干的人。

一个没有过去、没有爱过的人，怎么会拼命厮杀呢！只有伟大的爱才能产生无穷无尽的恨。这一点我们都有亲身的体验。所以我们跨入战后的新生活，会更加平静而有智慧。

我们谈到爱，我们知道这爱指的并不仅仅是人，而且指他周围的一切，指跟他有联系的一切。其内容要比他多得多。既包括所读的书、有过的争论和会面，还包括所爱的人曾经经过的全部生活历程。

谈到胜利，也可以这样说。对胜利的感情也离不开个人的经历，比如遇见什么人，听到什么话，离不开跟1945年美好的5月的寒冷的日子有联系的种种想法。

我们每个人都清楚记得战争开始的那一天，同样，每个人也清楚记得胜利是如何到来的。

正值深夜——按照古老迷信的说法，正是孩子在梦中长个儿的时候。莫斯科一到夜里这个时候，白天的闷热便会涤荡殆尽，而树木和湿草的气息，还有城外什么地方开的稠李的花香，便会充溢空旷的大街。深夜的凉意很像海风，仿佛是黑海的劲风吹遍了莫斯科。

我就是在这样的深夜里突然被一个男孩子的喊声惊醒了。我侧耳倾听。"胜利了！胜利了！胜利了！"外面有人气喘吁吁，用响亮的声音喊道。

我跳下床走到窗前。有个男孩子顺着胡同跑来，一边敲墙敲窗，一边喊："起来吧，——胜利了！战争结束了！起来吧！"在他的喊声里显然含着眼泪。

外面家家都打开了灯，可以看到高兴得顾不上穿衣服而显得散乱的人影。

我穿上衣服，走到外面的夜风里，走到大街昏暗的凉意里，走到一生中唯一一夜的欢乐的黑暗里。头上看不见的红旗已经哗啦啦地响起来，被风吹向西方，在西方近几年来第一次平息了爆炸声，而幸福的平静降临所有的战场，让那些疲倦而幸福的战士蒙胧入梦。

我走到石桥上，想尽量清楚地瞻仰这不平凡之夜的欢腾景象。大街上还没有人，可是整个莫斯科已是万家灯火，明窗辉煌——仿佛家家都开始了有如仙境一般的节日。

在我眼前，5 月 9 日的朝霞已经升上寒冷而晴朗的天空。克里姆林宫大教堂的圆顶上缓缓露出深厚的蓝色，并倒映在平静的河面。东方有一颗淡蓝色的星星渐渐熄灭了。几片白云被抛到令人头晕的高空，在昏暗中闪闪有光，预告着太阳的升起。

除开我之外，桥上还有几个行人。他们站在青铜的桥栏旁，仿佛在期待着什么。有一位白发苍苍的小老头儿，穿着帆布裤子，朝我转过身来，伸出手，只说出两个字：

"嗯，这回……"

他长出一口气，转过身顺桥走去。忽而又停下脚步，用双手搔乱头发，笑着问：

"这么说，我们还活着？同志们！"

有一个年轻女人从桥上匆匆走过，几乎带小跑。她没戴帽子，也没扎头巾——风吹乱了她的轻松的头发。她走到小老头儿跟前，停下脚步，抱住他的胳膊，亲了一下，笑了笑，又朝前跑来，吻了我一下，然后又匆匆地消失在这不平凡之夜的蓝色里。这一闪而过的温暖、陌生然而亲切的气息，微笑的眼神，匆匆的脚步，不知哪个激动的高射炮手放的孤零零的金色火箭，火箭在水面上的闪光，突然袭来的一股凉意，树叶的气味,不知从何处黑暗的远方涌来的春天的气息!

于是我领悟到:这一切就是生活,是生活的各种细节——这就是幸福时代的不易觉察的开端,这就是美好的生活的开始,我们在战争年代一直把它藏在心灵深处。

如今它就在这里,伸手可及。这是它的第一道闪光。生活就存在于内心的平静中,存在于苏醒的欢乐中,存在于灯火里、朝霞里、小老头儿的问话里、兄弟般的匆匆一吻里、克里姆林宫瑰玮的宝塔里和令人眩晕的深切的激动里,这是因为预感到一种应该得到而又令人难以置信的幸福。

1945 年

看水的女人

我用空罐头盒从船里往外舀水。这个罐头盒原来是装肉的,镀上青铜色,在太阳底下反照出耀眼的黄光,一群男孩子把它当成金的,提出用一个上了锈的罐头盒换我这个"金罐头盒"。但是被我拒绝了,因为我也喜欢这个盒子。我是在沙滩的水底下找到它的,它在水里闪烁着晶莹的光辉,的确像一块真金。

"不够意思!"这些男孩子生气地说,"反正是从船里舀水,用什么罐头盒子还不行!"

这时有个人影落到船上。我抬起头。码头上站着一位白发苍苍的妇女,戴着眼镜,身上穿的黑连衣裙已经被太阳晒得褪了色。她手里拿着一个挺大的玻璃罐头瓶。她身旁站着一个白头发的小男孩,光着头光着脚,却一脸严肃的神气。

"同志,"妇女说,"请允许我搭您的船到水库里去一趟,只要 5 分钟就行。取水样。不用您划船。谢尼亚可以替您划。"

我同意了。船离了岸。码头退到一边,立刻展现出水库一片蔚蓝的水面,两岸的混交林像墙一样把水库夹在中间。从远处根据叶子的绿色可以辨别出陡峭的沙岸上长有赤杨、白桦和松树。

岸边的水中摇曳着新生的慈姑丛。太阳把细细的光线照进水底。从森林里吹来一阵暖风,徐徐盘旋,送来了花香——岸上的椴树已经开花了——然后又把花香送到远处——送到小岛,送到伏尔加运河,一直送到莫斯科。

"水库!"这个女人说,"这个字眼儿不错。真名副其实。"

"您说什么?"我问。

“库里储存水，”妇女回答说，“要看管水干不干净。您看多清亮？”

她用罐头瓶子舀一下子水，迎着光看。水果然清澈透明。恨不得把手伸进去，体验一下它的纯洁和清凉。

“您就是看这水的吗？”我问。

女人微微一笑。

“就算是吧。”她表示同意地说，“我监视这水是否纯洁，经常分析。这水是供给莫斯科的。”

“那又怎么样？”

“这水可太好了！战争期间这里很平静，没有人住，水澄清的。没有什么人来扰乱它。”

“水呀，”谢尼亚说，“是大自然的奇迹！这是老师给我们讲的。”

“不光是水，”我回答说，尽量跟谢尼亚攀谈，“空气也是奇迹呀。还有大地。还有树叶里的叶绿素。还有草。大自然里的一切都好像奇迹。”

“水是最大的奇迹。”谢尼亚反驳说，“没有水一切都会死的，大地上一点儿生命也没有了。所以您也就用不着空气了。大地本身也会变成尘土和石头。从前莫斯科周围缺水，可现在您看！湖连成湖。多么辽阔，连海鸥一下子都飞不到对岸。要找个地方休息。”

谢尼亚停顿一会儿，又问那个上年纪的女人：

“克拉芙季亚·谢尔盖耶夫娜，当初修堤的时候，只一条河就憋成这么大的湖来吗？”

“那还用说！”女人回答，“我们这条河水可多去了。”

“为什么说这是你们的河？”我问，“您在这里住很久了吗？”

“很久。”女人回答说，“整整40年。开头我当小学教师来着。后来就看马夫林馆。您听说过这个馆吗？”

“听说过。”

“就是因为这个美术馆我跟谢尼亚成了朋友。”女人说，“你还记得吗，谢尼亚？”

“记得。”男孩子回答说，“一辈子也忘不了。”

“怎么回事?”我问。

“也没什么大事，”女人回答说，“1941 年 10 月，德国人打到这片湖边，快到马夫林了。”

“炮弹就落到这周围。”谢尼亚补充说。

“是呀，敌人用大炮轰。”女人表示赞同地说。“您可以设想我当时的处境。或者更准确地说，我当时的心情。”女人纠正说。“秋雨连绵……运河上没有船。跟莫斯科失去了联络，尽管离莫斯科很近。一点儿都没有动静。就我一个人守在馆里，走在花园里。就像发傻一样来回走。在池塘边一站就是几个小时，静静地听着。不知什么地方传来炮声。飞机也隆隆飞过。只有水里一片平静。浮萍早已沉了底，所以可以看得很远。如果附近什么地方发生爆炸，图画馆的玻璃窗就会哗啦响，池塘里的鱼也会蹿出水面。只见金色的鱼鳞一闪，就又钻进水底。景象挺奇怪。

“花园里树叶都落了。显得光秃秃，空荡荡的。馆里冷，也空落落的。它好像被判了死刑，等待自己的时辰。周围一个人也没有。只有我一个人。我不知道该怎么办。连个商量的人也找不到。”

女人沉吟了片刻，把瓶里的水倒出去，又舀一下新的。

“是呀……后来到了这天晚上。这是最可怕的一夜。傍晚下起雨加雪。大风加上阴雨！池塘泛起铅一样的浪。天空也跟铅一样，几乎是漆黑的。风在窗户里，在树枝间呼啸。乌云很低，就像烟似的掠着地面飞过。好像只要一伸手就可以抓住它。炮声越来越近。哪怕有一个人来也好。没有人可以说句话。没有人可以打听周围的情况。但是我猜到情况不妙，今夜德国人就能打到这儿。‘怎么办?’我想。‘总不能把这些艺术品留下来让德国人糟蹋吧? 这是我们的，是俄国的，世代相传的，就在莫斯科跟前。不！’我想，‘什么也不能留给德国人。他们会偷走，会糟蹋，会运回德国。说什么也不能留。宁可我自己毁了它，也不能留给德国人。’我拿定主意了，也不知从哪儿来的那股劲。到了深夜，一片漆黑，花园里狂风怒号，树木摇晃，我找到麦秸，一抱抱地抱进馆内大厅里，幸亏我还留着煤油。我把十公升煤油藏在地窖里。我只怕麦秸是湿的，点不着。”

“麦秸不着，光冒烟。”谢尼亚插嘴说。

“就是，光冒烟。”女人表示同意地说。“我抱够了麦秸。走进一间客厅，在沙发上坐下，就像出远门临走之前要坐下来告别一样。我坐在那里什么也不想。只听着树枝敲打玻璃窗，好像要告诉我说：‘你这是打的什么主意，克拉芙季亚·谢尔盖耶夫娜？你这是要干什么？’我这么听着，好像有人在大厅里走动。不禁害起怕来，可别有什么人来会碍事。我跳起来，划着火柴，就扔进麦秸里。火着起来，我从火光中看见谢尼亚站在门口，一只手抓住铜把手，脸色煞白，全身发抖。好像只用嘴唇轻声说：‘您这是干什么，克拉芙季亚·谢尔盖耶夫娜？’与其说我是听到的，不如说是猜到他说的什么。‘走开！’我喊道，‘不关你的事！这里的任何东西我都不能留给德国人！’他没有搭腔。扑到麦秸跟前，往四外扔，用脚踩。我拉住他。‘你不能踩灭！让一切都烧掉！你给我走开！’可他用恶狠狠的目光看着我，回答说：‘嘿，您呀！害怕了！相信德国人了！我们的人一定能打退他们，怎么也不会让他们打到这，可您要烧房子，人民不会感谢您的！’说着就大哭起来。”

“我没哭。”谢尼亚生气地说，“我只是骂您了。这是真的。”

“好吧，没哭。”克拉芙季亚·谢尔盖耶夫娜说，“你还真成了了不起的英雄。这时我才好像大梦方醒。‘是呀，他说的对。’我想，‘他是正确的。难道说我们的人真会挡不住他们，他们都到了我们的心脏，到了莫斯科，还不把他们打回去？’我甚至觉得发烧了。”

女人沉默不语了。

“到底怎么样了？”我问，“没烧吗？”

“没烧。”女人回答说，“我们把火踩灭了。我有些清醒了，心也平静了，就听整个花园都哗啦响，就像所有的树都变成铁的了，互相撞击着，发出哗啦啦、轰隆隆的声响。‘这是怎么回事？’我想。原来是坦克。我们的坦克就像河水往前流，在这漆黑的夜里，把德国人打得落花流水，赶跑了他们。我大哭起来。这是因为太高兴了。”

“是呀，那天夜里真可怕！”谢尼亚说着笑起来，“从创世纪以来，还没有过这样的夜！”

“好，谢谢您的船。”女人说，“谢尼亚，靠岸。得赶快把水送到化验室。您喜欢这个地方吗？”

“非常喜欢！”我回答说，“莫斯科近郊有了一片新湖。”

“这是多好的地方！”女人说，“您看一看！岸边开满甘菊，就像下过初雪一样。”

1946 年

春水

农村消费合作社位于一座旧砖楼的二楼。春水泛滥，涨到商店旁边的山坡跟前。从商店宽大的玻璃窗，可以清楚看见水面上被风吹起的涟漪，而春水的远处消失在温暖的灰色烟雾中。这烟是从岸边的村子里刮来的，浮在水面上。

每年春汛的时候，商店里的人就特别多，人声嘈杂。有的人是来办节的——五一节快到了，有的人就是来转转——看看大水，唠唠家常。虽说是家常嗑，却也蛮有意思，因为也会涉及许多出乎意料的事，或者按商店售货员谢苗·伊万诺维奇的说法，是"转瞬即逝的人生百相"。

谢苗·伊万诺维奇好听这些家常，有时会把米撒在柜台上，或者打算盘时不免出错。这时他总是叹口气，并无恶意地说："这边干活，那边唠个没完。不怕把舌头唠干巴了！说也奇怪，哪来的这么多资料供你们唠的呢？"

"你别听呀！"这时顾客中就会有人朝谢苗·伊万诺维奇喊道，"你干你自己的活，别东张西望。别人喜欢唠，你也管不住。"

"是这个理儿！"集体农庄的木匠伊万·波塔佩奇说，"这大水一天比一天涨，你去管管试试。如今日子好过了，就像这大水一样痛快。所以大伙才有嗑唠。"

有个火气大的老太婆，拿眼打量谢苗·伊万诺维奇，吐字不清却怒气冲冲地说：

"亏你想的好主意！要过节了，你想封住大伙的嘴！"

"去你们的吧！"谢苗·伊万诺维奇准备不再搭腔了，"你们就唠吧，哪怕喊破喉咙，关我什么事。”

好唠嗑的人往往都坐在磨得发亮的旧板凳上，在开始谈话之前，一定要用马合烟卷成烟卷，发议论地说：

“是呀！现在净出啥事儿！”

“净是麻烦事！”商店的常客中会有人说，“真是说不清道不明。”

在这段开场白之后，再进入正题。首先谈谈春汛、种子，听说来了新的挖泥煤机，又说老牛感到春天来了，想要到野地里去，整天闹圈，五一节听说莫斯科可热闹去了，敲锣打鼓，连这里也听得见，奥卡河上又有了新轮船（“白净净的，就像要出嫁的姑娘”），议论起给教师盖的新房子，唠唠怎么种果树，怎么泡药酒。

商店里抽烟抽得烟气腾腾，窗外在一片灰色和寂静中，春天停下脚步，仿佛在谛听树干里汁液轻轻的流动声。据说要把耳朵贴在白桦树上，就可以听到这种微弱的响声。人们说什么的没有！有的还瞎编呢。不过大地上的春天毕竟安静下来了，仿佛在倾听自己的呼吸声。也许正是由于这种不易察觉的呼吸，长出毛毛狗的柳树才把黄色的花粉撒到清澄的水里。

我总觉得如果有谁，没看见过温暖的春天，天边上低垂着灰色的云，没看见过平静的河边开花的柳条，没看见过柳条在水里映出的倒影，谁就不了解我们俄国的姗姗来迟的春天。同样，如果有谁没有在春水泛滥的河面上吸一口寒冷的空气（不知为什么，这空气还带有石油味），或者没有注意到，在尽管还没有鼓足力气的太阳照射下，从已经腐烂的落叶底下，眼见钻出嫩绿的草芽，谁也不会了解俄国的春天。

春天可以有许多征兆，不过最准确的征兆就是人内心里苏醒一种快活的注意力，人要注视每个绽开的花蕾，注视每个淡淡的打卷的叶子，注视从屋顶上掉下来的每个水滴，水滴在掉落的刹那间，好像一颗小白太阳一样从眼前闪过。

所以说，消费合作社里唠的家常嗑，唠得最多的还是春天。

不知什么时候，一个叫帕莎的小女孩走进商店。她原来是个孤儿，在集体农庄的幼儿园里长大，后来被邮递员格鲁妮亚收作女儿。

这个格鲁妮亚可是全村有名的正派人。

给集体农庄打更的德米特里·马卡雷奇，是个脾气好的老头儿，买了一大块粉红色的水果糖送给帕莎。小女孩低下头，涨红了脸，接过糖，悄声地说："谢谢米特里爷爷！"

德米特里·马卡雷奇的举动，当然引起普遍的兴趣，大家便议论纷纷。况且他在送糖之后，还情不自禁地给帕莎讲起童话故事。这类童话故事并不复杂，在我们俄国中部地区有的是。

"你呀，这块糖，"德米特里·马卡雷奇对帕莎说，"留着过节吃。不要马上咬。"

"我不咬，老爷爷，"帕莎高兴地回答说，"我不会现在就尝。我要留着。"

"真乖！"德米特里·马卡雷奇朝着商店里所有的顾客说，接着又重复说："真老实，真听话。为什么会这样？因为她是孤儿。"

"你说话小心点儿。"头发白得像亚麻的老头儿马利亚文说。

"这事儿她知道，知道她是孤儿。"德米特里·马卡雷奇为自己辩解地反驳说，"她知道得清清楚楚。帕莎，你听我说。从前，后妈可好虐待前房孩子。不管黑天白日。这事你不知道，因为你是靠国家把你养大的。我从前也是孤儿。从前怎么管孩子我可记得很清楚，不是用擀面杖揍脖颈子，就是用炉叉敲脑袋瓜。就是这样！后妈用炉叉打我，留下一辈子的伤疤。"

德米特里·马卡雷奇摘下皮帽子，不过并没让帕莎看，又挺随便地戴上皮帽子。他满头毛茸茸的头发，白头发跟棕红色头发掺杂在一起，所以很难断定他是属于哪一种"毛色"（这是他自己的说法）。

"你听我说。后妈可能欺负前房孩子去了，千方百计虐待他。可他又无处可去。总不能离家出走。家家都穷得叮当响，谁能收留你呢？连帽子都没得戴，何况多养一口人呢！唯一的安慰是跑到草甸子里，坐在冰冷的土地上大哭一场。有苦向谁诉去呢？风从草地上刮过，把小草刮得直摇晃，便又跑到湖上淘气去了，吹起波浪，摇摇柳条。这个风呀，脑子里装的就是风。从这个耳朵进去，从那个耳朵出来。

你就向这个轻浮的家伙诉苦去吧！一点儿用处也没有！还能向什么人诉苦呢？天上的乌云从头上掠过，向它们诉苦也没用。它们会干什么？会跟你一起大哭一场，下一场雨，把你浇个透心凉。它们的爱抚让你打冷战，得上感冒。上牙找不到下牙。可小草是聋子。它不懂人言。孤儿就这么坐上一阵子，哭上一场，然后用袖子擦干眼泪，还得回到后妈的家——哪怕在火炉旁的地板上过一夜，不挨冻，也不受潮。从前孤儿的生活就是这样。”

帕莎听着德米特里·马卡雷奇讲，用惊恐的眼睛看着他。

“你用不着害怕。”德米特里·马卡雷奇说，“不管怎么说，大地还是可怜孤儿的。自古以来我们就把大地叫作母亲，就是这个道理。歌中也这么唱：‘母亲——湿冷的大地。’这个你当然记不得。你也用不着知道这些。”

“米特里爷爷，大地是怎么可怜孤儿的呢？”帕莎用激动得发哑的声音问，“欢迎他了，还是给他吃的？”

“样样都有。孤儿的眼泪一落到地上，那里一定会长出亲娘后娘花①。你大概看见过？叶子挺大。上面发黑，下面好像长着白毛。叶子上面发凉，你要是把手伸到叶子底下，就会感到暖和和的，有一股热乎气。就像烤火炉似的。这样的叶子长大了，就可以庇护孤儿——让他感到温暖。孤儿往四下瞧瞧，树莓长满枝头，正想让孤儿把它吃掉。好吧，现在你可以走了。把糖拿回家去，收起来。”

帕莎还低头站了一会儿，然后抬起头，朝德米特里·马卡雷奇笑笑就跑了。她笑得非常好看，就像阳光突然在阴雨天照到开花的山楂树上。山楂树本来不被人注意，安安静静地立在那儿，突然被照亮了，树上的露珠通明，白花也闪闪发亮。它容光焕发，好像对您低语说：“您好！祝您走过我们的草地和树林时一路平安！”

“你干吗要讲这个故事？”售货员谢苗·伊万诺维奇问德米特里·马卡雷奇说，“你总好卖弄聪明，说话兜圈子，胡编乱扯，可你的话听不

① 指款冬花。——译者注

出来有什么特殊的意思。”

“唉，你呀，商业战线的工作人员！”德米特里·马卡雷奇懊恼地说，“不管什么事，你都要用卢布算，用秤称。听不出意思！”他模仿谢苗·伊万诺维奇的腔调说：“我是想说，我们从前是孤儿吗？是的！受过欺负没有？受过！你认为有人帮助过我们没有？没有！不论是沙皇，还是上帝和魔鬼，都没帮助我们。只有鹬鸟在沼泽里吱吱叫，好像跟我们一起诉苦——它的日子也不好过，冰冷的水没到膝盖，在沼泽里走来走去。从前孤儿的生活，如今只留下一点点记忆，就像烧开水时水上漂的沫子。”

“这个，谢苗·伊万诺维奇，要自个儿去领会。”老头儿马利亚文说，“每个故事都有引申的意思。”

“是暗示？”谢苗·伊万诺维奇问。

“就是就是！”德米特里·马卡雷奇喊了起来，“是暗示！我们小的时候受尽了苦，是好日子和关怀温暖了我们，我们才翻了身。我是指年纪大的人说的。至于年轻人，从摇篮里就赶上了新生活。”

“跟你们在一起，”谢苗·伊万诺维奇气冲冲地说，“非把脑袋弄糊涂不可。你们说的似乎有点儿道理，就是不大明确。”

“我们是大老粗，会有啥道理！”德米特里·马卡雷奇用嘲弄的口吻说，“自己哥儿们一听就懂，听不懂的人，连酒都不能一起喝。”

“说得对！”常客们异口同声地说。谢苗·伊万诺维奇啐了一口说：

“唠哇唠哇！不知你们哪来的这么好的口才？德米特里·马卡雷奇，你既然到商店来了，就应该办正事，买点过节的东西。”“我是要买东西。”德米特里·马卡雷奇表示赞同地说，“老太婆给我拉了一个单子。你就按这个单子来吧。”

德米特里·马卡雷奇掏出一张长长的纸条放在柜台上，纸条上用红铅笔写得满满的。

“不过，老兄，你别说故事不好。”他心平气和地说。

“我没工夫去听你们的故事！”谢苗·伊万诺维奇说，“我现在在干活。”

“我们就不干活了吗?”德米特里·马卡雷奇问,“你呀,亲爱的,有点儿架子大了。我早就发现了,一个人活得好好的,可是你一让他接触商品,接触糖呀酒呀,他就开始翘鼻子。这商品又不是你的。是国家的。”

“算了,算了!”听众又异口同声地说,“这时候犯不上吵架。”

谢苗·伊万诺维奇戴上眼镜,开始气冲冲地看德米特里·马卡雷奇的单子。

大家都默不作声。窗外明亮些了。水面突然发蓝了,闪闪发光,水上面的浮云分成一绺一绺地向远处飘散。

1953 年

迅风——摘自旅途笔记

莫斯科城郊的树林已经里里外外染成了金黄色。这种沙沙响的金黄色在风吹不到的冲沟里积累得特别多。而在高冈上风早把枯叶扫得一干二净，盘旋着送到遥远的地方。在远处，在10月秋阳的寒光里，落叶有时被风吹得满天飞，似乎连空气也变成黄色的了。

就在这一天，我们从莫斯科出发，开始西行。

路经博罗金诺战场①。战场上空雾气升腾，很像弥漫的硝烟。

四周冈峦起伏，是博罗金诺干枯的丘陵。这一带正是普希金、莱蒙托夫、列夫·托尔斯泰和成千上万的俄国人梦魂萦绕的地方。“整个俄国不会忘记博罗金诺这一天，不是没有原因的。”

在这片旷野里，彼埃尔·别祖霍夫应该遇见过在拿破仑的军队里当军需官的司汤达②。我用“应该”这个词，因为托尔斯泰的天才之笔已经把别祖霍夫写活了。甚至无法想象世界上并没有过这个慢性子的老好人。

迅风吹得胜利轿车的两翼呼呼响。在这风声中可以浮想联翩，比如我就想到这实际上不可能有的别祖霍夫和司汤达的会面。

他们能谈些什么呢？也许会谈到，在这古老血腥的历史及其连绵的战争和灾祸的同时，还有心心相印的纯朴的爱情故事，也许娜塔莎·罗斯托娃那颗芳心就在附近什么地方跳动。为了这颗心，赴汤蹈火也在所不辞。

在旅途的风声中，会有各种各样的念头浮现脑际！而风到这里恰

---

① 1812年卫国战争时，俄法两军在这里进行过决战。——译者注

② 司汤达(1783—1842)，法国著名小说家，代表作有《红与黑》等。——译者注

好找到了驰骋的地方——这里是莫斯科——明斯克公路，好像用水泥铺成的灰带子，从大地的这一头伸向另一头。

这条公路远离城市和乡村。虽能看到城市出现，它们也像幽魂一样从旁边一闪而过。

英雄城市维亚济马市①也跟这样的幽魂似的在暮色苍茫的山峦上匆匆掠过。于是沼泽地又开始奔驰起来，被秋天染红了的野草和桦树从迎面扑来。不时便有一带小树林陆续交替。

斯摩棱斯克城郊的第聂伯河像一条蜿蜒的细带闪闪发亮。两岸冒着雾气。

我们在第聂伯河畔停下车。迎面有个牧人赶着斑斓的牛群走来。他没按照古老的习惯，用沙哑的声音拼命地吆喝："往哪跑，这群魔鬼！"而是用现代的称呼代替它："哈啰，我的美人！哈啰！"牛群从车旁走过，亲切地望着我们，摇摇尾巴，好像想对我们说："您瞧，我们的牧人有多棒！"

到了黄昏，斯摩棱斯克这座多灾多难的城市出现在眼前。它就伸展在第聂伯河的陡岸上。

战争结束不到十年，而"被毁坏的城市"的概念，几乎踪影皆无。被毁坏的城市再也不存在了。被毁坏的斯摩棱斯克也没有了。在废墟上屹立着一座新城市。保存下来的房屋被纳入新的建筑群。只有斯摩棱斯克的远祖——旧要塞的土墙、大教堂和内城的城墙——默默保持着对往昔的记忆。

我们住在斯摩棱斯克的一家小旅馆里，窗外彻夜雨声喧嚣。房间的小桌上放着一束唐菖蒲，色调非常柔和。

环境整洁而安静。墙上挂着一幅石印画，就是《扎波罗热人给土耳其苏丹写信》。这幅画一路上比比皆是。当然不止这一幅，还有希

---

① 维亚济马市位于莫斯科与斯摩棱斯克之间，1812 年 11 月 3 日拿破仑退却路过此地，遭到俄军沉重打击。——译者注

施金①的《松林的早晨》和艾瓦佐夫斯基②的《九级浪》。我们行程4000 公里的旅程中,几乎没有一家旅馆、食堂或咖啡馆不挂这些画的。无论在维捷布斯克、普斯科夫,还是在纳尔瓦、考纳斯,到处都有那个胡须斑白的扎波罗热人捧腹大笑,热烈欢迎。而他那洪亮而无声的笑似乎到处追随我们。

这种场面终于把我们搞得不自在起来。当我们在奥波奇卡的食堂里第一次看到当地画家的优美的风景画时,不禁感到由衷高兴。可惜的是我们到底也不知道这位画家的名字。

清晨,灰蒙蒙的雨仍然笼罩着斯摩棱斯克。我到街上走走。在土墙和古柳之间,有一大片池塘闪出暗淡的光辉。从树上飘下几片灰色的枯叶,落到水面上,甚至连一点波纹都没有。

有个头发蓬乱的小男孩,蹲在池塘岸边钓鱼,脸冻得发青了。他这种强烈的爱好和耐心,不由得使我产生敬意。

在这清晨时刻,市内几乎空荡荡的,阒然无声。我不禁想到,这座城市经历了几多的暴风雨,又有多少富有才华的俄罗斯人成长在这里,就在斯摩棱斯克内城的城墙附近,在这杂草丛生的拱形街道上。

仿佛为了证实我的这些想法,从远处的扩音器里传来钢琴声,有个男高音唱道:

不要无缘无故
用旧情复燃来诱惑我……

这是斯摩棱斯克生人的格林卡③的作品。这种苦闷的词曲为清晨寒意增添了忧伤的情调。这令我想起了另一位斯摩棱斯克人特瓦尔多夫斯基的作品:《山外青山天外天》。这是产生诗歌的地方！诗歌就

---

① 希施金(1832—1898),俄国巡回展览派画家,主要画森林风景画。——译者注
② 艾瓦佐夫斯基(1817—1900),俄国画家,擅长画海景。——译者注
③ 格林卡(1804—1857),俄国作曲家。——译者注

诞生在这里——在砂黏土的道路上，在斯摩棱斯克一带潮湿的森林里。

这个头发蓬乱的钓鱼的孩子，令我想起了一位出生在斯摩棱斯克的出色的人，他是瓦西里·季洪诺维奇·博布雷舍夫，曾经当过《我们的成就》杂志的编辑。我们当中有很多人都认识他——长得瘦瘦的，两眼笑眯眯，浅色头发有一绺垂到前额上。他有某种类似俄国从前的手艺人的气质，很像列斯科夫①的《左撇子》。像他这种人，人们都称之为“好手”。

他很善于编杂志。他罗致了一群有才华的青年作家。而他像一切有才能的人一样，不管什么事都亲自动手——修理各种器具，修表，特别是会修八音盒，在高尔基大街的居室里养各种奇花异草，还喜欢到莫斯科郊外的森林里采蘑菇。

闲暇的时候，他用木头雕刻各种精致的小玩意儿。有一次他用铅笔刀把一整块椴木刻成连在一起的链子。

战争期间，他参加民兵，战死在故乡斯摩棱斯克城下。

正是天外有天，人外有人，斯摩棱斯克大地不断地为我们造就了卓越的俄罗斯人才——从普尔热瓦利斯基②和格林卡，到特瓦尔多夫斯基，从作家和猎人索科洛夫-米基托夫③到无疑实有其人的瓦西里·焦尔金——从焦尔金的作风看来，一定也是斯摩棱斯克人。

往维捷布斯克去的路，到了奥尔沙来个急转弯，向北奔去，进入沙丘和沼泽。在沼泽里先铺好树枝，再浇上沥青，就修成了公路。沉重的汽车走上去，公路便会塌腰，并且左右摇摆，很像下面安了很硬的弹簧。

斯摩棱斯克的大村镇全然不见了。代替它们的是白俄罗斯的小村庄。在热闹的斯摩棱斯克地区，男孩子看见汽车来，便把挺脏的帽

① 列斯科夫（1831—1895），俄国作家，善于描写民间的能工巧匠的命运。——译者注

② 普尔热瓦利斯基（1839—1888），俄国著名探险家，到过乌苏里地区和中亚。——译者注

③ 索科洛夫-米基托夫（1892—1975），苏联作家，写有游记和自传体小说。——译者注

子扔到车轮底下，这种景象当然也没有了。也看不见毛茸茸的大狗气急败坏地狂吠着，跟在可诅咒的汽车后面跑。

这里的村庄都空荡荡、静悄悄的——到处都在收土豆。

我们在林间的一座小村庄里停下车，走到一家农舍讨牛奶喝。有个哭脸悲悲的小狗崽蹲在门槛上，用铁链拴着。一看我们来，吓得藏到门斗里，吱吱乱叫，把大铁链子弄得哗啦啦响。

农舍屋里的墙上挂着集体农庄的宣传画。墙角上放着一台发黑了的纺车。

我转了一下纺车的轮子。轮子旋转起来，发出凄苦的吱嘎声。老太婆抱怨说，已经多少年没有人织布了，纺车成了孩子们的玩具。家织布虽然又狭又硬，却非常结实。

在纺车声和窗外的风雪声中曾经诞生出多少童话和民歌，曾经展现出民间歌谣的多少诗意！这些我们全忘了。我们忘记了普希金的“狂风吹起阴云，遮蔽了天空”一诗，正是在傍晚时候在纺车声中写成的：

或许是狂风的怒吼
使你疲倦，我的朋友？
或许你已打起了瞌睡，
尽管纺锤依然营营不休？

很久以前，还在童年时候，我就很想到维捷布斯克看看，究竟为什么，自己也说不清。我只知道拿破仑曾在这里停留过，还有画家夏加尔①曾在城郊的某个地方住过。这个画家在我青年时代曾以描写早已成为过去的受歧视的民族聚居区生活而名噪一时，震动整个欧洲。在成年人当中对他议论很多，争论也不少。

我很喜欢他那张《小地方的理发店》。画面上是一块歪歪扭扭的

① 夏加尔(1887—1985)，俄国画家，善于取材民间传说或圣诗故事画些非理性作品。——译者注

牌匾,匾上画着一个黑眼黑发的男人,穿着燕尾服,涂了满头肥皂沫,另外还有一株干枯的橡皮树和一面像美洲豹一样斑驳陆离的镜子,因为镜子的水银被腐蚀掉得一块一块的,所以它倒很像窥望彼世的窗口。

不知什么缘故,我一生中从来没见过维捷布斯克人。在我心目中,这个城市带有某种神秘色彩,也就可想而知。

我们对某种事物的想象,往往很少能与实际情形相吻合。然而维捷布斯克却正是如此。

我们到达维捷布斯克时,已经日落黄昏了。夕阳在德维纳河对岸已经渐渐暗淡了。在落日的余晖中,这座山城显得风景如画。

城里的冲沟、冲沟上的石桥、从前天主教和合并派的神学院的古建筑、新建筑的柱廊和耀眼的灯火,直到如今记忆宛然。我在任何地方也没看见过像维捷布斯克这样强烈明亮的灯火。

一到黄昏,维捷布斯克狭窄而舒适的街道热闹起来,给它锦上添花。这座城市融合了西方和南方的特点。

在维捷布斯克我们第一次跟司机有了密切接触。事情的原因是,我的"胜利"车从早晨起就发动不起来。有的说是"蓄电池不好使了",有的说是"继电器不灵",还有的说是"电流搭铁短路",又有的说大概汽化器进了尘土,也有人怀疑分电盘是否出了故障,有人默不作声,露出鄙夷的微笑,动手擦烛烧的炭渣,还有人说莫名其妙("它发动发动就断档,不过是耍牛脾气"),也有人聚精会神地摸摸发动机,把它转两下,直到最后来了个白发苍苍的老司机,说:"连小孩子都懂得,这种汽车要直接发动。"

但是每个司机在发动机里抠来抠去,不会忘记说,说真的,世界上没有比"胜利牌"再好的汽车了。这句话倒很令我们宽心。

后来我们大家齐心协力,推着汽车在维捷布斯克的中央大街上跑,惹得一群男孩子直打口哨。不过推也没起作用——汽车就是发动不起来。于是司机们拦住一辆过路的大卡车,用钢索把我的"胜利"拴上,围着一段街区拼命跑,终于把汽车发动起来,像科幻小说里常写的那样，它“冒出一团团的白烟”。

我们急于赶路，想马上就走，可是司机们说什么也不放，他们动手把汽车擦得崭亮，还给了我们好几十条忠告。

路上我们还跟许多司机打过交道，汽车又出了不少小故障。现在回想起来，似乎西北地方的全体司机无一例外地帮我们修过车。在这个过程中还了解到司机的一个最好的职业特点——他们爱自己的车就像爱人一样。每个司机都爱跟自己的车对话，都能找到许多亲切体贴的字眼。有各种各样的叫法：“有耐性的”“听话的”“好生气的”“能干的”“好折磨人的”，甚至还有“这不是车，这是小家伙”。

从维捷布斯克往北，是一片林木葱茂、湖泊遍布的地带。

我没曾想在中俄也有这种原始林的美和缤纷如画的景色。

数不清的湖泊蓝得发黑，长长的石冈，高高的山峦把冠状的云杉顶雍容地举到天边，林间空地上的巨石，泛着泡沫的冰冷的大河，河水的哗啦声和溅水声，带有草莓味和针叶树味的清冽的空气，山雀清脆的叫声和此呼彼应，带墓地的小村庄，它们那些可爱的名字——夜莺村、丁冬村、小鬼村，沼泽上空的满天彩霞和渐渐暗淡、仿佛永远沉默了的天空中的群星——这些景物我们觉得真不寻常，仿佛我们在古老的童话世界里迷失了方向。

公路忽而在林木之中上了高冈，忽而急遽地进入沟底。路两旁似乎有很多烈士合葬的公墓，尤其是在涅韦尔一带。这里曾进行过艰苦的战斗。

坟头放着一堆堆松枝和球花。白石竹花又从树枝底下生长出来。石竹花虽然干枯了，还没完全凋谢，发出一股淡淡的香味。

我不禁想到，为了这些田野和森林，为了用原木修建的村庄和流水潺潺的江河而牺牲的战士们长眠在这里，在多砂土的大地里，与普希金为伴，而普希金代表着我们的骄傲、我们的幸福和我们的爱。这里距离普希金山和米哈伊尔村已经不远了。

我们在普斯托什卡村停车。这个村子坐落在湖边的山冈上。灰蒙蒙的湖水像条带子，迤逦蜿蜒地伸进雾里。我们的车需要加油，我们跟两位妇女攀谈起来。她们好像是两姊妹，灰眼睛，黑眉毛，神态从容。她们听说我们从莫斯科来，十分惊讶（“这有多么远呀！”），并且可怜起我们来（“这要走多远的路，要在车上受多少罪呀！”）。

“你们这地方可真漂亮。”我对她们说。

“是呀，这里是挺好的。”年纪大一点的女人回答说，“不过我们的普斯托什卡可没法跟阿洛尔相比。那里才真美呢！你们走到阿洛尔，一定要停下车看看。”

阿洛尔这个名字很怪，而它的出现也很突然。轿车倾斜着从湖边的急转弯驶过，似乎车身一定会沾到深色的湖水。

这片湖一直延伸到地平线上。湖面似乎有些倾斜，刹那间倒映出许多火红的树叶、挺拔的黄芦苇和正要熄灭的落照。鱼儿溅水泛起的涟漪把这些倒影搅成一团，展现出北方秋天一切可能设想的色调。

所有这一切都一闪即逝，以便让位给像柱廊一样严整的造船材林和暮色苍茫的远方。

奥波奇卡上空刮着一阵阵阴冷的风。一团团的乌云从瓦房顶低低地掠过。雨点敲打着旅馆溅满白灰点的窗户。

在旅馆昏暗的前厅里，有个又矮又瘦的老头儿，戴着揉皱的帽子，坐在木沙发上。他一边抽着自己卷的烟，一边看书。天棚底下的电灯亮着，但也溅满了白灰点。

旅馆刚刚经过维修。散发着白灰味和擦过地板的味。炉火烧得正旺，发出毕剥声。

旅馆的女主人有个很响亮的姓，叫夏里亚宾娜①。她对我讲了她所以有这么一个姓的故事。她丈夫原来是村上的一般干部，有个浑厚的低音嗓子。所以赢得了夏里亚宾这么一个绰号。这个绰号叫惯了，民警在发身份证时搞错了，把绰号当成姓填进身份证，而她丈夫也没

① 夏里亚宾娜是女人的姓，男人应是夏里亚宾，跟俄国著名歌唱家夏里亚宾（1873—1938）同姓。——译者注

吭声，因为他喜欢夏里亚宾这个姓，觉得比原来的姓好。

坐在沙发上的老头儿撂下书说：

“我听过夏里亚宾唱歌。还不止一次。我在莫斯科音乐学院毕业。学作曲的。”

老头儿摘下帽子，突然用悦耳的男中音唱起舒伯特的《同相貌的人》，显然在模仿夏里亚宾的腔调，只是他的颤音有些刺耳。

女主人皱皱眉头，但是瞥了我一眼，宽容地笑了——意思似乎是说，这么个古怪的作曲家，拿他真没办法。

“献身艺术的人，”女主人说，“总是非常任性，不管什么规章制度都不遵守。跟他们在一起可倒霉透了！当领导的只好睁一只眼闭一只眼。”

为什么你又要提起
不久前我在这里的经历——
我体验了热烈的爱，
也忍受了巨大的痛苦！

作曲家唱道，攥紧干巴巴的拳头向前伸去。

夜里，奥波奇卡的上空，狂风肆虐。从窗户刮进来，把屋门都摇得吱嘎响。浓重的黑暗笼罩着大地。连明亮的街灯也无法把黑暗驱逐到城外去。

我猛然醒来，倾听风声，想象这一夜周围的沼泽里该是什么情景，感觉到这漆黑的秋夜多么令人不舒服，同时想到作曲家：他孤单单一个人，在这样的夜里怕更是难熬。

时钟敲过六下。有人从门前走过，然后听见走廊里洗脸池上的铜杆响了，作曲家那熟悉的声音又轻轻唱起来：

让秋风秋雨去呻吟哭泣，
让滔滔的河水阴郁地喧响……

于是我明白了，不论什么样秋夜和表面上的孤独，都不会使这种心地纯洁的人发愁。

早晨我们去逛市场，才第一次看清楚了这座宽敞而平静的小城奥波奇卡。

在石砌的广场两旁，有两座庞大的建筑，是亚历山大一世时修的。公园把最后几片叶子撒在旧城的土墙上。下面的韦利卡亚河喧响着，泛着泡沫，从城边流过，把水里的草冲得一绺一绺的。

韦利卡亚河上有座铁索桥。从桥对岸迎面吹来甜丝丝的安东苹果味和松木片味。

雨过天晴。云彩升入高空，渐渐稀薄。懒洋洋的阳光照在水坑上闪闪发光。这股凉爽的甜味似乎是来自这阴霾的早晨，来自奥波奇卡周围的森林和旷野。

市场上的大箱子里都装满了安东苹果。苹果好像是挑出来的——个个都挺大，鼓起的地方像陈蜡一样黄。苹果旁边堆放着新鲜的木雕制品——不涂漆的木勺、木铲、小木桶、小木耙，还有用树皮编的小筐。卖这些商品的是饱经风吹的农庄庄员，无论从他们身上，还是从他们卖的东西上都散发出树皮味和受冻的叶子味。

在往普斯科夫去的公路旁，有时可以看见低矮的黄房子——这就是普希金时代的驿站。

有一座驿站的门前，台座上立着普希金的半身像。我们不知为什么就断定，普希金在《驿站长》里所描写的悲惨故事就发生在这里。

往普希金山去的拐角上，有家茶馆，门前停着一排高大的亚麻收割机。普斯科夫一带自古以来就盛产亚麻。春天亚麻开花的时候，坐在飞机上向下看，整个普斯科夫州就像被天蓝色的水所淹没了。

眼下是秋天，大地上一片被烧过的黏土色。地平线上阴云密布，看样子要下雪。好像雪花马上就要无声无息地飘落在收割完的田野上，给它蒙上一层干爽的白布。

我们的车离普希金山越来越近，心情也就越来越激动，仿佛我们就要跟活着的诗人见面似的。

前面出现两根很轻的圆柱。大路从圆柱之间穿过。圆柱上钉着木制的竖琴。从这两根柱子开始就是普希金保护区。

竖琴的声音早就不可闻了,连博物馆里也见不到它。然而我们对竖琴无比亲切,因为普希金时常提起它。“我的心灵在我留下的竖琴里不会腐烂,比我的骨灰活得更久。”“杰尔查文和彼得罗夫曾拨动响亮的竖琴的琴弦,为英雄唱赞歌。”

在一条漫冈上出现了圣山修道院。普希金就埋葬在修道院的围墙旁边。

我们眺望着远处发灰的修道院。难道再过几分钟我们就会来到诗人的坟前吗?

阳光穿过乌云,照亮大地。大地突然呈现出一直被埋没的斑斓的色彩——褐色的野蒿、红色的羊铁叶、黄色的飞廉。

不过我们并没有能够去拜谒普希金墓。我们到普希金保护区旅社,睡意惺忪的女服务员说,墓地“关闭维修”。听到这种官腔,我们气坏了,很想教训这个没睡醒的女人几句,但是一想,也无济于事。

我们垂头丧气地驶向米哈伊尔村,在那里得到了对在普希金山吃闭门羹的补偿。

这是灰蒙蒙的一天,寂静无声,整个沉浸在懒洋洋的金色和潮湿的大地的气息中。这是普希金的秋天,然而似乎从一清早就睡意蒙眬。

米哈伊尔花园正在飘落最后几片叶子,但在故居房前的花坛上,紫菀依然盛开。奶娘住的小屋依然像往常一样动人,这是我国的军队赶走法西斯匪徒之后修复的。屋中低矮的天棚和台阶上的木圆柱也是那么动人。

淡淡的雾缭绕在正门两旁的古老云杉之间(这些云杉大部分被德国人给砍了),反照出银光,雾气还笼罩着黑黝黝的池塘,笼罩着安娜·凯恩小径的椴树和小湖与彼得湖的铅一般的湖水。透过雾气隐约可以看见沙丘和沙丘后面的三山村。

“我又旧地重游，当初我被流放这里，无声无息地度过了两年……”

花园里来了一群吉卜赛人。我们在普希金山就看到了他们的队伍。

吉卜赛人走到奶娘的小屋跟前，悄声地谈论什么，然后一拍手，吉卜赛女郎们突然翩翩起舞。五颜六色的披肩和衣裙飘动起来，仿佛风吹动一大抱鲜花旋转——有红的、黄的、紫的、白的和蓝的。

这场无声的舞蹈，在普希金故居旁阒无人迹的花园里，又是在深秋时节，吉卜赛人的流浪日子早该结束的时候，不免令人感到突然和奇怪。似乎这些女郎是在普希金面前跳的，而且只是跳给他看的。

吉卜赛女郎们跳完了，在奶娘小屋的台阶上坐下，掏出手绢往红扑扑的脸上扇着。在一片沉寂中只能听到项链的响声和松果落地的声音。

深秋的雷雨在普斯科夫上空轰鸣。

电光在黑黝黝的花园和白色的教堂之间跳动。这些庄严的大教堂也是战争毁坏后不久前才修复的。电光照出教堂围墙旁的白垩土水坑，又射出反光。

第二天早晨我们离开普斯科夫，去卢加，天空中又开始集聚乌云。

当然会有人批评我好描写雷雨及其他自然现象。但是普斯科夫这场雷雨令我终生难忘，所以我不能不提它。

这场雷雨来得急，而且正当金秋，每年的这个季节几乎没有雷雨。

这场雷雨的壮观也就在于此——在疾驰的乌云中间突然有一道强烈的阳光，好像一团火照在秋天铁锈色的大地上。

阳光突然投下来的火团、斜射的光线，一闪即逝，消失在阴郁的远方。那里有短暂的暴雨倾注到森林和旷野上，好像一条条狭窄的土布。

阳光的每次照射，都会从黑暗里拽出一棵白桦，这白桦就像是用纯铜浇铸的。

这些白桦突然亮了，就像路两旁点的巨大火把燃烧起来，摇摇晃晃，刹那间又消失在灰色的雨幕里。

汽车从这些雨带里冲过去，以便投入湿淋淋的白桦映照出的五彩缤纷的火光中，然后再从火光里冲出去，去跟泛着泡沫的滂沱大雨相会。

阳光、金黄、嫣红、黑暗、紫红，然后又是一闪即逝的阳光！蓝色的闪电、隆隆不已的雷声，突然在远处，在被狂风刮倒的桦树丛中——出现一只火红色的狐狸，蜷着一条前腿，竖起两只耳朵。

雷声跟阳光的变幻配合默契。看来是雷声在指挥这场惊心动魄的大雷雨，把它编成了交响乐。

“快看！有多棒！”司机叫着停下车。如果司机忘了离合器和起动器而去擦拭观测镜，以免遗漏十月雷雨景象的任何变化，这倒很说明问题。

只是到了卢加，雷雨才算过去了。卢加是个舒适的小城，非常干净，住房建筑很漂亮。

一过西韦尔斯河，便是加特契纳。只是从洼地袭来一片湿雾，笼罩着小城，于是宫殿、围墙和池塘都在彩虹般的灯火辉煌中一闪而过。从普尔科沃高地开始，便见阴雨中的地平线上，从东到西数不清的灯火，这便是列宁格勒了。

不论你到列宁格勒来过多少次，每次一来总会感到心情十分激动，就像与多年未见的挚友相逢似的。

他会认出你来吗？他会不会说你这些年失却了快活和对他人的同情？他会像从前一样亲切自然地接待你吗？或许他会沉默寡言，尽量抑制着哈欠？而这往往是往日的亲密友情已不复存在的标志。

但是你每次来到这里，这庄严雄伟的城市都会像接待老朋友一样接待你。

甚至似乎因为你好久不来而抱怨你。他似乎在问：在漫长的白夜，当金碧辉煌的尖顶倒映在缓缓流去的涅瓦河里时，你到哪儿去了？

在萧瑟的九月，当郊区花园的空气溢满全城、到芬兰湾岸边便凝然不动、仿佛不敢往北去的时候，你又在哪儿？

在冬天的日子里，当雪花覆盖着雄伟的建筑、柱廊和拱门，仿佛有个神奇的巧匠在一夜之间就为它们披上银装的时候，你又在哪儿？

为什么让世界伟大的画家在俄罗斯博物馆和埃尔米塔日博物馆的回声响亮的大厅里等待你那么久？

你每次来到涅瓦河边和大街上，都会为白白浪费的时间而万分懊悔，然而用不了几分钟你就会心情平静下来。列宁格勒市容的和谐匀称，会使你的一切忧虑和担心都烟消云散。这时你不是凭理智，而是凭感觉领会到，诗人说“献身缪斯来不得半点匆忙，美好的事物就应当富丽堂皇”①时，说得多么恰当。你领会到美好的事物跟匆忙是格格不入的。只有把匆忙赶走，给心灵留下自由的天地，才能领略各种纯粹的印象。

到了列宁格勒，只好把轿车放在作协的院子里。

在存车的工夫，我一直仔细观看这座四四方方的古老建筑前面的院子。院子狭窄、阴沉却又十分漂亮。

院子的阴沉是墙造成的——墙原来刷成红色，如今变黑了。天长日久，墙上挂满了煤烟子。只有浮雕的突出部分还保留着红颜色。屋面的铁片被弹片打得百孔千疮，堆放在墙角上。连大门也生锈了。有的地方锈蚀部分脱落，露出里面多孔的铸铁。

风从海湾吹来，湿云笼罩着院子。云里间或撒下大雪片，立刻就化了，只在院子的方砖上留下黑黑的痕迹。

这里可以听到旁边的涅瓦河发出不安的潺潺声和房顶上淋湿的旗帜的呼啦声。

我想，如果把一个人蒙上眼睛带到院子里来，如果他有观察力的话，那么他不必走出院子，就可以大致说出这座城市的历史和年龄，而且猜测到它的地形特征。

---

① 见普希金的《10 月 19 日》。——译者注

因为旗帜可以说明离海很近，水声可以说明旁边有一条大江，铁锈可以说明气候潮湿和这座建筑所经历的几百年岁月，铁皮可以说明不久之前的围困，而墙上的浮雕可以说明建筑师的才华——这些卓越的建筑师发挥他们的天才，不仅要把对完美的想象表现在大处，而且连小处也不放过，比如任何一个窗拉手和门心板的浮雕。

从此以后我常常注意观察列宁格勒的院落，并且深信不疑，在这些院落里列宁格勒的历史保存得完好无缺，不亚于备受赞扬的建筑物的正面装饰。

埃尔米塔日留给人的印象深刻，终生难忘。

普希金描写皇村花园，曾用过“神圣的昏暗”。这个字眼儿完全可以用来形容埃尔米塔日的展厅。

展厅半明半暗，庄严肃穆，又充满瑰丽的色彩。看来要想深入了解这些绘画的宝藏、研究大师们的绝技，一生时间也是不够用的。

1812 年卫国战争英雄们的辉煌画廊、拉斐尔的敞廊、提香的秋色、中世纪佛拉芒人的酒馆及其风笛声和煎香肠的毕剥声、伦勃朗画中突然从黑暗呈现出来的肖像、卡纳列托画的像旧玻璃一样闪光的威尼斯空气、格雷科的凶狠的力量、达·芬奇笔下的烟、飘动的衣裙的皱襞、意大利嫣红的彩霞、幽暗葱茏的森林、圣母的少女般的忧伤。这么多珍品刹那间闯入记忆里，然后让你一次又一次地回忆它。要想一一列举出来，恐怕要写上几百页稿纸。

每个参观列宁格勒的人，都有自己喜欢走的路线。

我们离开埃尔米塔日，直奔夏园。淡绿的雾气笼罩着湿淋淋的树枝，变作雨滴落下。克雷洛夫的青铜像也罩在雾里，他似乎在打盹，露出和善的样子。远处有名的围墙上重新镀过金的尖头闪闪发亮。

出了夏园，我们又来到米哈伊尔花园。天鹅渠清澈见底，底上堆积着腐烂的树枝。天鹅冻得直叫，从汽车旁边走过去。

穿过米哈伊尔花园，我们来到俄罗斯博物馆。似曾相识的图画又紧紧地把我们包围起来。

不过每次在这些老相识中，都会有新的发现。这一次我似乎第一次看到卡尔·布留洛夫画的萨莫伊洛娃的绝妙的肖像。还看到了库因吉的前所未见的作品——亚速海陡峭的海岸，喷发着草原盛暑和大海的热气。

我早就知道在列宁格勒有些绘画爱好者设有“家庭埃尔米塔日”。这次我有幸到电影导演——一位奇人——家中做客而一饱眼福。

这位导演善于拍科学片和纪录片，几乎每次拍片都能想办法把我国著名画家的绘画当作风景或室内装饰拍进去。

这件事本来没什么不好的。就是制片厂的某些工作人员总觉得不妥。因为他们无论如何也搞不清楚，这样做好不好，合法不合法，会不会挨批。

为此，导演对那些反对派大为不满，并且给他们取了个费解的绰号，叫“多疑的代名词”。

他把所有闲暇的时间用来搜集名画，进行复制。他把仓库当成工作室，里面散发着清油和油漆味。他跟妻子住的房间也很狭小，不过旁边有个大厅，里面的墙上，从天棚到地板都挂满了名画。其中最令导演自豪的是鲁本斯的女人肖像和亚历山大·伊万诺夫的意大利风景。

导演对我讲他找画所遇到的种种故事，足足讲了一晚上。

靠墙放着一台古老的座钟，每年只要上一次弦，是别尔季切夫市一位不知名的钟表匠的作品。窗外河边的灯火照在莫伊卡冰冷的河水里，摇摇颤颤。

到了快离开列宁格勒的时候，我们漫无目的地到街上逛逛。

雨过天晴。大街和涅瓦河上都笼罩着一片淡淡的雾。

我们来到新荷兰楼——这是一座绝妙的建筑，建筑师把军营建筑、凯旋门和运河融合成一个建筑群。

莫伊卡河右岸的稠柳刚刚发黄。左岸已落光叶子的椴树却把长长枝丫向它们伸过去。

黄叶在河面上落了薄薄的一层。用红木做的挺拔的海上快艇，从这些落叶上驶过，船尾后面留下一条深色的水路。

驾驶船的是一个高个子的年轻水手，眯缝着眼睛。无檐帽的黑飘带——波罗的海舰队的飘带——随风飘动，仿佛在跟椴树的落叶做游戏……

然后来到郊区，大鹅卵石的马路，木头仓库，圆锯的嗡嗡声，刨花味，水中腐烂的木桩箍着铁箍，没有人住的小屋，脱落的族徽，墙上被弹片打得血淋淋的伤痕，透笼的铁门。到了黑色的拱桥下，运河分叉了。花岗岩的石岸不见了。河岸上长着几棵粗大的树，也被弹片打得遍体鳞伤。

我们终于来到普利亚日卡河荒无人迹的堤岸。衰草覆盖着斜坡。河边踏板上坐着几个钓鱼的，一声不响。

河对岸有一家工场冒烟。

沿岸的房屋都陈旧低矮，只有一座楼房如鹤立鸡群。这是一座四层楼，普普通通的商品房，朝海的阳台也很单调。

在这座楼的墙上有块大理石板，上面刻着：诗人勃洛克在这里住过，并死在这里。

乍看起来很奇怪，勃洛克怎么会选中这么一个跟诗歌毫无共同之处的地方居住。这是工厂浓烟弥漫的郊区。远离涅瓦大街的喧嚣与灯火。它好像一座前沿炮台插进涅瓦河口，无论是暴风雨或涨水，都首当其冲。

勃洛克择居的怪癖需要解释。显然应该这样理解诗人的意愿：他要把家当成要塞，离海湾越近越好，郊区晚上安静，只有墙外耐心的榆树几经风雨，在夜里发出呼啸声。

可以放下书本，听听榆树的寒叶簌簌声和暖气管里热水的吱吱声，想想“我们诗人都多么珍惜生活中一闪即逝的东西”。

谁知道，也许勃洛克择居的时候正是按照这种想法。

1954 年

旅行的缪斯

波斯诗人萨迪①出生于设拉子，是个狡黠而智慧的族长，他认为人的一生应该活到90岁。

萨迪把人生分成三个相等的阶段。他认为头30年应该求知，当中的30年应该到各地旅行，后30年应该献身创作，以便给后人留下“用心灵打造的珍品”。（萨迪语）

如今这种形象的说法已有些陈旧。从前在东方市场上首饰匠到处都是，用银铜打造的响声不绝于耳。如今首饰匠不见了。打造的首饰也不见了。但在萨迪在世的时候，打首饰是一种普遍而尊贵的手艺。

萨迪说得对，不过我内心深处认为，只用30年旅行，还是太少了。

我说少，是因为旅行有重要意义，可以丰富我们的知识，开阔眼界，使我们认识到大地的美丽、各个地方的特色，可以发展我们的想象力，当然不是立竿见影，而是慢功。

旅行便会说不定到什么地方过一段短暂的生活。而要生活就应该到各地旅行。知识和旅行是密不可分的。不论你到基涅什马，还是到海参崴，不论你去雅典，还是去罗马，不论你游太平洋的群岛，还是拉多加湖中的瓦拉姆群岛。

古代阿拉伯人说“旅行可以通天”，他们心目中的“天”，指的是在大地上长期旅行的人见多识广，智谋高超。

这是一切旅行都必然能得到的东西——使人得到渊博的知识，然

① 萨迪（1208—1292），波斯著名诗人，代表作有《果园》和《蔷薇园》等。——译者注

而同时又得到幸福的钥匙。

只有知识丰富的人才容易得到幸福。人的知识越多,越能突出强烈地感受到大自然的诗意,而且恰恰是在知识贫乏的人领略不到的地方。

知识和人的想象力有着有机的联系。乍听起来似乎很荒谬,然而这是规律。可以说:想象力随着知识的丰富而增长。

这种例子不胜枚举。我们刚一踏上巴黎的土地,就会突然感受到巴黎的魅力。而且这种魅力终生不忘。然而必须有个先决条件,就是在你第一次到巴黎之前,已经对巴黎有所了解并且一心向往。

凡是通过读书、绘画或各方面的知识对巴黎有所了解的人,一来到这座城市,仿佛一下子都一目了然,仿佛城市上空罩着一片青铜的反光镜——它伟大的历史、名声和智慧的光辉、名人的魅力、凡尔赛宫的簌簌声、永远那么神秘的卢浮宫的昏暗、热情的巴黎人熙熙攘攘的人群。

凡是对巴黎毫无了解的人,只会感到它人声嘈杂,令人疲倦,有许多东西不可理解。

不久前我们曾做环欧洲旅行,黑夜里从船上看到大海边际上的里斯本灯塔。

我们眺望着灯塔一明一灭的灯光。我的旅伴突然谈起里斯本、塔霍河,讲起麦哲伦和达·伽马的船队都是从这里出发探险的,讲起被遗忘的葡萄牙优秀作家埃萨·德·克罗兹[①],讲起这个国家的玄武岩海岸和被烤焦的土地,讲起荒无人迹的台原上的古代要塞和大教堂。当他讲完这一席话之后,从灯塔后面已经露出这个往日荣耀已经衰落的多少有些凄凉的国家,它被天主教紧紧扼住咽喉,期待着新的时代,期待着往昔自由豪放的生活的重现。

旅行能在我们的思想意识中留下不可磨灭的印象。陆地旅行和海上旅行可以锻炼坚强的性格,培养人道精神,可以了解各个民族,开

---

① 埃萨·德·克罗兹(1845—1900),葡萄牙作家,代表作有《阿马罗神父的罪恶》《堂兄巴济利奥》等,还写过《满洲官员》。——译者注

阔眼界，陶冶高尚情操。

这方面的代表人物，我认为就是米克卢霍－马克莱①，他正是由于旅行而锻炼出坚强的毅力和富有魅力的人格。

当然不止他一个人。我一连想起许多名字——普尔热瓦利斯基、南森、拉扎列夫、富兰克林、库克、白令、利文斯敦、海德达尔、达尔文，最后还有幻想家哥伦布。

罗马的梵蒂冈图书馆还保存着哥伦布发现美洲时所用的地图。

这张地图包罗万象，既有探险的精神、航海的乐趣，又包含着来到异域、来到他乡星空底下的心灵的跳动。为了用圆规测量距离而把地图扎出许多小孔，每个小孔都仿佛是一个神话，是由伟大的船长用结实而纤细的手在遥远的海洋里扎出来的。这位船长是发现新大陆的探险家，是疯狂而大胆的幻想家，他为人类增添了光彩。

高尔基说旅行是最好的大学，不是没有道理的。这是毋庸置疑的。旅行可以给人留下生动的印象和知识，犹如大海，犹如粉红色群岛上的落照的烟霞，犹如松涛，犹如鸟语花香，令人经久不忘。

你随时会看到新鲜事物，如果在你的生活中新鲜事物层出不穷，大概是最令人愉悦不过的感觉了。

如果你想成为祖国和整个大地的真正儿子，想成为勇敢、求知、富有精神自由和人道主义、爱劳动敢斗争、能创造精神财富的人，那么你就应该信奉旅行的缪斯，根据自己的力量和时间允许，去旅行吧！因为每次旅行都会进入有意义的和美好的领域。

1957 年

① 米克卢霍－马克莱(1846—1888)，俄国民族学家，对东南亚和大洋洲的土著居民颇有研究。——译者注

地理札记

1956年秋，我在罗马做过短暂停留。

在那以前我就认为，存在着一种“罗马感”，即征服了千万颗心灵和智慧的对这座城市的特殊感觉。

我当然同意对罗马的这种感觉有可能存在，犹如对其他任何城市有感觉一样，不过我还搞不清楚这种感觉表现在哪里。我觉得这种感觉太模糊，也太复杂。

现在我已经有权说（当然权利还不大），我确实产生了“罗马感”。这种感觉是由这座城市在我心中引起的种种思绪和印象构成的，它取决于接触世界文化的程度，取决于我们的知识多寡。所有这些因素综合起来，形成一种内心状态，就是“罗马感”。这一点不容否认。

我想写篇小说来表现“罗马感”，不过小说得有情节。可我知道，如果严格跟着情节走，那么要想传达这种感觉，就不是写一篇，而要写许多篇小说。

因此我采用自由札记的形式把我跟罗马有联系的内容抒写出来。写得随意，没有遵照什么顺序。我是否达到了目的，连我也还不清楚。

这就是札记的一部分。

罗马的空气泛着黄色。也许是由于坎帕尼亚一带的沼泽发出的蒸气所致？再不是由于秋天的缘故？已经是九月末，不过这里的秋天可不像我们那样斑斓多彩。既没有金黄，也没有嫣红。树叶干枯了，只泛出淡淡的紫色。

有时我喜欢想，这里的空气发黄也许是由于这座城市大理石太多，反射出黄光的缘故。

不论怎么说，空气的这种黄色似乎跟罗马本身一样古老。

这种黄色使建筑物、凯旋门、圆柱和废墟都造成一种阴沉的浮雕印象。我仿佛是透过一块黄色玻璃在观看这座古城。

不久就弄明白了，原来不久前罗马刮过西洛可风，这种强烈的热风把空气染成了黄色。现在黄色渐渐褪去。据意大利人说，再过两三天，罗马的天空又会晴朗，变成碧绿的。

城里到处都有喷泉在喷溅和喧响。喷泉的水好像海水的颜色。游泳池里戏水的孩子，都是褐色皮肤，很像黑人跟白人生的混血儿。

遵照古老的传统，我也往特列维喷泉里投了一枚银币。它回报我的是溅我一身水珠。这个兆候很好，凡是往喷泉里投银币的人，还能看到罗马。

意大利人站在周围瞅我笑。他们为罗马而自豪。而这种自豪感由于喷泉底上铺满银币而更加强烈了。

乘火车快到罗马时，可以看到坎帕尼亚平原上用砖修的高高的水管桥步伐从容地从周围的山上进入罗马。这倒很像萨宾山。而在市中心的博尔格泽别墅附近，沉重粗糙的水管桥穿过豪华汽车行驶的柏油路，向远处伸去，粗鲁地分开房屋稠密的居民区。这就是“古罗马的奴隶修建的水渠”。在这座城市里到处可以看见直线的力量和古建筑的庄重。

新来的人在这些古建筑面前不禁胆怯，就像他们在伸手可及的距离内看到多少世纪以前发生的景象一样。也许他们甚至会听到把繁荣的土地化为灰烬的古罗马军团的步伐。

……欧洲在罗网中啼哭。
罗马的战车凯旋，
纵横驰骋，飞扬跋扈……

罗马帝王们的狞笑曾经令臣民心惊胆战，然而世界上的任何荣耀也有结束的时候。眼前就是往昔的光荣的见证：科洛西姆斗兽场和广场、已落满鸽子粪的带字迹的破碎方砖和送来山泉的水渠。

这就是所有的遗迹。不过这种遗迹直到今天仍然留存着。它的沉默也带有威胁，尽管在斗兽场的瓦石中间生长着我们俄国的车前草，尽管在万神庙里埋葬着人类中最温柔的心脏——拉斐尔的心。

万神庙阴森而古老。阳光从圆顶上钻的圆孔透射进来。没有窗户。

厚厚的墙上挖出神龛。里面放着拉斐尔的石棺。石棺上在字迹模糊的"拉斐尔·桑齐奥"上面放着一株干枯的石竹。

万神庙跟前坐着许多卖花的人，主要是老太婆。鲜花放在装水的大桶里。老太婆旁边也有几个来自罗马郊区的年轻农妇。

一看到这些女人，我不禁想到拉斐尔画的西斯廷圣母，一定是照着这里的某个农妇画的。因为拉斐尔笔下的圣母，就是一个普普通通的女人，也许是来自意大利最贫瘠的外省巴西利卡塔。

我们从她们手里买了几支白百合，以便放到拉斐尔的石棺上。

我们在自己人之间用俄语交谈，但是有个老太婆猜到我说话的意思是要买花，便对卖花的人说了些什么。这群女人打量着我们，激动地议论起来，话说得很快。我从她们的话语中只听懂一个词"莫斯科"。她们怀着惊异和欣喜反复念叨这个词。

一个年轻女人从桶里取出一束茂盛的芍药，跟我们的百合放在一起。我的旅伴要付芍药花钱，那些女人都争着喊："不！不！不！"然后每个人都急忙挑出一束花送给我们。老太婆们含笑地点头，年轻的女人像小女孩似的行屈膝礼，用悠扬的声音重复说："多美，多美！"

我们为拉斐尔感谢她们，几世纪前正是这里的一位可爱的村妇生下了一个快乐的小男孩，后来就成为人类的伟大画家，而她们感谢我们，是因为我们俄国人也热爱拉斐尔——这位意大利土地的儿子。

在罗马我经常想到俄国，想到我们俄国人跟这座城市的联系。在这里，在意大利，这种联系显得比以前更加明显。我得出一条结论：如果俄国人没跟意大利人和其他民族一起讴歌罗马，那么罗马在我们心目中也不会有如此巨大的魅力。

罗马之所以能成为人心向往的地方，里面就有果戈理、赫尔岑、丘特切夫、亚历山大·伊万诺夫、基普连斯基、布留洛夫、勃洛克和柴可夫斯基的功劳。

我不禁想起罗马和俄国之间的种种联系。记忆从最隐秘的地方搜索出遥远的故事。罗马跟巴黎一样，对我们说来从来不陌生。

我曾经亲眼看到一件有意思的事。1940 年夏天，我住在梁赞的一个普普通通的村子里。有一天，风刮得昏天暗地，邻居杜妮亚——一个 50 来岁的女人——拼命扣打我的窗户，喊着告诉我，德国人占领了巴黎。杜妮亚两眼热泪盈眶，用白头巾的一角擦拭着。过了一小时以后，整个村子都在谈论这条可怕的消息，人们神色忧郁，激动不安。

如果说村里药房的售货员或女邮递员玛妮亚听到巴黎陷落的消息，会痛哭流涕，我当然能够理解，因为她们是大仲马的崇拜者，可杜妮亚整天照顾孩子和酗酒的丈夫，还有家务活，连喘气的工夫都没有，她也哭天抹泪，令人无法理解。

傍晚，老头儿耶列辛来了。坐在门口的台阶上，说了起来：

"听说没有？村里的人在骂法国佬，说他们太熊，把巴黎送给了德国人。我对他们说：'你们这是多管闲事！他们也曾想法保卫这座城，可你们就骂街。听说那里，在那个巴黎，风景可美去了，美得不得了。不管怎么的，法国佬一定会夺回来的。他们夺不回来，我们替他们夺。想当年我爷爷也到过巴黎。为这还得过勋章。他还讲过，法国佬日子过得可自由了，拿着葡萄酒当凉水喝。'"显然这位老爷子说得过头了。人老了，说话难免糊涂。

在罗马，我常常想起遥远的亲人和俄罗斯辽阔的土地。这些回忆不知怎么地又跟罗马的印象融合在一起，使我感到我们两个民族有很多共同之处——尽管从外表上看差别很大，但在内心深处彼此很接近。这种接近的原因，就是人类的共性。

离开万神庙，我们来到纳丰广场。

这个广场呈长条形，样子很荒凉，周围是五光十色的古建筑。显然从前这些建筑色彩鲜艳，但是时间改变了建筑的颜色，把绿色变成灰橄榄色，红色变成暗砖色，白色变得发黄。

黄昏，太阳落到台伯河后去了，广场被烤了一天依然很热。广场上的喷泉也跟别的广场不同，既不喷溅，也没有哗哗声，水沿着青铜雕像流下来，发出轻微的潺潺声。

这样的广场我已经看见过，记不得是在旧杂志的版画上，还是在古玩店昏暗的角落里的水彩画上。只觉得十分熟悉，连画上由于时间久远而变暗的天空和粉红色的云彩都很熟悉。喷泉旁边有几个男人穿着坎肩，在那里聊天，小孩在跟灵缇犬玩耍，一个美丽的女郎拢着高高的发髻，摇着大扇子，坐着红轮马车走过。

所有这一切我曾经看见过。在哪儿呢？我终于想起来了。这不是我凭空想象的，也不是在佩罗①童话的插图里，而是在格里申诺村，在西欧人无法想象的大森林里。

当时我住在村中女裁缝玛特廖娜·吉洪诺夫娜家。她是个 60 岁的老处女，把小房收拾得干干净净。我在她家的墙上看到一张旧画。

有一年夏天，从莫斯科来了一位老画家，也租她的房子住。秋天临走的时候，他没把墙上画带走。他对好脾气的女房东说，明年春天他一定回来，为了做到这一点，便把他很名贵的画留下。这幅画虽说不是他画的，却是他从青年时代就喜爱的东西。而且据说是意大利一位名画家的手笔。

"背面有他的名字。"女房东告诉我，"也许您能看懂。"

我摘下画，在背面用褐色纸糊的地方，勉强辨认出法语字迹：《罗马的纳丰广场》。作者的签名已模糊不清了。只能看出名字是安东尼奥。据那位老画家对女房东说，他年轻时在罗马住过，就在这个广场上。但是这位画家再也没有回来，女房东不知道他出了什么事。

晚上我借助煤油灯的光亮，仔细观看纳丰广场的风景画，然后叹了口气，把画放回原木墙上的原处。

"您为什么叹气？"女房东问我，"我本可以把这幅画送给您，但是

---

① 佩罗(1628—1703)，法国作家，最有名的作品是《灰姑娘》《蓝胡子》等童话。——译者注

有点儿担心。万一他并没有死，再回来怎么办。最好还是让它挂在这里。”

我叹息的是，人生如逝，我再也没有机会去罗马，也看不到纳丰广场。甚至连想都不敢想。

“谁能说得准!”女房东对我说，“世界上没有比生活更奇怪的了。有时会发生做梦也想不到的转折。”

半夜狗叫了起来。我走到小院里，沙地上稀稀落落长着几棵草。我住的小木房坐落在村头的河岸上。河对面是一片黑郁郁的松林，当地人说是没人去过，是大森林。

狗叫的是有一只猫头鹰悄悄地在院子里飞来飞去。钟楼上打过三点。河水流过踏板，哗啦响。远处的草地上，在雾蒙蒙的灌木后面，有篝火的火光。篝火旁边却没有人。于是我想到，还想什么纳丰广场！离这儿有几千公里，又是大风，又是黑夜，又是森林，又是烟雾，说不定要有几百堆牧童拢的篝火。

当我在纳丰广场上坐在一家小饭店带条纹的遮阳棚下的时候，不禁回想起那个夜晚。

我们喝着冰凉的橘子水。我的旅伴很年轻，用麦秸管吮吸着，显得若有所思。每当她陷入沉思的时候，那两条细细的眉毛便孩子气地扬起来，灰色的眼睛茫茫然，我不禁又想起不知是谁的诗句：“我愿用不眠之夜写诗，写的都是你，都是你，都是你。”

读者往往发生误解。他们习惯于给某些字眼添加自己习惯的庸俗的想象。现在读过这两句诗以后，许多人会想到爱情。

而我坐在这家小饭店里时的心态，完全是另一码事。也许我有这种心态应归功于罗马和罗马街头黄昏时光的暖意。

如果说爱的内容可以包罗万象的话，比如灿烂的晚霞、童贞的纯洁、幸福的机会——人生的机会有千千万万，而你偏偏得到这次唯一的机会：跟一个年轻美貌、有些神秘的女孩子坐在一起，看她用麦秸管吮吸清凉饮料，她那芳香的热气吹到杯子里会出现许多小泡泡，久久地谛听她的语声，就像不久前我在旅馆里半夜醒来听到罗马教堂银钟发出的钟声一样——如果说所有这一切可以叫作爱的话，那么也许这就是爱，不过完全不是一般人所想象的内容。

说得更准确一些，这种心态是梦寐以求的奇迹变成现实，是一种强烈的新鲜感，是在幻想突然实现时感到人生有意义。

圣彼得大教堂，那是对上帝的直接挑战。人在修建这座教堂的时候，仿佛欲与上帝比比力量和才华。结果人取得了胜利。不过天主教的神学家、红衣主教和罗马教皇都没猜到这一点。不然的话，他们早把教堂关闭或者拆毁了。

圣彼得大教堂是个宏伟的建筑。它那雄浑的围墙给人一种感觉，似乎墙在往高长，直上云霄，总有一天会被天使长的喇叭声所震毁。右墙上在一片散漫的灰光中高耸着米开朗琪罗的《哀悼基督》。圣母怀里抱着基督的尸体。雕塑的基座上点着几十只蜡烛。

《哀悼基督》是一部宏伟的雕塑。它跟宗教没有任何关系，因而这些蜡烛和香火显得很不合适，犹如在米洛的维纳斯像和蒙娜丽莎画前点上教堂的蜡烛。

尽管从教堂的无数门窗传来散乱的钟声，这不过说明尘世的忙碌。《哀悼基督》以其严峻和永恒的母哀而与这喧嚣的尘世隔绝了。

米开朗琪罗的绝技，在后来的雕塑中并未失传。罗丹等雕塑家，其中包括俄国雕塑家马特维耶夫，都将其作为遗产继承下来。

我在罗马曾两次想到马特维耶夫的雕塑：一次是在拉斐尔的石棺前，一次就是在米开朗琪罗的《哀悼基督》旁边。

我想起了马特维耶夫为我国卓越的画家鲍里索夫－穆萨托夫所做的墓碑。鲍里索夫－穆萨托夫埋葬在塔鲁萨市郊区，在奥卡河边的陡坡上。坟墓上有一块用大粒红砂做的石板，石板上躺着一个睡熟了的男孩。当地人告诉我说，这个男孩不是睡着了，而是淹死了。

秋天站在这块高高的山坡上，可以透过弥漫的雾气看到无边无际的俄罗斯大地，真令人心驰神往。

悬崖上长着几株古老的白桦。白桦的叶子被风吹得凋落了，残存的黄叶跟枝丫编成网，透过这张网可以看到远方。透过树枝的空隙还可以看到粉红色的云彩高悬在牧场和疏林顶上。

鲍里索夫－穆萨托夫喜爱奥卡河畔这片陡坡。他就以这里的风光为蓝本，画出他著名的风景画——画笔细腻，充满沉思情调，如果不是每片叶子渗透着秋阳的暖意，你一定会以为这是梦境。

这样的秋天总要令人想法拖得更长一些，哪怕用什么奇迹让它多停留几天。于是画家鲍里索夫－穆萨托夫——这个身材矮小、有些驼背的老好人——就让这美妙的秋天停留下来，赠送给我们，只是这幅画总在我心中勾起某种联想：画上的秋天好像一个眼神严肃的女孩，既能带来痛苦，也能带来幸福。

你来到鲍里索夫－穆萨托夫的坟头，会感到思绪万千，我可以把它叫作秋思。这种思绪来自内心深处，既十分平静，又像结冰的水洼一样清脆有声。你会想到一种源源不绝的力量，我们称之为美。这种力量一代一代传下来，而且不论出现在哪里，都同样能征服我们——如荷马的诗篇、拉斐尔的圣母像、乔尔乔涅的维纳斯、弗拉基米尔圣母、列维坦的村间的路和柯罗的神奇的烟雾。再比如这样的语句："阴霾的白昼熄灭了，阴霾的夜用铅一样的黑衣遮蔽了天空。"

秋思是值得信赖的。让我们把怀疑一切留给那些由于过分清醒而万念俱灰的人。怀疑主义不会美化生活。这一点就足以说明，不能怀疑这一切。

1957 年

老守林人讲的道理

两年前在滨海的一家小饭店里，有个上了年纪的海员坐到我旁边的座位上，他大约是个机械师或水手长。天气很闷。大街上偶尔有风刮过，掀起窗帘，把温暖的春天的气息送进屋里。

“好热的天！”水手说，用手绢擦擦结实的脖子，“地面好像铁渣，隔着鞋底都烫人。我们的伙伴都高兴，说好像到了南极。可我觉得不对劲儿。”

“您大概是‘光荣号’上的吧？”

“是的，‘光荣号’。我照直说吧，我怕的是干旱，我根本受不了。我恨它。因为我有了一次不寻常的经历。”

老水手向我讲了这段经历。开头我不大相信。他的故事很像发高烧说的胡话。后来水手拿出一张开普敦的报纸作为旁证，我才相信了他的话，不过坦率地说，把我吓了一大跳。

据水手讲，非洲南部濒临毁灭。那里的森林都砍光了，水源干涸了，辽阔的草原由于干旱而干枯了。土壤侵蚀毁掉了大量沃土，把它变成灼热的死灰。河浅了，变成一块块臭气熏天的泥潭，并开始彻底枯竭。

听了水手的故事，我想起一位法国学者写的《干涸的非洲》（可惜记不得作者的名字了）。这本书我是6年前看到的。书中准确而无情地描绘了非洲大陆由于贪婪无知的殖民者的罪过而陷入干涸濒死的境况。

据水手讲，由于近两年非洲南部连年干旱，灾难就更加深重了。雨好像永远抛弃了这块土地。

就在“光荣号”从南极洲返航路过开普敦的时候，发生了老水手讲的那段故事。

野象由于干渴而发疯了，成群结队地向南方扑去，想找海洋。失去理智的动物一路上摧毁了无数的村庄和小镇，还有桥梁。居民都被吓跑了。

南非联邦派出军队去阻拦。有坦克部队、炮兵和步兵。战斗进行了一昼夜还多。几百只大象被打死了，剩下的知道到不了海边，便抹头往回跑。

于是又派出水槽汽车，赶在象群之前，在它们的退路上洒水，洒到蓄水池、干池塘和一切坑坑洼洼的地方。大象贪婪地喝足了水，躺到地上就睡了。就这样有一部分野象得救了。

我讲的是保护大自然和恢复急剧减少的植物，之所以要用这个大象的惨剧做引子，因为非洲毁灭大自然的现象达到惊人的地步，比世界任何地方都厉害。当然不止非洲，其他许多国家，包括北美在内，也都如此。北美的南部没有森林的州，土壤侵蚀严重，只要一刮风，甚至不是大风，也会把几百万吨肥沃的土壤送到高空中去。

土壤侵蚀指的是，由于滥伐森林和草覆盖层消失而使土壤结构遭到破坏，于是土壤被冲刷和风化，很快会使良田变成沙漠。

怎么才能战胜土壤侵蚀呢？怎么样才能使大地又变得肥沃，树木葱茏，河水长流呢？因为离开这一切人不可能生存发展，不可能创造伟大的财富。

有一个好办法。契诃夫曾经提倡过，《共青真理报》也号召过。那就是每一个人一生中哪怕种活一棵树！

一个人只一棵树，当然太少。不过我认识一个守林人，有一次对我说：

这也不错！有几百万人，就会种出几百万棵树。

如果一个人一生中不但种活一棵树，而且不无缘无故地毁掉一棵树，那就更好了。

我们毁掉的树木比种活的要多得多。可能是由于不小心，由于无知或漠不关心。至于乱砍滥伐，尤其是山坡上的树，这是愧对子孙的事，我就不去说它了。

我们对待那些由于无知而毁灭大自然的人太宽容了。我们的批评不痛不痒，就像说的是淘气的孩子，可爱的小顽童，长辈不过是用指头点点而已。而这些“小顽童”却把草原里的森林砍得干干净净，污染河流。他们用这些材料建造的房舍价值百万，而周围毁坏的土地要值十个百万。他们为的不过是蝇头小利，可是由于他们对待事业的态度不端正，这点点小利不过是浪费而已。

遗憾的是，要用爱国的热情，如果可以这样说的话，要用爱美的精神来对待大自然，我们讲得很少。

我们热爱自己的国家，不仅因为它富饶安乐。我们跟它血肉相连，即使在它遭受苦难（战争证明了这一点）和孤立无援的时候，我们照样爱它，因为它在任何时候都充满人民精神的伟大的美，充满我们俄罗斯大自然的美。俄罗斯大自然有一种令人心痛的力量，有一种抒情情调，它辽阔无垠，有一种平和的美，这是世界上任何东西都无法比拟的。

也许这里用不着重复那些尽人皆知的道理，就是大自然对人的性格的形成有巨大影响。关于这一点，无论从前或现在许多伟大作家都说过，从普希金和契诃夫到普里希文和列昂诺夫①。但是伟大作家只管说，可人们并不爱护大自然——他们的话也等于白说了。

关于不应野蛮对待大自然和文物的话，也讲得很多了，可是在这方面看不出有根本的变化。乱砍滥伐仍在继续，毁坏文物也时有发生，比如我国北方建筑艺术举世闻名，却得不到保护。

应该有个保护大自然法。爱沙尼亚共和国已经有这种法律，并付诸实行了。它可以惩罚偷猎者和随随便便糟蹋大自然的冷漠的人。

① 列昂诺夫（1899—1994），苏联著名作家，代表作《俄罗斯森林》获列宁奖。——译者注

其他共和国为什么不制定这样的法律呢？

我们应该有出产船材的森林、浩浩荡荡的江河、沁人心肺的空气、茂盛的果园和遍地鲜花的草场。我们应该有充沛的露水、透明的落照、叮咚的泉水、在秋天金黄色树林顶上雾茫茫的天空中成群结队的鸟和此呼彼应的叫声、晴朗夜空里的繁星历乱和又宽又亮的彩虹——雨后的彩虹预报太阳的出现。

我们应该有肥沃的土地，它是唯一适合人类生存和活动的场所。我们应该为保护这样的土地而斗争，不管什么人，也不管他是由于无知或者轻率，只要他想毁坏我们的国家，把它变成干燥的不毛之地，我们都要与之进行斗争。

1959 年

蒲宁

俄国的杰出作家伊万·阿列克谢耶维奇·蒲宁在法国逝世了。这是一位语言简洁的经典作家。

他死于异国的天空底下,死于毫无必要的痛苦的放逐中,而这种放逐又是他自己安排的。他死于对俄罗斯和俄罗斯人民的无限怀念中。

有谁知道,这位外表沉着而拘谨的人由于离开故土会独自承受多少绝望呢?

我们不必责难蒲宁。也不必念念不忘他犯下的致命的错误,现在这都不重要了。

重要的是,他是属于我们的,我们已经把他还给我们的人民,还给我们的俄罗斯文学,从今以后他将在俄国文学史上占有他应该占据的崇高地位。

在第一次举行纪念蒲宁的晚会时,曾要我做一段开场白。我就着手准备,信手打开蒲宁的一本集子,于是一切都化为泡影!因为我一读起来就着了迷,几乎没有时间再把我关于蒲宁的见解写到纸上。

我忘记了一切。蒲宁的才能,蒲宁的语言就是这么有力。他那极其优美而无可挑剔的写作技巧就是这么炉火纯青。

他严肃认真,因为他认为艺术的真实高于一切。

我们总喜欢给每个作家都贴上一个标签,因而在评价作家上往往大错而特错。契诃夫几乎一生都带着“悲观主义者”和“黄昏的歌者”的标签,而一读到蒲宁,则往往称他是“冷漠的大师”和“为艺术而艺术的冷静的作家”。

如果你读蒲宁的小说,便会在表面的冷静背后发现一颗博大的仁爱之心,他心中装有不久前的俄国农村的无边灾难,及当时农民孤苦伶仃的残酷命运,这时便会觉得所有这些标签显得多么可怜。

不必说以前,今天我又(不知是多少次)重读蒲宁的短篇小说《莠草》和《预言家伊里亚》。

其中每一篇小说,用蒲宁的说法,用冷冰冰的刀刃割痛我的心。

在我国的文学中,很难找到这种令人感到压抑而又隐藏着对普通人的爱的小说。其中充满着不仅仅是爱,还有充分的了解,对人们的思想和心态洞察秋毫。

人不仅在欢乐时最有人性,而且在痛苦时也最有人性。这一点蒲宁非常了解。英国作家王尔德曾从皇家监狱里发出呼声:“凡是有痛苦的地方,那里就是神圣的土地!”这句话完全适用于蒲宁。

今天我信手拈来,打开蒲宁的诗集,读到《夜半的哭声》。据我看在世界诗歌中很少有像这首诗这样以撕裂人心的力量表达出痛苦的道德净化作用:

寡妇在深夜里哭泣。
她爱孩子,孩子竟然死去。
连老邻居也哭了,用袖子擦眼泪。
星光闪烁,圈里的羔羊也在哭泣。
母亲夜夜在哭泣。
夜半哭声令人热泪潸潸。
夜空里的星星也在落泪,
这是上帝哭了,用衣袖掩面。

蒲宁的散文,尤其是那篇自传体的《阿尔谢尼耶夫的一生》,达到炉火纯青的地步,正如契诃夫和列夫·托尔斯泰所说的那种境界,即散文和诗为一体,不可分割,让你无法分辨哪里是散文,哪里是诗,每个词都像滚烫的烙印打在心灵上。

只要读读蒲宁写到他的母亲,写到再也无法寻找母亲的坟墓那几行就足够了。这几乎出自一个垂暮老人的手笔,他自知活在世上的日子屈指可数,从而更理解爱的力量,找到表达这种爱的唯一可行和唯一必要的方法。

在这些文字中间几乎有近似圣经的简练和遒劲。

大多数读者都把蒲宁看作小说家。

然而他的诗歌成就绝不亚于小说。他写下许多优美的诗篇。

这些诗篇跟他的散文一样,说明他具有不寻常的天才,善于体会(如果可以这样说的话)他所写的一切。

他几乎在刹那之间就能把捉住他要写的人物和风景的准确特征,并用文字表现出来,而这些特征最准确地代表这些人物和风景的本质。

是的,蒲宁一丝不苟,几乎残酷无情。然而与此同时,他又能写出爱的伟大力量。对他说来,爱要比一般想象的要博大和丰富得多。

对他说来,爱就是熟悉和了解世界上一切美好事物和复杂事物。对他说来,爱就是黑夜、白昼、天空,就是大海的水无休止的涛声,就是读书和思考——总之,就是周围所存在的一切。

蒲宁笔下的风景准确而丰富多彩,有各种不同的地理特点而又都充满着抒情情调,这个题目浮光掠影地谈是不行的,需要专门讨论。

蒲宁对俄语掌握娴熟,可以说炉火纯青。只有无限热爱自己国家的人才能达到他这种地步。

蒲宁的语言极其简练,有时甚至吝啬,极其准确,同时又栩栩如生,在声调上丰富多彩——从铿锵有力的庄严到泉水涓涓的清澈,从节奏明快到极其柔和的语调,从轻松的歌唱到雷声的轰鸣。

在语言方面,蒲宁几乎是不可超越的大师。

蒲宁跟每个大作家一样,对幸福思考得很多。他期待过幸福,寻找过幸福,一旦找到,便慷慨地与他人分享。

他有两节诗在这种意义上很有代表性,我愿意用这两节诗来结束这篇纪念蒲宁的文章:

幸福往往只是在回忆里才有。
其实幸福到处都有。也许幸福
就是柴棚后面这片秋天的果园,
和清新的空气,扑进你的窗户。
在深邃的天空中有一朵白云
轻轻悄悄地飘起,光彩夺目。
我早就在注视它……我们见得少,
领悟得少,只有领悟才有幸福……

1956 年

生活的急流(谈库普林的散文)

1921年敖德萨的报端登出一份讣告,宣布一位并不出名的阿隆·戈里德什坦因死去的消息。

当时正是革命、饥荒和快活的年代,如果不是在死者的姓氏底下括号内还印有《冈布里努斯》里的"音乐师萨什卡"字样的话,不会引起任何人的注意。

我看到这份讣告,不禁十分惊奇。原来这位音乐师萨什卡确有其人,而不仅仅是库普林在写《冈布里努斯》时用的差别很大的原型。这么说,库普林在这篇短篇小说里所写的一切,都确有其事。

这一事实很难令人相信,因为在我们的概念里,艺术和人生并没有那么紧密的联系。

音乐师萨什卡在我们的心目中早已成为传说人物,成为文学形象,原来他确实就住在天寒地冻的敖德萨,就生活在我们身边,如今死在敖德萨的一座旧房子的顶楼上。

敖德萨港和郊区的所有居民都参加了音乐师萨什卡的葬礼。这次葬礼仿佛就是库普林那篇小说的尾声。

跛脚的老马拉着装棺材的黑色大板车,不时地停下来。当时正在闹饥荒,人都没有吃的,这些停尸板车怎么能保存下来,又怎么能搞到,永远是个谜。

赶车的是个老头儿,身材高大,棕红头发,大约是来自郊区的结实有力的汉子。一顶破便帽卡在右眼上,抽着马哈烟,漠然地吐着唾沫,表现出对生与死都毫不在乎的神气。"货场上看不到阿尔巴尼亚人的面包,一个打火机要两百万卢布,生和死还有什么区别!"

棺材后面跟着一大群七嘴八舌的人。好几个又老又胖的女人披着厚围巾，蹒跚地走着。对她们说来，参加葬礼是唯一可以聊天的地方，在这里不必讨论葵花油和煤油的价格，而是谈谈人生的空虚和家庭的不幸，按敖德萨的说法，就是唠唠家常。

女人并不多。我所以首先提到她们，是因为按照敖德萨穷哥们的规矩，让女人走在最前面，紧跟棺材。

跟着女人后面的是萨什卡的伙伴——音乐师们，穿着破大衣，衣襟被风掀起。他们腋下夹着乐器。当送殡的队伍在钉死的“冈布里努斯”门前停住的时候，他们便拿起乐器，于是古老的浪漫曲的悲凄旋律在人群的头上突然鸣响起来：

我再也看不到春天的来临，
我再也看不到布格河水泛滥……

小提琴的歌声如此悲切，人群中不少人开始擤鼻涕、咳嗽和擦眼泪。

当音乐师们奏完浪漫曲的时候，有人用嘶哑的声音喊道：

这回来个萨什卡的！

音乐师们互相看了看，把弓子一拉，便奏出戏谑跳跃的调子：

再见吧，我的敖德萨！
再见吧，我的检疫所！
明天我们就要离开你，
被赶到库页岛上去！

库普林在小说中写道，“冈布里努斯”的顾客大都是水手、渔夫、司炉、港口的窃贼、司机、工人、船夫、装卸工、潜水员、走私者——他们都年富力强,浑身浸透了强烈的大海味和鱼腥味。正是这些人现在走在音乐师萨什卡的棺材后面。然而从前那种血气方刚、暴躁好斗的神气踪影皆无了。“被生活压弯了腰!”老海员都这么说。生活给了他们什么?难挨的咳嗽、被烟熏黄的白胡子、青筋暴鳞的手和肿胀的大骨节。说起来倒也是:生活是欺骗不得的!必须肩负起生活的担子,就像扛个三四百斤的大包,必须坚持扛到底舱再扔。现在就是扔下大包,也返不过来劲了——年纪不饶人!如今萨什卡躺在棺材里,面色苍白干枯,就像那个老母猴子似的。

当时我在人群中听到这番议论,却体会不到其中的辛酸,因为我年轻,革命如火如荼,形势瞬息万变,根本来不及去仔细品味。

当地小报的记者洛文哈尔德凑到我跟前,这是个白胡子穷老头儿,长着一对孩子气的大眼睛。

当地的年轻记者对洛文哈尔德颇不恭维,说他没有一个字音发准的,所以听他讲话往往一下子弄不明白说的什么。再加上洛文哈尔德讲起话来还有些好转文。

“是我最先把亚历山大·伊万诺维奇·库普林带到‘冈布里努斯’来的。”他告诉我说,“他坐在这儿,抽烟喝啤酒,有说有笑,没成想过了一年以后,发表了这篇小说!我读过之后,热泪横流,我说年轻人。这是一篇描写仁爱的精品,是人生的垃圾堆里的一颗珍珠。”

洛文哈尔德说得一点儿不错。我从前不知道他跟库普林相识,但是从那以后我一直觉得,可惜库普林没来得及写洛文哈尔德这个人。

他才正是库普林笔下的人物。这个孤独的老人唯一喜欢的,就是敖德萨港。报纸编辑部曾建议他换个赚钱多的工作,可他就是不干,因为总舍不得这个港口。

一年四季,不管什么天气,他从早到晚,都要慢步走遍所有的港湾和码头,就像唐·吉诃德一样,瘦得可怜巴巴,却又一本正经,只是他拄的不是骑士的长矛,而是一条大粗棍子。

他还跑到所有的船上,俨然是港口的首长,向水手们了解航途中的详细情况,就像格林在一篇著名的小说中所描写的那样。他精通好几种外语，甚至包括现代的希腊语，不论是跟船长，还是跟港口里不顾死活的无业游民谈话，都彬彬有礼，见任何人谈话都要摘掉那顶旧礼帽。

在港口里都把他叫作“史官”。尽管他那旧派头的身影夹杂在这好打架斗殴、说话刻薄的港口居民之间，有些不伦不类，然而却从来没有人去碰他或欺侮他。对水手们说来，他也是近似音乐师萨什卡一类的人物。

我觉得洛文哈尔德一语道破了库普林小说最主要、最典型的特点——这就是他对人的爱，他的人道精神。

库普林的创作题材和情节尽管千变万化，然而他的一切中篇和短篇小说里都清楚地流露出对人的爱，就像潜台词一样。比如《奥列霞》、《逐出教门》、《神医》和《渔民》尽管彼此不同，却都以对人的爱为基础。

的确，库普林很少直截了当地谈论对人的爱。然而他的每一篇小说都在呼吁人道精神。

他在到处寻找一种力量，能够使人得到提高，达到内在完美的境界，使人得到幸福。他在寻找的过程中走过各种道路，也常常迷失方向，然而他终于找到唯一正确的途径，那就是社会主义伟大理想一定能使人道精神在这苦难深重、矛盾重重的世界上发扬光大。

他找到这条途径为时很晚，经过艰辛而复杂的人生，经过跟高尔基的结交和破裂，经过对待革命的自相矛盾和并不是一直明朗的态度，经过一定程度上对无政府个人主义的倾向，到了老年由于长期写作积劳成疾之后，才找到正确途径。这时他结束了侨居生活，回到祖国，回到俄罗斯，回到苏联，为自己的长期摸索和思考画上了句号。

1870 年 9 月 7 日，亚历山大·伊万诺维奇·库普林出生在奔萨省的纳罗夫恰特镇。

据库普林回忆，这个小镇坐落在黄尘万丈的平原里，几乎每年都要有半个城镇被大火所吞没。这一带景色凄凉,而且缺水。

长期以来,纳罗夫恰特镇由于过分微末而列入所谓的“编外城镇”。它除了做筛子和木桶的工匠手艺好,和紧紧延伸到城边的黑麦田之外,再也没有什么特色了。

这座城镇实际上没有历史可言,也没有人为它写地方志。直到革命前在文献中从来没提过纳罗夫恰特的名字。

总之,在文学史上只有两件突出的事跟这座偏僻小镇的名字有关系,一是库普林诞生在这里,二是费定写过一本书,叫《纳罗夫恰特记事》。费定之所以跟这座小镇有点关系,是因为他的母亲在这里生人。

奔萨的大地养育了很多杰出的人物。无怪乎契诃夫在给生在奔萨的拉德任斯基的信中开玩笑地写道:“奔萨万岁!”

在这些杰出的奔萨人当中,位于前列的就有库普林。

库普林的父亲是个没落的贵族,当过县城的小小文牍员。

库普林的幼年时代就是在这寂寞的纳罗夫恰特小市民的贫穷的环境中度过的。但是他从来也没诅咒过这个城镇。相反,他非常热爱这个城镇,大概就像人们爱长得丑的弃儿一样。他在成名之后,还去拜访过这个城镇。不论这座默默无闻的纳罗夫恰特怎么样,但是这毕竟是他的故乡,是这片土地哺育了他,让他看到这并不美丽的风景。

在对故土的爱中,总有一种无法解释或者解释不清的成分。这种爱有时使我们陷入困境。如果不是我们的故土,我们也会对这种爱感到奇怪。

啊,纳罗夫恰特!这座平淡无奇、黄尘蔽日的城镇,有什么值得爱的呢?

要想深入了解这种爱的秘密,必须在这里住上一段时间,那时,您即使是外来人,也会看上和爱上这个城镇。那时它所隐藏的诗意便会渐渐展现在您面前:看那无边无际的静悄悄的田野,看那被羊群扬起的尘土遮得昏暗的落日,看那门上油漆脱落的雕花板,看那茂密的树叶会突然哗啦作响的高大的榆树,看那摆在温暖的雨下的橡皮树,看那些满脸雀斑的孩子,看那在干旱的黄昏里峡谷和田野后面时明时灭的闪电，闪电带来的是雨打路上尘土的气息。

这些五彩缤纷的景物，无论我们在哪里看见都会感到亲切和心领神会，由此而渐渐产生出对故土的热爱。

库普林从幼年时代就产生了对故乡的爱，这种爱渐渐变成对生活的强烈追求。这大概就是作为作家和作为凡人的库普林最典型的特征。在祖国的现实生活中，没有任何事物，哪怕是细小的琐事，会使他不感到关切。

关于自己的经历，他曾在《火坑》①一书中借普拉托诺夫的口这样讲述过：

我是个流浪汉，却热爱生活。我当过车工、排字工，种过烟，是银叶马哈烟，亲自卖，在亚速海的船上当过烧火的，在黑海打过鱼，是在杜比宁渔场，在第聂伯河往船上装过西瓜，装过砖，参加过马戏团，当过演员——什么都干过，说也说不全。而且从来都不是为了饭碗。不是的，只是出于对生活的强烈追求和抑制不住的好奇心……我甚至想当上几天马，变成植物或鱼，当当女人，尝尝生孩子的滋味。我很想体验一下人的内心生活，用我遇到的每一个人的眼光去看世界。

这些话表现出库普林作为人和作为作家的形象。

库普林的最大特点，是观察事物的具体。他不肯泛泛地谈马哈烟，一定是银叶的马哈烟。不肯泛泛地谈在黑海打鱼，一定是在杜比宁渔场。我们清楚地了解，库普林满可以用这种马哈烟或杜比宁渔场为题材写出很有趣的小说，遗憾的是，他只是轻描淡写，一带而过，没有详细去写。

有一种科学，或者说有一门知识，叫作“商品学”。名称虽然枯燥无味，内容却丰富翔实，对一切所谓的商品都有记载，比如上面提到的马哈烟，关于烟的品种、质量、栽培方法和制作方法都加以介绍，说明

① 《火坑》是库普林重要作品之一，最早译为《陷坑》，有的译为《亚玛街》。——译者注

为什么克列缅丘格的烟末要比涅任的烟梗好。商品学教科书读起来会像一部有趣的故事。

我们可以设想有一门关于生活的知识，姑且叫它生活学百科全书。库普林在这个领域是一位优秀的专家，是一位伟大的生活学家。周围的一切，尤其是人的日常生活和习惯，对他说来就是人的内在生活和复杂心态的最准确的标志。

库普林不仅仅善于了解人。他在生活的任何领域的知识都丰富得惊人。

这些知识之所以特别珍贵，因为它们是日常观察的结果。他一切都经历过，一切都亲眼所见，亲耳所闻。这一特点使库普林的散文有一种永不凋落的新鲜感和丰富多彩。

可以把库普林全集拿来，随便打开一本，在任何一篇小说里都可以发现渊博知识的结晶。

比如，库普林在写得很出色的短篇小说《逐出教门》中就表现出对教会仪式的丰富知识，包括唱圣咏的乐谱音符、圣礼记、逐出教门的程序和教规。而在《决斗》和描写军队生活的短篇小说中，又表现出他对于军人服役及军人生活习惯的了解是不可企及的。

库普林不论写什么——马戏团、演员的工作、打猎、走马和动物的生活——都写得内行。

库普林的作品很容易读。人人都这么认为。这一点儿也不错。但是要想深入了解库普林所提供的生活素材，衡量一下库普林在生活学方面的知识有多么渊博，读他的小说就应该慢慢地读，就应该记住作家所描写的许多准确的生活特征，因为这些特征是作者用锐利的目光发现之后从生活中整个移植到小说里的，而在故事情节中就像在现实生活中一样栩栩如生。犹如把植物连根带土一起移植过来，以免它们枯死。

库普林有一本小书叫《基辅的典型人物》，可以说是他的生活学最早的表现之一。这很像他年轻时所完成的一篇出色的习作。

这篇小说收集了基辅的各种小市民（基辅的市侩习气与内地不

同,颇有些西方味道)和惯于钻营的可疑人物——从大学生中的阔少到赌场上的骗子。

库普林在《基辅的典型人物》中之所以能够深入到各种人物的内心世界里去,正是由于他具有透彻的观察力。

在这里我不准备详细介绍库普林的履历。他的一生就写在他的中篇和短篇小说里。无论谁想介绍,也没有他自己写得完满。况且库普林还说过,“读者毫无必要纠缠作家的生活琐事,因为这种好奇心有害无益,低级庸俗”。因此我只想提提他一生中最重要的事。

库普林早年丧父,然后随着毫无经济来源的母亲过起孤儿生活。这种生活没有微小的欢乐,却充满巨大的屈辱和贫困,库普林在短篇小说《生活的河》里曾含着无限辛酸和痛楚描写这种孤苦伶仃的生活:

我的母亲……很早就守了寡,所以我儿时最早的印象都跟挨门乞讨密不可分,低三下四,强颜做笑,备受凌辱,却要竭力讨好,哭哭啼啼,扮出可怜相,嘴里念叨着难于启齿的下贱的话:帮一点儿吧,一丁点儿,一杯茶……强迫我去吻行善的人——不论男女——的手。母亲还要说,我不喜欢什么什么好吃的东西,因为我有鼠疮,这样一来好吃的东西多留给主人的孩子吃,主人就会高兴。女仆还悄声嘲笑我们,说我是罗锅,因为我小时候好耷拉肩头,当着我面把我母亲叫作要饭的,叫花子……我恨这些行善的人,因为他们拿我不当人看,睡不醒似的懒洋洋和故作俯就地伸出手让我去吻,我对他们又恨又怕,就像如今我对那些一成不变、洋洋得意、死板清醒、什么事都预先知道的人又恨又怕一样。

库普林的母亲进了莫斯科库德林广场上的寡妇院。开头他跟母亲住在一起,后来被转到孤儿寄宿学校。

在我国革命前的文学中很少涉及“慈善机构”——孤儿院、寡妇院和孤老院。在这些机构里,人所受到的屈辱达到了艺术水平。要想进入这些机构，需要陷入绝望的地步，而要离开这里，除非进医院或进坟墓。

库普林在短篇小说《逃亡者》、《神圣的谎言》和《退休》中非常准确地描写了这些机构的情形。在我国的作家当中，他大概是第一个大胆触及这类题材的人。他怀着强烈的怜悯描写了这些由于没有用处而被抛弃的人。

然而库普林有一颗善良的心。有时候连他自己也觉得他写的故事太凄惨了，便按照他的意愿而极力减轻主人公的痛苦。不过他这样写往往并不成功，不仅读者，连作者本人也意识到这不过是一种软弱无力的安慰或者圣诞节故事的迫不得已的结尾。

库普林在孤儿阶段结束之后，开始了第二阶段——服军役。这个时期很长，足有十四年之久。

他被送进中等军官学校，在当时，穷官吏和没落贵族的子弟进中等军官学校是唯一能得到受教育机会的地方，他们得到免费教育，生活上一切都供给。

后来库普林从中等军官学校升入莫斯科亚历山大士官学校。士官学校毕业后获少尉军衔，并被派往第四十六步兵团——第聂伯团服军役。这个团驻扎在波多尔省的偏僻城镇普罗斯库罗夫和沃洛奇斯克。

库普林在描写军人生活的短篇小说中曾简短地描写过这些荒凉的城镇。

在这些短篇小说中第一次表现出库普林的才能（按蒲宁的说法，是“卓越的”才能）罕见的特点，即善于迅速而贴近地熟悉任何环境、任何生活方式和任何风景。不论库普林写什么，他一下笔就能以叙述的真实可信而打动读者。

不论他写的是敖德萨、西部边疆区、基辅，或梁赞的森林和城郊，巴拉科拉瓦、顿涅茨煤田、波列西耶、莫斯科，还是农村或铁路上的小站，他总在小说中写出他敏锐发现的特点，一下子就把我们读者带到他所写的地方，使我们成为那里的居民和那里所发生的事件的目击者。

库普林的这种才能，仍然来源于他热爱生活，对现实生活中的各种现象都非常感兴趣，渴望认识一切、看见一切和了解一切。

库普林在这个团一共服役四年。这四年的时间足够使他仔细研究军队的生活，并在几年之后便写出俄国文学中无情揭露现实的优秀作品之一——中篇小说《决斗》。

《决斗》是在 1905 年 5 月出版的，发表在《知识》文库第 6 卷上。

这部小说的发表，等于给沙皇俄国的政治体制当头一棒。《决斗》的成功的确是前所未闻、空前绝后。

我当时年纪还很小，刚满 13 岁，但是我清楚记得那个严峻的时代和库普林的新著所产生的影响。

满洲战争①快要接近注定失败的可耻的尾声。由于将军们的无能和令人发指的愚蠢，士兵成千上万地战死在高粱地里。好絮叨的库罗帕特金换成年老昏聩的躁狂者利涅维奇将军。后方在偷窃和酗酒。军队甚至不会退却。全国一片哗然。

令人难于置信的消息——俄国舰队在对马海峡全军覆没，成为最后一个令人震惊的打击。

对马海战失败后，我第一次看到工人和大学生上街游行。连流浪音乐师带着手摇风琴到各家院子唱歌时，也编出了新歌：

对马的英雄光荣牺牲！
这是最后一次，再也不会有。
黎明在前，为期不远，
祖国大地即将得到自由！

恰好在这个时候，《决斗》出版了。

人人都在寻找满洲战争失败的原因。库普林在《决斗》中对这些

① 指 1904—1905 年的日俄战争。——译者注

原因提出自己的见解，而且恰中要害，不容置辩，连沙皇制度的支持者也惊慌失措了。

明显的事实是不可争论的。而《决斗》所反映的正是明显的事实，所以说《决斗》不仅是一部中篇小说，而且是一部文献，记载着军官阶层的愚蠢和腐败透顶，军队只靠着士兵的恐惧和屈辱来维持着，所以一遇到战争，必然要遭到可耻的失败。

愤怒的浪潮遍及全国。连有正义感的军官也欢迎库普林，并给他发来致谢电。但是大多数军官正是《决斗》中所描写的典型，他们感到愤慨和暴怒。

当时我正在基辅念中学，离开家，在季基胡同租房住。房间狭小，房钱便宜。房东叫罗姆阿尔德·科兹洛夫斯基，是个陆军中尉，跟他母亲住在一起。他母亲性情温和，只是眼睛有点儿瞎。

当我读完《决斗》时，只是觉得小说里缺少罗姆阿尔德·科兹洛夫斯基这种人物形象。尽管他父亲是地板打蜡工人，他却妄自尊大，以为跻身贵族阶层便了不起了，满脑子愚蠢的特权观念。他好寻衅惹事，常常想同不尊敬他的文职人员发生冲突。他甚至盼望发生这种冲突，死乞白赖地挑起事端，以便保卫自己的贵族荣誉和军人荣誉。

由于他身材矮小，便把皮靴钉上高跟，戴胸衣，并且老喜欢伸长脖子，就像公鸡站在垃圾堆上要打鸣似的。

他大大早晨蓄着两撇胡，穿着天蓝色衬裤，坐在厨房里喝大麦咖啡。他身上散发着发蜡味和浓烈的廉价香水味。因为他经常用一种药治梅毒，却总也治不好，为了减少这种药的酸味，就拼命往身上洒香水。这种气味从他住的房间传出来，满屋子都是，令人恶心。

这个中尉认为自己是容易使女子动情的人，在爱情上难以满足的人。据说他还好殴打士兵。偶尔还喜欢弹弹吉他，唱起轻佻的小调：

您的小脚
虽然有些厚，
可我崇拜它，

亲也亲不够！

他对待母亲很粗暴。母亲怕他。我却从心里恨他。

有一次我正跟他母亲一起在厨房里喝咖啡，咖啡的牌子叫“喜马拉雅谷物”。中尉走进来，用两个指头厌恶地掐着一本什么书，扔进垃圾桶。

“把这个烧了它！”他对他妈妈说，“把这本破书撕碎烧了，不知哪个臭文人胆敢污蔑我们俄国军官。要叫我碰上他，非给他点儿颜色看看，我以军官的荣誉发誓。会有他好瞧的！”

这本书就是《决斗》。

现在我又发觉自己再次回想，库普林的小说里还应该有哪些人物。我觉得这并非偶然，只能证明他小说中的人物在当时有非常突出的典型性，只是现在已觉得那个时代太遥远了。

《决斗》的成功之处，在于作者十分熟悉军人生活环境，写得非常准确。《决斗》中的军官群像，既令人感到人格上的可耻，又产生一种想要挽救他们的愤慨心情。

军队中以上凌下的作风是一脉相承的：将军对待团长粗暴轻慢，团长对待军官，按当时的说法，加以“叱喝”，军官对待士兵就更不必说了。下级军官把他们不走运的怨恨和生活中所有的伤心痛苦都发泄在士兵身上。

在《决斗》中，几乎所有的军官都是猥劣愚蠢之徒，酒鬼，一心往上爬又不学无术，在他们眼里，普希金不过是个“不知哪来的臭文人”。

他们完全脱离人民。他们生活在肮脏苦闷的环境中。他们被有意识地隔离成一个妄自尊大的阶层，毫无根据地认为他们在国家生活中起着特殊作用，认为“军官的荣誉”了不起。

库普林在《决斗》里借其中一位主人公纳赞斯基的口清楚地说明了这个问题。纳赞斯基是个有天才的军官，堕落成酒鬼，又是个不大高明的尼采主义者，他说：

请您想一想,我们这些不幸的大兵,陆军部队,光荣、勇敢的俄国军队的主要核心,都是些什么人?不过是些积压的次品,社会渣滓,废物……是一群害怕读书的中学生,甚至是没毕业的神校学生。我可以举我们的团为例。什么人服役时间长而且干得好?是养家糊口的穷汉,是穷光蛋,他们可以做任何让步,干任何残酷的事,甚至杀人,盗窃军饷,这一切不过是为了饭碗。命令他:“射击!”他就射击,向谁开枪?为什么?也许是枉杀无辜?这一切他都不管,他根本不加考虑。他知道家里有患佝偻病的脏孩子正嗷嗷待哺。他像啄木鸟一样瞪大眼睛,毫无意义地重复一句话:“宣过誓!”凡是有天才、有才能的人,都喝成了酒鬼。我们军官当中有百分之七十患有梅毒。

……奴隶制如果延续上几百年,那么它的崩溃情景就更加可怕。压迫越厉害,报复也就越血腥。我深信,我确信不疑,总有一天女人会以我们为耻,士兵也终将不听指挥。这倒不是因为我们把那些没有能力保护自己的人打得头破血流,也不是因为我们污辱妇女,为了军官的荣誉而不受惩罚,也不是因为我们酗酒,把酒店的一切都砍个乱七八糟。当然这些也都会成为原因,但是我们有个更可怕、现在已无法挽救的罪过,那就是我们对一切都视而不见,充耳不闻。在离我们肮脏发臭的驻地很远的地方,早就开始了一种宽阔无边、光辉灿烂的新生活。出现了一批勇敢自豪的新人,在人们的头脑里产生了热烈的自由思想……而我们只会像公火鸡一般端起架子,眨巴眼睛,傲慢地发问:“怎么回事?在什么地方?住嘴!暴动!枪毙!”我们对待人类的自由精神这种火鸡式的轻蔑,不会得到原谅——永远得不到!

库普林在描写士兵的悲惨命运时,像写军官一样真实有力。

罗马绍夫跟士兵赫列勃尼科夫谈话的痛苦场面,就属于俄罗斯文学中最动人的场面之一。原来这个士兵受到严刑拷打、残酷折磨,已经丧失理智,准备卧轨自杀。每次读到这种场面,都不能不感到内心的战栗。

跟《决斗》相媲美的还有库普林的军事题材的短篇小说:《夜班

岗》《行军》《审讯》。

在《决斗》搁笔很久之后，库普林又写了一篇精雕细刻的出色的短篇小说《雷勃尼科夫上尉》，写的是一个日本间谍。

这篇小说把这个日本间谍的形象写得活灵活现，很有点儿像果戈理笔下的戈贝金大尉。库普林写道，这是“军医办公室或军需部门小官吏的真正典型”。这个间谍之所以能长期活动而不受惩罚，完全由于官员的玩忽职守和俄国知识分子的懒惰成性。

《决斗》成为俄国革命史上的一座里程碑。无怪乎有一次库普林在塞瓦斯托波尔朗诵《决斗》时，施密特中尉走到近前，紧紧握住他的手。这件事就发生在“奥恰科夫号”起义之前不久。

《决斗》的成功，使库普林不仅成为全俄国的著名作家，而且成为世界名人。然而，库普林不但没有沾沾自喜，甚至把它当成负担。

据蒲宁说，库普林对待他的声誉，“就像什么事也没发生过似的，令人觉得他一点儿也不重视这件事，根本没觉得了不起”。

库普林经常说，他能成为作家完全出于偶然，所以他得到这么大的声望，很感到意外。

1894 年，库普林从军队退役，在基辅定居。

开头他很拮据，但是不久就为基辅各报写小品文，按他自己的说法，写些“小玩意儿”。

在这之前，库普林很少写东西。1889 年他还在士官学校读书的时候，便发表了第一篇短篇小说《最后一次尝试》，发表在莫斯科的幽默杂志《俄罗斯讽刺篇》上。库普林在中等军官学校时期曾写过几首歌颂革命的诗，笔调颇为振奋，但很幼稚。

库普林写短篇小说时，写得轻松，不费踌躇，全凭才气，然而他清楚，光靠天才，没有丰富的生活积累，是坚持不了多久的。他曾在一封信里写道，刚退伍时，“最感到困难的是，我没有任何知识，不论是科学方面也好，生活方面也好。所以我便怀着直到如今也不满足的渴望，投身生活，并大量读书”。

既然需要深入生活，库普林便毫不犹豫地投身其间。他走遍了俄国，干过各种工作。他透彻地了解国情，了解各个方面的情况，喜欢跟普通人生活在一起，询问他们的生活，观察他们，学会他们的语言，记住他们的土话。

就这样年复一年，库普林逐渐成了跟高尔基一样阅历丰富的人，成为了解人民和表现人民的作家，并跟列斯科夫一样，跟高尔基交了朋友。因而，他从来也没感到素材匮乏。他对一切都发生兴趣，任何故事经他一讲，都很生动，津津有味，毫不怀疑四周的听众也一定听得有味。

他作为作家，正是经过广泛深入各地的生活而成熟起来的。只要把短篇小说《基辅的典型人物》跟《生活的河》比较一下，就看得十分清楚。

所有这些短篇小说都跟库普林在基辅的生活有关。这两篇小说的素材是一致的。然而，《基辅的典型人物》虽然也才华横溢，毕竟有点儿讽刺小品的味道，而《生活的河》的成就直登经典之堂。

我在少年时候，曾在基辅的这类旅馆住过，跟库普林笔下的"塞尔维亚"一样。每当我读库普林的这篇小说时，都对它的典型性感到诧异。我虽然没住过"塞尔维亚"，却住过"进步"旅社。这个旅社跟库普林所描写的"塞尔维亚"一模一样，也是那样的陈设，也是那样的老板娘跟她的情夫加管事，而房客们也是那样令人讨厌和疑心重重。

顺便说一下，在那里我第一次，也是平生唯一一次见到库普林。他当时正在基辅大马戏院里朗诵自己的短篇小说。他的朗诵很出色。而他的相貌令我感到奇怪。从前我只看到过他的照片，觉得他很像俄国的好心肠的牲口贩子。他长着一张朴实的宽脸膛，有点儿像蒙古人。

而我在大马戏院里见到的他，却体魄健壮，有点儿敦实，西服上衣的前襟插着一朵红石竹花，显得十分端庄优雅。

1896 年，库普林曾在顿巴斯一个冶金厂的锻造车间工作。过了不久，他就写出了中篇小说《莫洛赫》。

在那些年代，顿涅茨土地早已失却契诃夫在《草原》里所写的宗法风习。工厂放出的浓烟笼罩着草原的地平线:《伊戈尔远征记》所写的草原的诗意，早已成为一去不复返的过去。勃洛克在他的诗中曾经写到这一点：

那里再也看不见公爵的大旆，
再也不用头盔去舀顿河水，
瓦兰吉亚人的美女再也不为
被波洛伏齐人俘虏而流泪

风再也不吹起前额上的鬈发，
草原上也看不见斑斓的权杖……
那里只有工厂的黑烟囱耸立，
那里只有工厂的汽笛鸣响。

草原上的路无边无际，
草原漫漫，只有风在呼啸，
突然出现一座多层的厂房，
旁边是工人的茅舍组成的街道……

当时在顿涅茨平原上曾出现一阵挖煤热。凡是产煤的地段都被用高价抢购一空。成立了很多股份公司，建设矿井和工厂，在俄国和外国企业家之间进行残酷竞争，往往是外国人占了上风。因为外国人有门道，而俄国的财主、初出茅庐的商人和包工头，只能观望和试着干，而且只懂得一种发财的办法，就是尽力从土地、机器和人身上榨取。

我反复读库普林的作品，不无惊异地发现，我一生浪迹天涯，所走的路仿佛踏着他的足迹。西部边疆区、基辅、敖德萨、顿巴斯、巴拉克拉瓦、梁赞附近的梅晓拉森林——我一生走过的这些地方跟当年库普林的路线不谋而合。差别只在时间上，而且这个差别也不大——不超过20年。

我一生经历的事物，跟库普林当年所经历过的，几乎完全相同，所以我有权来证明库普林笔下的人物和事件以及他的文笔具有异乎寻常的新鲜感。

1896年，库普林曾在尤卓夫工厂工作。而我是在1916年到那里——整整过了20年，然而我在顿巴斯所看到的情景，就像库普林在《莫洛赫》中所描写的一样。我至今还记得那些叫作纳哈洛夫卡和上海的工人居住区，全是地窨子和小草房，矿工们在不见天日的地下挖煤，却一贫如洗，每到星期天便跟哥萨克们打架，到处是煤渣，景象凄凉，而工程师和“莫洛赫”们则趾高气扬，瞧不起工人。这些股份公司的财东、工业巨头，连部长都要讨好他们。

库普林的任何作品，也没有像《莫洛赫》中的爱和恨这样分明。他仇恨资本主义及其胡作非为的代表人物，他谴责那些心地单纯而骨头软的知识分子，一到关键时刻便歇斯底里大发作，他同情辗转于饥饿和贫穷之中的工人。

在这篇中篇小说里，“莫洛赫”克瓦什宁的形象写得很突出，这是一个生意人兼企业家，“装满金子的口袋”，作者有时还给他加上几笔怪诞的特征。

当时的批评家，有一部分是所谓的“有洁癖的文学家”，尤其在《莫洛赫》发表之后，责难库普林的作品在语言和修辞上有毛病，说他没进过文学院。

这种责难产生于库普林在创作中喜欢趁热打铁，“跟踪”抒写，不喜欢拖延，也不花上几年工夫去推敲。他爱用自己的心态，自己的想法、喜怒或追求去感染读者，为了这个目的，他不必去寻找特别的词汇和修饰语。

库普林热爱俄语，运用纯熟，但是他从来不肯形成固定的文学模式。

他的语言有时候接近口语，接近口头讲述的语言，这时有些与托尔斯泰的语言相近。与此同时,库普林一直赞赏契诃夫的语言,说契诃夫的语言“芳香馥郁、细腻而明快”。其实库普林的语言就十分明快,有光彩,有力度,有新鲜的色调。

库普林还善于运用与俄语同源的语言(比如乌克兰语)和土语方言,而且用得恰到好处。他那些描写波列西耶的短篇小说就很有特色,正是因为波列西耶的方言使整个作品都富有地方色彩。

此外,库普林还非常熟悉各种行话,包括黑话和妓女的切口,包括小市民语言和半知识分子的语言。这一特长使他的短篇小说具有鲜明的典型性。库普林不仅善于运用语言特点和对话来塑造某个人物的性格,而且善用语言来刻画俄语社会的各个阶层。

这样的例子举不胜举,随便举两个也就够了——一个是《莫洛赫》中工程师鲍勃罗夫说话的特点,一个是短篇小说《生活的河》中大学生讲话的特点。

他们的语言特点是:长篇大论,夸夸其谈,有时装腔作势,带书卷气,“心地单纯”却模棱两可,缺乏力量——这种语言最能揭露出这些知识分子的内心空虚。

以库普林的才华横溢和语言生动而论,他不仅在“文学院”毕了业,而且念过几个文学科学院。

库普林当下级军官的时候,曾到彼得堡总参谋部科学院报考,考试虽没通过,却使他跟《俄罗斯财富》杂志社和几位作家交了朋友。

从此,尽管他到处漫游,有时跑到被人遗忘的偏僻的角落,但他从未中断这些关系。他跟契诃夫结识之后,就常到阿乌特卡河畔的雅尔塔去拜访他,在那里又结识了蒲宁、高尔基、费奥多罗夫、医生兼作家的叶尔帕季耶夫斯基和契诃夫身边所有的人。

库普林在作家群中也以直率和平易而独树一帜,他的生活方式与一般作家截然不同。他跟作家交上朋友之后,也没有抛弃从前在工人、渔夫、农民和平民百姓中结交的老朋友,而为了跟这些人交好,他宁可轻易放弃跟文学家的往来。

他没有一点儿虚荣心。他从来没说过自己是作家——也许他根本就不记得这一点。然而如有初学的作家，特别是来自跟他贴心的平民阶层，他一发现，从不放弃帮助他们的机会。

作家尼·尼康德罗夫就对我讲过，库普林如何坚持不懈地帮助他，甚至强迫他学习，以便“把他造就成一个真正的作家”。

在那个时代说来，这个故事很有代表性。

尼康德罗夫原是黑海的渔夫，因参加社会革命党，于 1905 年坐过牢。

塞瓦斯托波尔的监狱就设在市场广场附近，那一带很热闹。正是夏天，天气酷热，所以连牢房的窗户也开着。

尼康德罗夫本是个生性乐观的人，而且口若悬河，闲坐着很无聊，便想出各种消遣的办法。他站在窗前，观看上市场的过往行人，主要是观看南方那些叽里呱啦的家庭主妇。这些女人只要一见面，就停下脚步，说个没完。于是尼康德罗夫便绘声绘色地编造她们的谈话，讲给大家听，借以取乐。他很熟悉南方的家庭主妇的生活习惯和脾气。

监狱里所有的犯人都站在打开的窗户旁边听他讲故事，并报之以笑声和掌声。

有一次，尼康德罗夫从一个打扫监狱的刑事犯手中接到一张条子。条子上说，如果他把讲的故事写到纸上，并转交给写条子的人，那么这些故事就会在塞瓦斯托波尔的报纸上登出来，并且会得到稿酬。条子末尾的签名是格里涅夫斯基，这个签名他不熟悉。其实这就是作家格林。

尼康德罗夫把这些恶作剧的故事记下来，转交给格林，没过多久，果然在报上发表出来。

尼康德罗夫出狱后，来到《塞瓦斯托波尔报》编辑部。那里有库普林从巴拉克拉瓦给他写来的信。库普林非常欣赏尼康德罗夫的这些故事，并且邀请素不相识的作者去做客。

尼康德罗夫到巴拉克拉瓦去拜访库普林，两人马上成了朋友，库普林简直是强迫他写作，并且花很多时间耐心地教给他基本的写作技巧。

库普林在巴拉克拉瓦写出了《渔民》，这是他的最动人的短篇小说之一。

我已经说过，库普林的作品几乎全都带有自传性。他笔下的所有的幻想家和热爱生活的人，写的就是他自己——单纯天真，不会装腔作势、长篇大论。所以他一心要接近跟他一样单纯而个性鲜明的人。

巴拉克拉瓦的希腊人——渔民——正是这样的人。

总的说来，《渔民》无论在富有诗意、叙述流畅方面，或在人物的栩栩如生、环境和风景具体如画方面，都在库普林的创作中占有特殊地位。

《渔民》可以说是俄国散文中的一篇纯朴而优美的史诗。其中的每个特征、每个细节，都会引起人们的微笑，其原因就在于一切都写得准确真实，仿佛可以摸得到。

库普林只用两三个简短的句子就勾勒出巴拉克拉瓦的细腻的充满感情（如果可以这样说的话）的景象。

现在举出一个句子为例：

我几乎走遍了俄国，东南西北没有我没去的地方，任何地方也没有像巴拉克拉瓦这样深沉、完满、彻底和寂静。你走到阳台上，一下子被黑暗和沉默所包围。漆黑的天空，漆黑的海湾，漆黑的群山。海水如此稠密，如此沉重，如此平静，连星星反照在海水上，也不起涟漪，不眨眼睛。

库普林居住在巴拉克拉瓦不是没有缘故的。我觉得，对作家进行写作而言，没有比巴拉克拉瓦更好的地方了（当然到了冬天就很少有人住了）。

在这座小城镇，到处是希腊式楼舍，修有放塑像的空壁槽，海岸上摊放着细细的天蓝色渔网，有舒适的小台阶，偏僻的小巷，一片寂静，面向广阔的大海，真有点格林作品的情调。可以隐隐听到海岬后面波涛大作，而巴拉克拉瓦湾里涨潮的水与古老的海岸一齐，却水平如镜，一丝风也没有，干枯的金合欢的叶子一动也不动。

然而，最奇异的，最令人意想不到的，还是巴拉克拉瓦的夜，这时城里唯一一座街灯的光亮也沉没在黑暗里，你坐在阳台上，在一片漆黑中正好遐想，感受着无边的平静，我想说是内心的平静。在这一片平静之中，应该产生出出人意料的念头和异乎寻常的作品，就像《渔民》一样。

库普林有一组短篇小说与森林有关，如《密林深处》、《沼泽》和《猎松鸡》。它们只是故事发生的地点相同而已，故事情节迥然各异。

库普林对大自然的爱是虔诚而平稳的，富有感染力，在这里也可以感觉出他的才华横溢。

库普林描写大自然和森林，比如描写波列西耶一座焦油工人的小草房，都会让你读得心里发痒，恨不得马上到那里去开开眼界，看一看大自然的原始景象和美丽。

有一段时间，库普林在梅晓拉森林里住过，住在姐姐家。他姐夫是克里乌什的守林人。短篇小说《沼泽》的故事就发生在梅晓拉。

直到如今，梅晓拉的老守林人和巡查员们还记得库普林和他的姐夫。他们甚至能告诉来访的人，他姐夫的小屋坐落在什么地方，原来他姐夫就是库普林在《沼泽》中所描写的斯杰潘的原型——这是一个性格温和、唯命是从的人，跟他的全家都死于疟疾。

这座守林人小屋就坐落在苔地里，在一大片沼泽地中间。如今松苔地早已干涸了，也没有守林人居住了，他们原来住的小屋搬到所谓的“小岛”上了，指的是松林中间的沙丘。

沙丘上固然干燥而温暖，然而夏天住在那里也是活受罪，蚊子多得不得了，守林人的家里人几个星期不敢出屋，坐在熏蚊子的呛人的烟里。睡觉必须用蚊帐。到了秋天，蚊子就没有了，所以对于森林里的居民说来，秋天是最美好的时光。温暖清新，密密的松林还保留着最后一点温暖。

要说蚊子有多厉害，只要注意这样一个现象就足以说明了：湖岸上和沼泽地里的赤杨落满蚊子，所以树叶的颜色不是绿的，而变成灰的了。每到傍晚，整个沼泽蚊子的嗡嗡声响成一片，好像整个世界都是这样。

我曾在这片松苔地上过夜，无论是篝火，还是铺在身底下的厚厚的松枝，都不能防寒，好像有一股湿冷的寒气从地底下钻出来，砭人肌骨。而雾又特别重，篝火怎么也点不着。

上面说的这一切，只不过是短篇小说《沼泽》的外部环境。这篇小说以惊人的力量揭露了农村生活的愚昧和人们在当时社会制度的暴虐面前奴隶式的愚蠢顺从。守林人斯杰潘的软弱和唯命是从的哲学可以归结为一句话："我们不受罪，还会有别人来受罪。"

库普林有一个心爱的主题。他是怀着一种纯洁、虔诚而有些神经质地去写这个主题的。其实这样也是办不到的。这就是爱情的主题。

有时候会觉得，在世界文学里关于爱情该说的已经都说了。法国有《特里斯丹和绮瑟》的故事，意大利诗人彼特拉克写有十四行诗，还有玛侬·莱斯科的爱情故事，普希金写有《为了遥远的祖国海岸》，莱蒙托夫写有《不要嘲笑我预见到的思念》，托尔斯泰写有《安娜·卡列尼娜》，契诃夫写有《带巴儿狗的女人》，关于爱情还有什么可写的呢？

然而，爱情有几千个角度，每个角度都有不同的光泽，不同的哀伤，不同的幸福和不同的芳香。

在描写爱情的小说中，有一篇最芳香而哀伤——令人肠断——的，就是库普林的《石榴石手镯》。

库普林一边看《石榴石手镯》的手稿，一边哭泣，落下几颗轻松的眼泪。遗憾的是，并不是每个作家都为自己的手稿而经常哭泣或大笑的。我之所以要说"遗憾"，是因为这些眼泪或笑声表明作家所写的人物富有生命力，有时连作家本人也不能完全了解他所塑造的形象的力量和他的写作才能。

关于《石榴石手镯》库普林曾经说，他的小说中再也没有比这篇更纯洁的了。

这话说得很对。库普林写了很多关于爱情的短篇小说，写对爱情的期待，写爱情的悲惨结局，写爱情的诗意、苦闷和永恒的青春，都写得精致而优美。库普林无时无刻不在祝福爱情。他把“祝福给予一切：给大地、江河、树木、花草、天空、香味、人们、野兽和女人身上永恒的慈爱和永恒的美”。

所以，伟大的爱也会打动最平凡的人——监察院的一个整日伏案书写的官吏热尔特科夫。

读到小说结尾令人惊叹的叠句“但愿你的名字神圣！”，不能不感到心情沉重。

《石榴石手镯》的特别感人之处，在于它所写的爱情，仿佛是在日常琐事中，在清醒的现实和一成不变的习惯中一种意外的奇遇。这爱情充满诗意，照亮了人生。

《石榴石手镯》里所有的人物都是真实的。关于这一点，库普林曾在一封信里写道：“你还记得这段悲惨的故事吗？邮局的小官吏帕·帕·若尔季科夫爱上了柳毕莫夫的妻子，爱得毫无希望却富有自我牺牲精神，十分动人。”

我提到这一点，不过是为了强调库普林写的许多小说都确有其事。库普林不必从臆想和诗意的世界去寻求写小说的题材。相反，他是在现实生活中去挖掘最富有诗意、最深层的东西，反而给人造成一种自由想象的印象。

我不可能把《石榴石手镯》的全部优点都列举出来，但是有一点不能不说，那就是库普林把这段纯真、哀艳的爱情故事放到南国海滨的秋天的环境里，说明他的审美观点正确无误。

我也说不清其中的道理，不过大自然那种辉煌而凄婉的凋零、晴朗的天气、沉默无语的大海、干枯的玉米秸、人去室空的别墅、残花的草香——这一切都使这段故事格外哀艳动人。

库普林以欣喜的心情迎接了二月革命，然而对十月革命的态度却自相矛盾。他愤然反对仇视十月革命的敌人，却又怀疑十月革命能否成功，怀疑它的人民性。

库普林就是在这种无所适从的心态中，于 1919 年乔迁法国。

他的这一举措事出偶然，并非必走不可。在国外，他深深怀念俄国，几乎放弃写作，终于在 1937 年春回到莫斯科。

当时他已病入膏肓，于 1938 年 8 月 25 日逝世。

“甚至祖国的花也香得不一样。”他在临死之前这样写道，这句话表现出他对故国的深沉的爱。

我们应该为了一切而感谢库普林——为了他博大的人道精神，为了他卓越的天才，为了他对祖国的爱，为了他对人民幸福的不可动摇的信念，为了他善于跟富有诗意的事物稍一接触就能流畅地抒写出来的不朽的才能。

1957 年

森林里的人

很久以来，我都不敢跟普里希文结识，只是远远地观察他，因为我觉得他既像个巫医，又像个有大智的人。他身上仿佛散发着化雪的气味、白芷汁的辣味和森林里的霉味，还令人联想起沼泽上的晚霞。

平时不知道他在什么地方，大概在俄罗斯的某处密林里。他像住在森林里的庄稼人一样非常狡猾，并且洞察秋毫，无论鸟儿玩什么把戏，都逃不过他的眼睛。

后来我们终于相识了，但并没有深交。他有一种不太容易接近的性格——他的思维方式很独特，而用来表达思想的语言也别具一格，周围的人有时都听不大懂。

他身上有一种类似老吉卜赛人的特点，不但外貌如此，连他对山川不拘一格的知识也是如此。他有一种天生的流浪汉的气质。

有一次普里希文对我说，凡是他发表过的东西，跟他的日记，跟他平时做的笔记比较起来，可以说微不足道。他记了一辈子笔记。主要是想留给后人。

普里希文去世后，有一部分笔记发表了。从发表的这部分看来，这是一部惊人的巨著，充满诗意和简短的出人意料的发现——普里希文这部日记里只要有一两行，到了别的作家手里，如能加以扩展，就可以写成一本书。

如果说文学中有潜台词——物象的引申意义、影射的形象，就像回声对原声的回响一样，印入我们的脑海——的话，那么普里希文在俄罗斯的大自然里发现了这种潜台词。

这种潜台词的秘密在于：他不论看到什么，比如矮树林、野兽、白云、小河、茂密的灌木丛或醋柳二次开花，他内心里产生一种隐秘的感觉，同大自然融合在一起，并赋予大自然一种普里希文所独具的形象。

普里希文本身的存在就好像俄罗斯大自然的一部分。

根据他对我国土地的热爱和了解，可以称得上是这块土地的主人，并像所有的主人一样，在某种程度上也是私有者，不过这个私有者有独特的含义。

他像私有者一样怜惜和保护这片土地，不过他不是为了自己，而是为了艺术和后代子孙。他之所以要保护她，因为他知道处女地的有益的作用。

他想为人们哪怕保存几小块这样原始的土地，得以呼吸未曾触动的角落里的空气，得以观赏这片土地的新鲜状态，一旦被一层层烟尘弥漫，新鲜马上就会暗淡而消失。

所以他为了我写过一本《梅晓拉地方》的书而大生我的气，因为这本书引起大家对梅晓拉森林的注意，从而令人遗憾地带来灾难性的后果——成群的游客终于把这块曾经新鲜的土地踏了个遍，而实业家的队伍立刻在这片土地上进行开采，以便从中取得最大的利益。

"您可知道，您对梅晓拉的那些赞美惹下了什么祸吗！"他就像责备闯祸的孩子一样责难我说，"在您那片平静的索洛特恰已经为梁赞居民盖起几百座别墅。现在您再到草地去看看，哪怕能找到一朵盛开的翠雀花也好。您去找找试试！恐怕未必能找到！美丽的景物只要被不知爱护的手一触动，就会永远消失。现在的人也许会十分感谢您，而您的子孙未必会为此而向您致敬。在这片梅晓拉土地上有多少东西可用来发扬崇高的人民精神和人民的诗意！我的亲爱的，您太孟浪了，没能保护好您的贝伦代人的王国。"

是的，如今在梅晓拉大概白天打灯笼也找不到翠雀花了。

"白天打灯笼"——说得多俏皮，这是给孩子听的。因为只有孩子才相信，会有什么怪人在草丛里游荡，用强烈的电筒光照着草棵，在那幽静的阴影里寻找一种蓝花——这种花的颜色比天空要亮三倍，也深三倍。

开头普里希文的愠怒令我震惊,甚至有些愤愤不平。心里想,一切都为你自己,不肯把一点点分给别人。你把美丽的景物藏起来,不让大家知道,有什么好处?

但是没过多久我就相信还是他说得对,他考虑到几代人的幸福,不要让后人受穷。他比我们想得远。我们习惯于考虑今天的事,这正是我们自私的地方。

格林的一生

作家格林的真实姓名是:亚历山大·斯杰潘诺维奇·格里涅夫斯基。他于1932年7月逝世于旧克里木——一座长满古老的核桃树的小城。

格林的一生尝尽辛酸。他一生的遭遇仿佛有意把他造成一个罪犯或恶毒的市侩。所以像他这样神情阴郁的人,经历过苦难的人生,却能出于污泥而不染,保持着丰富的想象力、纯洁的感想和腼腆的笑容,倒真令人费解了。

格林一生的经历,是对革命前的人与人的关系无情的审判。旧俄国对待格林太残酷了——从他幼小的时候就剥夺了他对生活的爱心。他的处境是可怕的,他的生活是无法忍受的。他一生仿佛在受野蛮的私刑。格林活下来了,然而他一生都保留着对人生的疑惧。他一直设法逃避人生,以为生活在缥缈的梦境中,总比在每天都要遇到的"污垢和垃圾"中好得多。

于是格林开始写作,在小说中塑造出快活而勇敢的人的世界,充满阳光、开遍香花的美好的土地——这样的土地在地图上是没有的。他还编造一些离奇的故事,就像喝一口美酒一样,令人头晕目眩。

"我经常发现,"高尔基在他的《我的大学》里写道,"人们所以喜欢听有趣的故事,只不过是因为这些故事可以使他们暂时忘却艰辛然而习惯了的人生。"

这一段话完全适用于格林。

对他说来,俄国的生活只局限于市侩习气的维亚特卡、肮脏的技工学校、小客栈、难以承受的劳动、监狱和经常挨饿。然而在灰色的地平线下面却闪露出用阳光、海风和鲜花建成的国家。住在那里的人被太阳晒得黑红，他们是淘金的、打猎的、永不灰心的流浪汉、画家、富有自我牺牲精神的女人，他们都像孩子一样快活和温柔，不过首先应该是水手。

格林要不是相信在大洋的什么岛上确实有这样的遍地鲜花、热闹非凡的国家，便会很难生活下去，有时更无法生活了。

革命爆发了。它把压在格林头上的许多东西都动摇了——过去那种人吃人的社会制度、剥削和抛弃——正是这一切迫使格林逃避生活，躲进梦想和书本中。

格林由衷地欢迎革命，然而革命要建立的新生活的美好前景还不十分清楚，而格林属于那些永远急不可待的人。

革命的来临并没有披着节日的盛装，倒像个风尘仆仆的士兵，或者像个外科医生。革命翻耕了几千年来发霉的生活习惯的底层。

格林觉得光明的未来太遥远，他希望马上就能用手摸到。他想呼吸一下未来城市的新鲜空气，那些城市应该充满树叶的沙沙声和儿童的笑语声。他想走进未来人的家庭，跟他们一起参加诱人的探险，跟他们一起过上有意义的快乐的生活。

现实生活并不能马上向格林提供这一切。只有想象可以把他带到他向往的环境里去，见到许多不平凡的人和事。

这种像儿童一样永远急不可待的心情，想要马上看见伟大变革的成果的愿望，意识到一切还很遥远、改造生活是一项长期的工作的心理都使格林感到懊丧。

从前他在抨击现实上是迫切的，如今对建设新社会的人提出的要求也是迫不及待。他看不到事件的进程十分迅速，反而以为慢得受不了。

如果社会主义制度像童话里讲的，一夜之间就开出鲜花来，格林便会欣喜若狂了。可是他不善于等待，也不愿意等待。等待使他觉得无聊，破坏了他的诗意的感受体系。

也许，格林脱离时代的原因就在于此，只是我们不大了解罢了。

格林是死在社会主义社会的门槛上，自己也不明白死于什么时代，他死得太早了。

当他内心刚刚开始发生变化的时候，死亡就夺走了他。死前格林已开始倾听周围的声音，注视现实中的一切。如果他不是早死的话，一定会把现实主义跟自由大胆的想象有机地结合起来，以一个最有特色的作家的身份厕身文坛。

格林的父亲于1863年参加过波兰起义，因而被流放到维亚特卡，在医院里当过会计，后来酗酒成性，死于贫困之中。

儿子亚历山大——未来的作家——是个好幻想的孩子，脾气急而又散漫。他对许多事物都感兴趣，但是什么也不能坚持到底。他学习不好，却毫无节制地读小说，如里德、凡尔纳、埃马尔和雅科利奥。①

"奥里诺科河、密西西比河和苏门答腊岛——这些名字对我说来就像音乐一样优美。"格林后来回忆起少年时代这样说。

现在的青年很难理解，这些作家对于在从前的俄国穷乡僻壤里长大的孩子会有多么巨大的影响。"要想体会到这一点，"格林在他的自传里写道，"必须了解当时外省的生活，了解偏僻城镇的生活。契诃夫在他的小说《我的一生》中把这种疑神疑鬼、羞羞答答和病态的自尊心的环境描写得淋漓尽致。我读到这篇小说时，就觉得小说里写的完全是维亚特卡。"

格林从8岁起就开始想要旅行。这种旅行的渴望他一直保存到临死为止。每次旅行，哪怕没走多远，都会令他激动不已。

格林从小就有着一种准确的想象力。当他成为作家之后，他把故

---

① 里德(1818—1883)，英国作家，他的惊险小说很有名，如《无头骑士》等。凡尔纳(1828—1905)，法国作家，科幻小说的创始人之一，代表作有《神秘岛》等。埃马尔(1818—1883)，法国作家，作品有惊险小说《追踪野兽的猎人》和《草原大盗》。雅科利奥(1837—1890)，法国作家，著有游记和惊险小说《吞火者》和《在印度的贫民窟里》。——译者注

事情节安排在子虚乌有的国度，便会把这些国家当成走过千百遍、研究透彻的地方，而不是一种模模糊糊的风景描写而已。

他能把这些地方画成详细的地图，他能标明道路每个拐弯的地方，生长什么植物，河流每个拐弯的地方，房舍的坐落，最后能数出在子虚乌有的港湾里停泊的所有船只，这些港湾有什么海洋特征，船上的水手过着多么无忧无虑的生活。

试举出子虚乌有的风景的准确描写为例。格林在短篇小说《兰非耶尔殖民地》里写道：

北方是一带苍郁的森林，好像一动不动的绿色羊群，环绕一条白垩崖直到地平线为止。白垩崖上布满一条条裂罅和一块块稀疏的灌木丛。

东方是一片湖。湖对岸有条路通往市外，好像一条白线。路两旁有的地方生长着树木，但是显得那么小，就像莴苣的幼苗。

西方是一带平原，平原上冈峦起伏，沟壑交错。平原又被一片闪着白光的蓝色大海包围着。

市中心坐落在有慢坡的坑里，房舍和帐房的周围凌凌乱乱地种些树木，从市中心往南伸展开一片斜方形的种植场和耕地。这就是兰非耶尔殖民地。

格林从很早时候起就因为生活毫无乐趣而感到厌倦。

他在家经常挨打，连他母亲因家务操劳而身患重病，也怀着一种奇怪的幸灾乐祸哼着小曲逗弄他：

当奴隶，
活受气，
像狗一样没出息！

“我听到这小曲，非常难过，”格林说，“因为这小曲是针对我的，在预言我的未来。”

父亲费了九牛二虎之力把他送进实业学校。

可是格林因为编了几句天真的顺口溜说班主任，就被学校开除了。

父亲把他狠狠揍了一顿，然后又一连好几天踏破校长的门槛，低三下四地哀求，还跑去见省长，请求不要开除他的儿子，但是什么办法也无济于事。

父亲想送格林进普通中学，中学也不收。年纪幼小的他就受到如此的白眼。家里只好把他送进市立学校。

母亲故去了。不久父亲便跟诵经士的寡妇结了婚，并且生了孩子。

生活一如既往地在狭窄、贫穷的住宅里度过，有的是肮脏的尿布和野蛮的吵架，却没有什么大事。学校里则是野兽般的打斗，而墨水的酸味会浸到皮肤里、头发里和破旧的学生制服里。

他读书时为了挣到几个戈比，不得不为市医院抄写预算，装订书，为外省剧院的演员抄写脚本，赶上尼古拉二世登基的日子，还糊过纸灯笼，以便悬灯结彩。

格林属于那种不会谋生的人。他在不幸之中束手无策，因为贫穷而不敢见人。他一接触到沉重的现实便把丰富的想象力丢得一干二净。

格林直到成年之后，还曾为了糊口，想出用胶合板糊首饰匣的主意，糊好了拿到市场上去卖。这事发生在旧克里木，费了很大力气才卖掉一两个。为了填饱肚子，他想出的主意也是没有用。他自己做了一张弓，到市郊去打鸟，指望哪怕打到一只，也可以尝尝新鲜的肉味。他这个办法当然也落空了。

格林跟所有一事无成的人一样，盼望交好运，得到意外的幸福。

所以，格林所有的短篇小说，尤其是他的中篇《红帆》，都充满着交好运的幻想和欢乐。格林能写出这篇优美动人的童话，也并非偶然。那是在1920年的彼得格勒，他患斑疹伤寒刚好，流浪在冰封雪飘的城市，每天晚上都要找偶然碰到或半生不熟的人家借宿。

《红帆》是一部歌颂人的精神力量的史诗。对生活和青春的爱就像朝阳一样透射着全部史诗，史诗还充满着为了追求幸福可以用双手创造出奇迹的信念。

直到1895年春为止，格林在维亚特卡的生活一直过得很凄惨而单调。然而这年春天，他在码头上看一辆马车上坐着两个穿白色水手服的航海见习生，于是他的生活便发生了变化。

“我停下脚步，”关于这件事格林是这么写的，“好像入了迷似的看着这两位来自美妙的神秘世界的客人。我并不是嫉妒，我只是感到欢乐和苦恼。”

从此格林便非常强烈地想当海员，一心向往美妙的航海工作。他开始准备去敖德萨。

格林本来是家庭的累赘。于是父亲东拼西凑给他弄到25个卢布，便匆匆忙忙把儿子送走。格林从来没得到父爱，没体味过父亲的温暖。

格林随身带着水彩（因为他相信到了印度的恒河沿岸可以用来画画）、简单的家当，便怀着惶惑和兴奋的心情离开了维亚特卡。

“我看见父亲惘然若失的脸孔和花白的胡子，”关于这次离家格林这样写道，“久久地杂在码头上的人群中，而我一心向往的是大海和海上的船帆。”

在敖德萨，格林第一次看到了大海，就是这个大海后来把耀眼的光辉洒满他的小说的篇页。

关于大海写过许许多多的书。有一大批作家和研究人员试图传达这不同寻常的第六感觉，也可以叫作“对大海的感觉”。他们对大海的感受各不相同，然而他们之中任何人也没有把大海写得像格林一样有声有色。大海在格林笔下像节日一样五光十色，声响不凡。

其实格林爱的不是大海，而是他想象中的海岸，他把他认为世界上一切最美好的东西都汇集到海岸上：传说中的群岛、开满鲜花的沙丘、泛着泡沫的远海，温暖的潟湖由于鱼多而泛起青铜色，千年古树把咸的海风跟茂盛的水草味混合在一起，最后是舒适的海滨城市。

几乎在格林的每一篇小说里都可以遇到这些并不存在的城市——利萨、祖尔巴干纳、戈利格尤和戈尔托纳。

实际上格林是把他在黑海各港口所看到的特征赋予了这些臆想的城市。

格林的幻想实现了，大海就在他眼前，好像一条充满奇迹的路，然而从前维亚特卡的日子又开始作祟了。格林尖锐地意识到自己到了大海的身边一样束手无策，不被人们所需要，孤孑一身。他写道：

> 这个新世界并不需要我，我感到自己在这里跟在任何地方一样是陌生人，无法生存。心中不免有些忧伤。

航海生活立刻向格林暴露出它的真实面目。

格林一连几个星期在码头上徘徊，胆怯地请求船长收他上船当水手，然而他遭到粗暴的拒绝，或被人当面嘲弄——这么瘦弱的少年人，长一对充满幻想的眼睛，能当什么水手！

格林终于交了“好运”。有一条从敖德萨跑巴统的轮船收他做见习水手，不给工钱。这年秋天他在这条船上跑了两次。

这两次航行在格林的脑海里，只留下对雅尔塔和高加索山脉的回忆。

> 我记得最清楚的是雅尔塔的灯火。码头上的灯火跟从未见过的城市的灯火连成一片。船轻轻地靠近防波堤，清楚地听到花园里的管弦乐声音。一阵花香飘过，吹来阵阵暖风。远远地听得见说笑声。
>
> 除开地平线上连绵不断的雪山，路上的其余情景全忘了。这些雪山的山顶在半空中延伸开去，甚至从远处也可以感觉到这是多么宏伟的世界。这是高耸入云而又连绵不断的冰雪的沉默的国度。

不久船长就把格林撵下船，因为他付不起伙食费。

赫尔松的一个悭吝的船主雇用了格林,到他的帆船上打下手,像支使狗一样支使它。格林几乎睡不着觉——主人给他碎瓦片当枕头。到了赫尔松把他抛到岸上,一分钱也不给。

格林又从赫尔松返回敖德萨,在码头的仓库里当标号员,并且到过亚历山大港,这是他唯一一次出国航行。由于他跟船长发生冲突,又被撵下船。

在整个敖德萨生活期间,格林只对港口仓库里的工作留有良好印象。

我很喜欢仓库里那种浓烈的香味,置身于丰富的商品之中的感觉,尤其是如果这些商品是柠檬或橙子的话。各种商品都有香味:香子兰果、海枣、咖啡和茶叶。再跟海水冰冷的气味、煤和石油的气味掺杂起来,非常好闻——特别是当有太阳的时候。

格林对敖德萨的生活感到厌倦了,决定回维亚特卡。他乘车回家,没有车票。最后的200公里只好徒步走,由于阴雨连绵,道路泥泞不堪。

到了维亚特卡,父亲问他行李在哪。

"行李放在车站上了。"格林撒谎说,"因为找不到马车。"

格林写道:

父亲凄然一笑,不相信我,却也不说什么,过了一天终于知道我没有行李时,问我(他说话时散发出强烈的酒味):

"你干吗要撒谎?你走回来的。你的行李在哪?你可真能撒谎!"

该诅咒的维亚特卡生活又开始了。

随后这些年,他到处找工作,或按市侩家庭的说法,找"饭碗",可是都没干长。

格林在离维亚特卡不远的木拉什车站当过澡堂服务员,在办公室里当过抄写员，在酒馆里替农民写过状子。

他在维亚特卡没待多久，便动身去了巴库。在巴库的日子更难过，所以巴库给格林留下的印象只有接连不断的饥寒和黑暗，至于详细情景他什么也没记住。

他在巴库只靠临时找到的廉价劳动糊口：在码头上打木桩，从旧船上剥油漆，运木材，跟一群无业游民一起被雇到石油钻井上去灭火。他在打鱼队里干活，染上疟疾，几乎病死。他在里海的巴库与杰尔宾特之间的死亡沙滩上险些渴死。

格林过夜的地方是码头上的空锅里、倒扣着的船底下或者靠着障子根。

巴库的生活在格林身上打下残酷的烙印。他变得多愁，沉默寡言，而巴库生活给他留下的外部痕迹是未老先衰，并且成为终生的印记。用格林自己的话来说，从那以后他的脸就变得皱皱巴巴，像用旧了的纸币一样。

格林的外貌最能说明他这一生是怎么过的：他又瘦又高，有些驼背，脸上布满成千的皱纹和伤疤，眼神疲惫，只有在朗诵和构造不寻常的小说时才会炯炯有神。

格林长得不好看，然而充满内在的魅力。他脚步沉重，就像伤力的搬运工人走路似的。

他很容易信任别人，这种信任的外部表现就是他跟人握手的友善和坦诚。格林说，了解一个人的最好办法就是看他怎么跟你握手。

格林的一生，尤其是巴库那段生活，在许多方面都很像高尔基的青年时代，高尔基和格林都有一段无业游民的经历，不过高尔基后来成为一个具有高度公民勇气的人和最伟大的现实主义作家，而格林却成为一个幻想家。

在巴库格林落到一贫如洗的地步，然而他仍然没有放弃天真纯洁的想象。他常在照相馆的相片橱窗前停下脚步，久久地打量那些相片，想在几百张呆板病态的面孔中找出一张快乐、高尚、无忧无虑地生活的面庞。他终于找到这样的面庞，是个少女的，并写进日记里。不料日记落到店主人的手里，这是一个卑鄙狡猾的家伙，借此而嘲弄格林和那个陌生的少女。这场玩笑几乎闹到打得头破血流的地步。

格林离开巴库，又回到维亚特卡。酗酒的父亲向他要钱，他当然一个钱也没有。

又要想点儿略以糊口的办法，然而格林就是不擅长此道。他又渴望能交上好运，于是在冬天，冒着凛冽的严寒，徒步奔赴乌拉尔——寻找金子。父亲只给了他三个卢布做路费。

格林看到了乌拉尔——黄金的奇异国度，于是他又产生出天真的希望。他在去金矿的路旁拾起许多堆在脚下的石头，仔细观察，指望从中发现天然金块。

格林在舒瓦洛夫金矿上干过活，跟着一个好心肠的流浪老头儿（后来才知道他是杀人犯和窃贼）跑遍乌拉尔，砍过柴，还放过木排。

离开乌拉尔，他又在布雷乔夫的驳船上当过水手——这个布雷乔夫是有名的船主，高尔基曾经用他做原型写出有名的话剧。

不久，这件工作也没了。

看来生活已经到了尽头，格林既不能感到生的欢乐，也找不到适当的工作。于是他决意去当兵。沙皇的军队被机械的训练方法搞成白痴，志愿加入这样的军队既难堪又可耻，然而要是靠年老的父亲养活自己，就更为难堪了。父亲一直幻想把儿子培养成"真正的人"——医生或工程师。

格林被派到奔萨的步兵团服役。

在军队里格林第一次接触到社会革命党人，并开始阅读革命书籍。

格林写道：

从此，生活在我面前露出了真面目，再也不像从前那样神秘了。我的革命热情无比高昂。有一个后备军官生是社会革命党，他一提出让我撒传单，我就把上千份的传单撒遍营房的院子。

格林只当了一年兵，就开小差，去参加革命工作。他这一段生活经历鲜为人知。

格林曾经在基辅和塞瓦斯托波尔做过地下工作，在水兵和农奴出身的炮兵中间颇有盛名，都说他是一位热烈而吸引人的演说家。

然而格林在危险而紧张的革命工作中，一如既往，仍然保持旁观者的态度。无怪乎他说自己对生活现象最感兴趣的还是视觉的角度——他喜欢观察并能记在心里。

格林在塞瓦斯托波尔工作的时候，正赶上秋天——克里木那种晴朗的秋天，空气好像是温暖透明的液体灌满街道、海湾和山峦，只要有一点点声音，就会引起空气轻微的振动，而且经久不息。

“塞瓦斯托波尔有些色调被我写进小说里了。”格林承认说。凡是了解塞瓦斯托波尔而又读过格林的小说的人都知道，富有传奇色彩的祖尔巴干几乎就是塞瓦斯托波尔的准确描写：清澈的海湾、年迈的船夫、阳光的反照、军舰、新鲜鱼味、金合欢、多石的土地和辉煌的落日，落照把黑海海水反射的全部光辉都映照到天空里。

如果没有塞瓦斯托波尔，便不会有格林笔下的祖尔巴干和那些渔网，夜间的海风，高高的桅杆和停泊场上无数跳动的灯火，也不会听到水兵穿上钉钉子的皮靴走在石头上的咣当声。

苏联的任何一个城市也没有塞瓦斯托波尔那样的航海生活的诗意，而这种诗意恰恰在格林的笔端流露出来：

> 危险、冒风险、受大自然的主宰、遥远的国家的光辉、美妙的未知数、短暂的爱情，却不乏幽会与离别；许许多多有趣的会面、有趣的人和事；生活的丰富多彩，高空中忽而是南十字星座，忽而是大熊星座，所有的陆地都要仔细观察，尽管你的船舱有着永不分离的故国，故国的书和信，画片和枯萎了的花……

1903 年秋，格林在塞瓦斯托波尔的格拉弗码头上被捕，被关进塞瓦斯托波尔监狱，后来转押在费奥多西监狱，直到 1905 年 10 月末才被放出来。

在塞瓦斯托波尔监狱，格林第一次动笔写作。他为自己的文学尝试很害羞，所以不给任何人看。

格林平时很少谈自己，而他想写的自传又没写完，所以他一生中有很多年的情况几乎是无人知晓。

塞瓦斯托波尔之后，在格林的生平中出现一段空白。只知道他第二次被捕，并被流放到托博尔斯克，但他在半路上逃脱了，潜回维亚特卡，半夜去见患病的老父亲，父亲从市立医院给他偷了一个死人的身份证，是教堂执事马利吉诺夫的儿子的。格林就冒充这个姓名生活好多年，并且用这个姓名发表了第一篇短篇小说。

格林用这个身份证来到彼得堡，他的第一篇小说就发表在彼得堡的《股市新闻》报上。

这是格林一生中第一件最大的乐事。当他从卖报人手中买到刊登他的小说的报纸时，高兴得几乎要吻这个啰唆的老人。他告诉老人说，报上这篇小说是他写的，老人不信，满腹狐疑地打量这个细长腿、长雀斑的年轻人。格林激动得腿打战，膝盖发软，走不动路了。

格林在社会革命党里的工作显然成为负担。过了不久，他拒绝上级交给他的谋杀任务，便退了党。这时他脑子里想的都是写小说，有几十个构思装在里面，他急于寻找表现的形式，只是一时找不到。

开头他还放不开笔，既对编辑有顾虑，还要考虑读者能不能接受，就好像背后站着一大群嘲笑他的人，准备挑剔他的每一个字眼儿，这种感觉是初学写作的人都十分熟悉的。格林由于肚子里装的题材太多，一时得不到释放而造起反来，令他感到害怕了。

格林凭着灵感而毫无顾虑地写出来的第一个短篇小说，是《列诺岛》。这篇小说已经显露出作家格林的全部特色。这篇小说平铺直叙地描写热带处女林的雄壮和秀丽，讲述一个水兵由于渴望自由而从军舰上逃跑并终于被长官下令枪毙的故事。

从此格林开始接连发表作品。受屈辱和饥饿的年代虽然消逝很慢，毕竟成为过去。在他得到自由地从事心爱的劳动的最初日子里，他感到这是奇迹。

不久格林又被逮捕，原因是他过去参加社会革命党的事。坐了一年牢，被流放到阿尔汉格尔斯克省的皮涅加，后来又转移到克格岛。

在这次流放中，他用很多时间从事写作、读书、打猎，按他自己的说法，经历过苦役般的人生，这简直是一次休息。

1912 年格林回到彼得堡。这是他一生中最好的时期，犹如普希金的"波尔金诺的秋天"。他几乎是不停笔地写。他还如饥如渴地读了好多书，想从中了解一切，体验一切，并移植到自己的小说里去。

不久他带上自己的第一本小说集回到维亚特卡，拿给父亲，格林想使老人高兴一下，这时父亲已经接受了长子变成一无用处的流浪汉的想法。所以父亲不相信他的话。他不得不把跟出版社签的合同和其他材料拿给父亲看，好让父亲相信，格林真正成了"人"。可惜这次父子相逢竟然成为永别：老人不久就死去了。

二月革命爆发时，格林正在芬兰，住在卢纳季奥基村。他对二月革命热烈欢迎。格林一听到革命的消息，马上徒步走回彼得格勒，因为当时火车已经不通了。他把所有的东西和书，甚至包括爱伦・坡①的照片都丢在那座芬兰小村了——爱伦・坡的照片他原来总随身带着，不肯稍离。

几乎凡是读到格林的人，都说他跟爱伦・坡、哈格德、康拉德、斯蒂文森和吉卜林②接近。

格林喜欢"疯疯癫癫的爱伦・坡"，然而说格林模仿他和以上所列举的作家，就不正确了，因为其中许多人，格林是在自己早已成为成型的作家之后才接触的。

---

① 爱伦・坡（1809—1849），美国作家，属于浪漫主义。他的短篇小说既悲惨恐怖，又富于幻想幽默，成为经典作品。——译者注

② 哈格德（1856—1925），英国作家，代表作有惊险小说《所罗门王的宝藏》等。康拉德（1857—1924），英国作家，祖籍波兰，代表作有《阿尔迈耶的愚蠢》等。斯蒂文森（1850—1894），英国著名作家，代表作有惊险小说《金银岛》等。吉卜林（1865—1936），英国保守作家，代表作有《丛林的故事》。——译者注

他对梅里美推崇备至，认为梅里美的《嘉尔曼》是世界文学的杰作之一。格林读过莫泊桑、福楼拜、巴尔扎克、司汤达和契诃夫的很多作品。契诃夫的作品令他震惊。另外读高尔基、斯威夫特①和杰克·伦的作品也不少。他经常反复读普希金的传记，到了成年之后，喜欢读百科全书。

格林从来没有得到别人的关怀，所以对这种关怀非常珍视。

甚至人间的最普通的爱抚或友谊，都会令他激动不已。

当他第一次得到高尔基的关怀时，就是这样。故事发生在1920年。格林应征参加红军，在普斯科夫附近的奥斯特罗夫城警卫团服役。他在那里患了斑疹伤寒，便被送到彼得格勒，并跟几百名斑疹伤寒患者一起送进鲍特金病房。格林病得很厉害。等他出院时，几乎成了废人。

病没有痊愈，忍饥挨饿，头晕目眩，还无家可归，他整天在石头城里到处流浪，寻找点吃的和暖和身子的地方。那时候实行口粮配给制，能领到的也是硬面包，还要排大队，家家住的是冷屋子，点油灯。格林越来越固执地想到死，觉得无路可走了。

格林的妻子在没公开过的回忆录里写道：

恰好在这时，高尔基救了格林。他听说格林处境困难，便为他安排了食宿。按照高尔基的请求，国家给予格林一份当时很少有人得到的院士口粮，让他住进莫伊卡的艺术之家，给他安排的房间又亮堂又暖和，有床还有桌子。受尽磨难的格林看到这张桌子，觉得比什么都珍贵，因为他又可以写作了。此外，高尔基还给了格林一份工作。

正当格林九死一生、完全绝望的时候，高尔基伸出手来，使他得以复生。当时格林的病还未痊愈，每当深夜不寐，回顾自己坎坷的一生和高尔基的援助，便流出感激的热泪。

① 斯威夫特(1667—1745)，英国作家，以讽刺作品著名于世。《格列佛游记》用怪诞手法讽刺当时的社会制度。——译者注

1924年格林搬到费奥多西亚。他想要住在平静的地方，离心爱的大海近些。他这么做，反映出作家的直觉是正确的，海边的生活的确为他提供了最好的写作环境，他可以仔细去构思他的小说。

格林在费奥多西亚一直住到1930年。他在这里写得很勤奋。他写作多半在冬天，吃午饭以前。有时他一写就几个小时，坐在安乐椅里，一边吸烟一边想，这时任何人也不能打扰他。当他陷入沉思、驰骋想象的时候，他比真正动笔的时候要集中精力。格林思考问题时，精神是那么深沉，几乎充耳不闻，视而不见，要想把他从这种状态中唤醒出来，是颇不容易的。

每逢夏天，格林要休息，自己做张弓，在海边漫步，逗逗无家可归的狗，驯养受伤的鹰，读读书，跟当地人打打台球。当地人都是热那亚人和希腊人的后裔，性格活泼。格林喜欢这座在浑浊发绿的大海旁在白色石头上修造的热带城市。

1930年秋，格林从费奥多西亚迁居旧克里木——这座开满鲜花、到处废墟的平静的古城。他在这里孤独地死去，死于痛苦的胃癌和肺癌。

格林临死时，和他活着的时候一样痛苦。他请求把他的床抬到窗前。隔窗眺望蔚蓝的远山和明朗的天空，这天空犹如他心爱而将永远失却的大海的反光。

格林有一篇小说叫《归来》，他在小说中写到死亡的那些文字，仿佛正是他自己死亡的写照——把自己临死前的环境写得十分逼真："死亡在从打开的窗子照射进来的光明中，在满地的野花面前降临了。他已经呼吸困难，让人扶他坐在窗前。他望着群山，用残存的出血的肺叶吸进最后几口气。"

格林在临死前非常想见见他熟识的人——这种心理他从前是从来没有过的。

在他临死的前几天，列宁格勒寄来他的最后一部书《我的自传》的样书。

格林露出淡淡的笑容，想要看看封面上的题词却没看成。书从他手中脱落了。他的眼神已经变得沉重而茫然。格林的两眼曾善于从不平凡的角度观察世界，如今也在死亡。

格林最后吐的字眼是："我要死了……"说不清是呻吟，还是低语。

格林故去两年之后，我有机会到旧克里木去，参观了他临死住的那间屋子，还拜谒了他的墓。

那是一座小白房，周围嫩草茂盛，野花烂漫。核桃树被晒蔫了树叶，散发着苦涩的药味。屋里陈设简单，气氛严肃，一片寂静，强烈的阳光照射在白垩墙上，也照出墙上唯一一块版画，是爱伦·坡的肖像。

格林的坟坐落在古老的清真寺后面的墓地里，坟头长满了带刺的蓬蒿。

南风徐徐吹来。远处，在费奥多西亚的那面是一片汪洋的大海。上面——在格林的小屋顶上、他的坟墓顶上和整个旧克里木顶上——是万里无云的夏日的宁静。

格林故去了，却留给我们一个问题需要解决，那就是我们这个时代需不需要像他这样热烈的幻想家。

是的，我们离不开幻想家，那种对幻想家抱着嘲笑的态度早该摒弃了。有许多人还没有学会幻想，也许正是由于这个原因，他们永远也跟不上时代。

一旦剥夺了人的幻想能力，那么人类就失去了产生文化、艺术和科学最强大的动力，也就不会为美好的未来而斗争。当然，幻想不能脱离实际。幻想应该预知未来，给我们造成一种感觉，仿佛我们已经生活在这个未来中，于是我们本身也会变得与现在不同。

通常认为格林的幻想是脱离生活的，离奇怪诞，是毫无意义的智力游戏。通常认为格林写的是冒险小说，写得当然不错，但是这种作品没有社会意义。

每个作家的价值，取决于他对我们的影响如何，他的作品会激发我们什么样的感情、思想和行动，是否能丰富我们的知识，还是不过是有趣的辞藻堆砌。

格林的作品塑造出一种勇敢、高傲而善良的人，富于自我牺牲，又像孩子一样诚实。

这些人物性格一贯而又富有吸引力，他们生活在格林所描写的空气芬芳的大自然中。格林笔下的大自然是完全真实的，以其魅力动人心弦。恐怕只有精神贫乏的人才会觉得格林的人物所生活的世界是不真实的。读者一闻到海边吹来带咸味的暖风，会感到轻微的头晕，立刻会感受到格林的风景描写是真实的，感受到格林笔下的国度多么辽阔无边。

格林的小说能唤起人们追求丰富多彩的生活的愿望，这种生活充满冒险精神、勇敢精神和"高尚情操"。这是旅行家、航海家和探险家所富有的精神和情操。凡是读过格林作品的人，都会产生走遍天涯的愿望，这次当然不是看格林所臆想的国家，而是看真正的国家，充满阳光和森林，有各种语言喧响的港口，有人间的各种激情和恋爱故事。

格林写道：

> 大地在挑逗我的好奇心，大地上的海洋辽阔无边，岛屿无数，而那些令人好奇的神秘的角落更是数不胜数。

童话不仅是儿童读物，成年人也需要童话。童话能使人激动，这就是人类高尚的激情的源泉。童话使我们不得安静，总是把闪光的远方和新的生活展示给我们，挑逗我们的欲望，非要得到这种生活不可。童话的价值就在于此，格林的小说的价值也就在于此，只是格林小说的魅力尽管很明显，很强大，有时却无法用语言形容出来。

我们的时代对一切伪善、愚昧和虚伪进行宣战。因为虚伪的人才会说我们的成就已经可以满足而停步不前。我们是取得了伟大的成就，然而更伟大的成就还在前面等待我们。高尚而艰巨的新任务就在不远的将来等待我们，这就是培育新人、培养新感情、建立社会主义社会应该有的新的人际关系的任务。要想为这一未来而奋斗，就必须善于幻想，要幻想得热烈、深沉而有效，必须在自己身上培养一种不断追求有意义的和美好的事物的愿望。而格林身上恰好有这种用不完的愿望,他在自己的作品中所要表现的也正是这种愿望。

通常都说格林的小说写的是冒险的题材。这话不错,不过冒险题材在格林手里只是用以表现更为深刻的内容的外壳而已。只有盲人才看不到格林作品中所表现的仁爱精神。

格林不仅善于风景描写,善于构造情节,而且是一位细致的心理学家。他表现了最平凡的人身上的英雄品质——自我牺牲和勇敢精神。他歌颂热爱劳动和热爱本职工作的精神。他描写大自然的伟大和有待研究的现象。最后,格林还抒写了对女人的爱,写得那么纯洁、珍惜和激动,而能够这么写的作家寥若晨星。

我本可以在这里列举出格林小说中的许多片段,凡是在美好的景物面前还没丧失激动能力的人都会激动不已,不过读者自己也找得到。

格林说过:“整个大地,以及大地上所有的一切,都是为了我们的生活而存在的,为了让我们在凡是有生活的地方都能认识到它。”

格林是我们时代所需要的作家,因为他为培养高尚的情操做出了自己的贡献。没有这种高尚情操,就无法建设社会主义社会。

1939—1956 年

阿·托尔斯泰

有许多书对我们说来只不过是文学现象。然而还有另一种书,这种书当然为数不多,却宛如我们生活中的重大事件保留在记忆里。这种书跟我们的生活密不可分。这种书会成为我们人生的一部分,我们的思索和喜怒哀乐的一部分。我们感到它们不仅仅是书,而且是我们生活中真正发生过的重大事件,犹如我们的爱情和离别,我们每天的工作。阿·托尔斯泰的作品就属于此类。

这种书给人的第一个印象是不可磨灭的,使人感到这是观察敏锐的天才。这种书一旦问世,便会在我们的心目中占据牢固的地位。

阿·托尔斯泰不仅是社会主义新时代最伟大的大师,而且是从普希金、果戈理直到契诃夫、高尔基的高尚传统的继承人。

阿·托尔斯泰有着敏锐的眼光、准确的听觉、活泼生动的语言和难得的知人能力。所有这一切都使我们这些同代人受益匪浅,而且会使未来接我们班的几代人大受裨益。

阿·托尔斯泰塑造了几个世纪的人物,从"混乱的年代",彼得大帝时期直到我们今天的社会主义时代。他向我们展示了极其丰富的人物形象——总是那么栩栩如生、扣人心弦,总是令我们感到不安,感到欢乐和喜悦、愤怒和悲伤。

托尔斯泰的创作道路十分复杂,这对于真正的艺术大师的形成也是必然的。这是一位活跃的、孜孜以求的作家所走过的道路——有成功与大无畏,有对艺术手段的固执的追求,有不可避免的错误,然而连这些错误也富有才气,并且在无可置疑的胜利辉煌中消失得无影无踪。这是人民所需要的伟大文学家所走过的光辉而艰巨的道路。

阿·托尔斯泰的青年时代,正赶上小贵族地主的破产和退化。托尔斯泰的早期作品《伏尔加河左岸》《怪人》和很多短篇小说,写的就是这些日暮途穷、惶惶不可终日的贵族怪人。"怪人"米舒卡·纳雷莫夫的形象成为典型形象。

童年的回忆给托尔斯泰的创作打上鲜明的烙印。

他笔下的《尼基塔的童年》写得既平易,又有一种独特的、不可重复的光辉。

托尔斯泰创作的气魄非常大,托尔斯泰的天赋非常高,在文学领域里似乎是没有他不通的。难得有几位作家能像托尔斯泰这样娴熟地处理完全不同的题材。他既写历史(《彼得大帝》《彼得的一天》《爱情真谛》),又写科幻小说(《艾里塔》《加林工程师的双曲线体》),写国内战争(《苦难历程》《蝮蛇》《涅夫佐罗夫的奇遇》),写童话(《布拉季诺》),写纯朴而富有自我牺牲精神的俄罗斯妇女的悲惨命运(《玛莎》《老椴树下》),写西方(《古老的路》《乌金》),还写了很多有趣的短篇小说,小说里写的是广阔的黑麦田、荒芜的果园和水流浩浩荡荡的江河。

大学者往往都在一定的程度上是诗人。他们能敏锐地感觉到认识过程的诗意。也许他们正是因为有这种感觉,才能做出大胆的概括,才能有创见,才能有发现。科学定律几乎都是借助于有创造性的丰富想象力,从许多个别现象,有时似乎是风马牛不相及的事实,归纳出来的。想象力既创造了科学,也创造了文学。比如赫歇尔发现了星空的伟大定律,而歌德创作出《浮士德》,其实他们富有创造性的想象力在最深层是彼此相通的。

无论科学也好,文学也好,它们的创造源泉都是相似的。它们的研究对象都是生活,包括生活中极其复杂的现象。

真正的学者和作家是亲兄弟。他们都了解,生活的美好内容既表现在科学中,也同样表现在艺术中。

托尔斯泰的语言非常出色,富于人民性,简洁生动。可以说在我们当代作家中,谁也没有托尔斯泰那种亲密的语感。他运用堂皇富丽的俄语,就像人们运用手指或驾驭声音一样。

托尔斯泰是从人民那里学习语言的,人民才是俄语最丰富的源泉,也只有从人民那里才能真正学到手。

托尔斯泰之所以喜爱民间创作,就是来源于此,而他不久之前开始搜集全苏联的民间创作,准备汇编成集,抛开其他的不说,这项工作还有着纯科学的重大意义。

1939 年

爱伦堡

爱伦堡的许多著作、特写和文章中，都有谈论文学和作家劳动本质的零散的文字。这些议论措辞精当，往往带有讥刺而令人不快，有的颇有争议，有的不容置辩，不过总是说得头头是道。

其中有一个不容置疑的事实是，文学产生于人的内在要求，只有听从这种内在要求的驱使的人，才会创作出不朽之作。

然而，对于爱伦堡本人说来，光靠写作还不足以表达他的内在要求，不足以把他不同凡响的一生的经验传授给周围的人，不足以抒发他的心声和良心的呼声。

爱伦堡远远不止是一个作家。他不仅是一个有使命感的出色的作家，不仅是诗人、记者、演说家和政论家，而且是一名坚强的和平战士，是一名奋不顾身的文化保卫者，不论企图摧毁文化的残暴势力来自何方，他都与之进行坚决斗争。

假如神奇的童话家安徒生还在世的话，他一定会写一篇严峻的童话，讲述一个勇敢的老作家如何用双手捧着文化，就像捧着珍贵的活命的水一样，跨过时间的山崩，穿过战争和灾荒的岁月，并且尽量不洒下一滴水。他绝不允许任何人把水搅浑，因为他要用这生命的水造福于爱好和平的普通人。

爱伦堡保卫我们的文化，就是保卫未来的文化，保卫人类现在和将来都应该有的巨大财富。

我们完全有理由为爱伦堡是我国人和同代人而骄傲。我们同样有理由为他代表俄罗斯文学传统而骄傲，因为俄罗斯文学是世界上最富有人性的文学，俄罗斯文学曾经是、将来永远是具有巨大教育作用的完整的道德美学楷模。

我们有理由为爱伦堡而骄傲，我们衷心感激他，并希望他了解这一点。

爱伦堡的经历极其复杂，有时还自相矛盾，总是引起巨大的兴趣，而他的一生所以有意义，首先在于他的命运同这个令人惊惶不安的伟大时代的命运是密不可分的。爱伦堡的经历，当然是他的内在气质的直接的、自然的表现。因为这是一个作家的真正的、博大的经历。一个好作家首先要有丰富的经历，反过来说，丰富的经历在大多数情况下可以造就一个作家。

这令我想起了我的文学课教师。当时我正在基辅中学读书，他对我们说:“你们如果想当作家的话，首先要成为一个兴趣广泛的人。”

爱伦堡的经历对老一辈作家很有教育意义，但是主要还是对我们年青一代的作家有教育意义。

我们有些青年作家，经历简单和贫乏得可怜，跟时代的复杂性大相径庭，不能不令我们当中的许多人感到苦恼。

犹如在普希金和契诃夫之后，不能再用淡而乏味的不通顺的语言写作一样，在出现了普希金、赫尔岑、高尔基和当代的马雅可夫斯基、费定、弗谢沃洛德·伊万诺夫和爱伦堡这样紧张的经历之后，还想以小学生和未出徒的经历厕身文坛是不可能的。

大作家的接班人在哪？寥寥无几。爱伦堡的接班人在哪？老一代作家所取得和积累的一切，他们的全部热情，全部爱和恨，他们笔端的全部创造力和鞭挞力可以交给谁呢？

这些话我现在并不是对爱伦堡说的，而是对青年作家们说的，我想他会理解我并原谅我在这里的插笔。

爱伦堡以他的一生证明一个真理:作家的称号既令人自豪又宽宏大度。我们作家们，不论年老的也好，年青的也好，都不能忘记这一点。

爱伦堡的命运是幸运的，也应该是幸运的，令人羡慕不已。作家的创作是世界上最美好的事业，尽管他的创作生涯充满了艰辛、沉重的劳作、疑虑、挫折和令人智穷力竭的探索，然而作家的命运毕竟是令人羡慕的。不论这种使命多么艰难，任何一个真正的作家也不会用它去换取内心的平静和一帆风顺。

爱伦堡作为作家的命运之所以令人羡慕，就在于他以长年不受任何外来影响而从事诚实劳动赢得了他现在面向全世界讲话的权利。他说的每一句话都不会在空虚中消失，他说的和写的每一句话都会在亿万人的心中引起回响。

爱伦堡得到人民的承认，正是他的幸福命运之所在，他的辉煌在于此，他的人生顶峰也在于此。要想攀登这样的顶峰，永远也不能瞻前顾后。

有些东西乍看起来丝毫也不引人注目，然而如果换一个角度去观察，便能发现它们令人赞叹的本质。

还有什么能比作家书房窗前的灯光更简单的东西呢？这里要请爱伦堡原谅我爱发挥想象的弱点。然而我有时在夜间走在高尔基大街上，路过您的寓所，看见窗前的灯光，我觉得这是您书房的小窗。于是想到，作家在这万籁俱寂的深夜，孤单单一个人坐到桌前，拿起笔，从这不为人知的书房开始面对整个世界讲话。

在作家的创作过程中，每有新的想法流于笔端，便会马上超越任何空间和时间，这就是在孤寂中产生出来的世界感，这对爱伦堡说来十分熟悉。这也正是他令人羡慕的地方。

我不准备讨论爱伦堡的每一本书。他的作品大家都很熟悉。其中很多作品我都喜欢，甚至包括爱伦堡本人似乎都不大喜欢的作品。

我爱读令人感到压抑和痛苦的《普罗托契内胡同》和让娜·涅依和她那颗善良的心①。还喜欢《胡里奥·胡伦尼多》②，这部小说散发着青年时代的快乐的悲观情调。还喜欢他的一些早期（当然是相对而

---

① 这部小说全名是《让娜·涅依的爱情》(1924)，是以个人和社会对立为主题的。——译者注

② 这是一部哲理讽刺长篇小说，全名为《胡里奥·胡伦尼多及其门徒奇遇记》(1922)。——译者注

言)作品。喜欢他的诗。

我最先读到的就是他的诗,如果我没记错的话,是爱伦堡出版的最早的诗集,名叫《蒲公英》。这个诗集的名称多么质朴而亲切。我背诵过其中的一些诗。直到如今每当朗诵它们的时候,都仿佛是遥远的童年的回声。

我要讲一讲逝去的童年的故事,
讲讲妈妈,和妈妈的厚围巾,
还有饭厅、碗橱和大座钟,
还有小白狗……
我要讲一讲往日的时光,
讲讲每一分钟,每一小时。
我热爱童年的岁月,并怀着
永不满足的向往怀念它……

我当时住在基辅,却向往莫斯科。所以我记住了爱伦堡描写莫斯科的充满思念的诗句:

阿尔巴特、多罗戈米洛沃……
这些名字多么温柔和亲切……

爱伦堡从写这些小诗到完成《第二天》、《巴黎的陷落》、《暴风雨》和《解冻》,到战时政论文,到争取和平的斗争,到他作为诗人和战士所进行的规模宏大的活动,这中间走过了多么漫长的路程。

每个作家都有思考的时候。从这些思考中产生出书。思考来得很快,而书写得很慢。因而每个作家都是思考得很多,而书写得少。

对于我们读者说来,作家有许许多多想法、构思、形象和优美的故事,永远是不可知的。这些未能成书的思考的痕迹,最容易从诗中寻找。诗是压缩了的,密集的,有时候一行诗就概括了一篇完整的故事。

我在爱伦堡的近期诗作中就发现了一种未能抒写成散文的思考。

从这些思考中仿佛泄露出爱伦堡藏在心底的对大自然的爱。特别是他有关乡村的思考非常好——那么出人意料，又简单明白。还有关于欧洲的思考。“绿色的流量，我的爱，我的欧罗巴。”

我不准备讨论爱伦堡的每一本著作，但是关于他那优美的旅途随笔不能不说上几句。

爱伦堡是个一直到处漫游的人。他熟悉欧洲的每一块石头。他的第二故乡是法兰西，他心爱的城市是巴黎。

爱伦堡对巴黎的熟悉程度，大约不亚于司汤达。正是由于他熟悉巴黎，所以当他写法国的时候，才能找到最恰当的字眼，描写出准确而生动的全景。

他描写了“布列塔尼风景的严峻开阔，雾气弥漫的天空、十字街头的大花瓶和习习微风，渔妇和苗条的布列塔尼少女，她们穿着古老的服装，在很少见的外国人的注视下流露出纯洁而温柔的惊慌”。

只有透彻了解法国的人，才能说法国的外省是“单调而热情的”，说法国文学是从“法国外省的响亮的寂寞”中诞生出来的。

不论爱伦堡写到哪个国家——丹麦、德国、英国、瑞士也好，还是美国也好，他的旅途随笔都写得准确，历历在目，色调浓郁，充满许许多多精细挑选出来的知识，都是亲眼所见，亲耳所闻，而不是从别的书上撷取来的。

当你读这些随笔的时候，不但仿佛亲眼看到了，而且仿佛闻到田野的杜鹃花的芳香、海洋的气息和城市的气味。仿佛你一下子就能捕捉到爱伦堡所写的每一个国家的具体特点，而且总是有浓重的现代感。

巴黎不用我多说。这在爱伦堡的创作和生活中是特别的题材，分量大而且写得好。巴黎出现在爱伦堡的许多著作中，既展现出多少世纪形成的风貌，又表现出现代的气息和辉煌的变化——这座城市集合了世界各国和从古至今各个时代的魅力和精神财富。

文章写得这么短，主要是杂乱无章，只好请原谅了。不过要想说心里话，就很难听从逻辑结构的约束。

我们每个人都希望大家盼望已久的时代早日到来——那就是持久的美好的和平时代，是自由和理智的劳动时代，是受尽折磨的人类理应得到安宁和幸福的时代。

这样的时代一旦到来，灿烂的朝阳在没有恐惧和暴力的大地的纯洁的空气中升起，人们会怀着衷心的感激之情怀念那些为加快这样的时代的到来而献出自己的劳动、天才和生命的人。

在这些被怀念的人当中，头一个就会提到伊里亚·爱伦堡的名字。

1956 年

一个平凡的人——记费定

那种唱赞歌的周年纪念传统早该打破了。

对于这类纪念活动，契诃夫曾辛辣地指出：平时把人骂得狗血喷头，到时候送给他一支鹅毛笔，再煞有介事地为他瞎吹一通。

很久以来就形成一种习气：为周年纪念而写的文章或发表的讲话，很有点像墓碑的碑文。尤其是装在人造革文件夹里的周年纪念"致敬信"更都是官样文章："今天是您的光辉的周年纪念日，请允许我以……名义"，等等，等等，弄得受祝贺的人晕头转向，惹得听众抽搐和打哈欠。

所以我要写费定的时候，要写他是个平凡而有才能的人，我不想说他是什么文坛泰斗或当代巨擘。

首先，费定热爱生活，热爱生活的各个方面。他热爱人，喜欢交际。正像关于吉卜赛人的谚语说的，他"为朋友可以赴汤蹈火"。

他爱热闹，爱酒桌前的热烈的谈天，爱听讲得中肯而出人意料的故事，不管是自己的还是别人的。而他讲起故事，会讲得津津有味，晃动熄灭的烟斗，强调突出的地方。

尽管他外表很拘谨，却爱说笑话，自己也喜欢笑，很容易被快乐所感染。

有一种情况是不便于谈的。跟费定也有关。这就是他有没有时间从事他唯一重要的——为了这个目的而生活的——事情，就是写作。从全国各个角落寄来几百几千封信和一大堆手稿，有许许多多的人要求他回答各种问题，有文学的，也有生活的，或者请求他帮助——这一切都很自然，合情合理，但是超出了作家的精力，使他没有时间坐下来思考。离开思考,也就不可能进行创作。

人们对他的爱,反而给他造成了困难。再加上他在作协和其他团体里还有工作(说得准确些,就是会议),于是作家的生活就带上了悲剧色彩。尤其是他已不再年轻力壮了。

我明白,这种写法远远不符合周年纪念的传统。但是可惜的是,作家的精力用在也许有益,然而并不是有天才的作家应该做的最主要的事情上。而对于他的天才,只有他自己去负责。

我这是越俎代庖替费定辩解,希望他能原谅。

我第一次读到费定的小说是20世纪20年代初在第比利斯。

当时觉得第比利斯离莫斯科非常遥远,就像巴格达或神秘的吉阿尔别基尔。

当时第比利斯文坛还受已经过时的未来派的残余影响。

因此,"谢拉皮翁兄弟"文集在城市里一出现,就给人耳目一新的印象。

当时我读了费定的《果园》就领悟到,苏联文学的发端是与前一时期的伟大文学密不可分的。属于"谢拉皮翁兄弟"的苏联青年作家,继承了文学大师们所传授的技巧,并且巧妙有机地运用于新时代的内容。

在随后的几年里,我读了费定的所有作品,特别把他的《城与年》、《兄弟们》、《"阿尔克图尔"疗养院》和《高尔基在我们中间》当作自己学习的样板。

关于费定的小说谈论得很多,费定作为一个作家已得到读者广泛承认,批评界也做了仔细研究,很难再锦上添花。因此我只能略写几笔,大致勾勒出费定作为一个平凡的人的侧影。

我跟费定结识,是在1941年,就在战争爆发前几天。

在6月的一个平静的蓝色的早晨,我跟费定俩坐在他在佩烈杰尔基诺的别墅的阳台上,一边喝咖啡,一边谈文学,寻找彼此相同的观点和趣味。

角门突然被撞开了,跑进来一个棕红头发的女人,我跟费定都不认识。她两眼流露出发疯的神色，气喘吁吁地喊道：

“德国鬼子越过边界……用飞机轰炸基辅和明斯克！”

“什么时候?”费定喊道，但是女人没听见——她已经沿着公路向另一家别墅跑去。

我们走出院子，知道应该到什么地方去一下，不能继续待在家里。我们俩向车站方向走去。迎面来了两个老年人，是钓鱼的。从车站往泡子走去，带着几根蛮有田园风味的竹竿。

“爆发战争了。”费定告诉他们。

两个钓鱼的一句话也没说，默默地转过身朝车站往回走。

森林的上空已经升起空中障碍气球，闪烁着暗淡的银光。

我们在林间空地停下脚步，望着气球。我们脚边的三叶草开着花——现在说来已经是战前的花了——落满露水，芳香的瘦果呈环形。大地蒸发着盛夏的暑气。

我们默默地吻别，便各奔前程。也许这就是永别。言语是多余的。必须跟群众在一起，要去莫斯科，并且立刻行动。

秋天我从南方前线归来，又住在费定的别墅，因为我在莫斯科的住处被炸坏了。

所有作家的家眷，都疏散到卡马河畔的奇斯托波尔。佩烈杰尔基诺十室九空。

每天夜里敌人都要轰炸莫斯科。法西斯的机群按照准确的时间，带着摇颤的吼声从西方飞来。佩烈杰尔基诺四周布置着海军高射炮。高射炮集中火力，向敌机发出急射。弹片打断松枝，落在屋顶上砰然有声。

每天晚上我们都坐在漆黑阴冷的阳台上，几乎一直坐到天亮，无尽无休地谈论战争和亲爱的俄罗斯。

谈论费定的故乡——萨拉托夫（不知为什么，我总觉得萨拉托夫是一座地方自治的城市，那里有许多医道高明的老医生，都在地方自治局底下工作），谈论纳罗夫恰特有许多敞亮的小阁楼，陡峭的山坡仿佛支撑着灰色多风的天空。好像着迷了似的一个劲儿回忆往事,回忆里渗透着揪心的爱和恨,好像心中的痛楚一下子能从眼泪里流出来:

啊,俄罗斯！我在愁苦中呻吟,
为你谱写颂歌。
世界上没有比你更好的地方,
啊,我的祖国！……

有时我们躲到林中的避弹所里。在那些寒冷的不眠之夜,将近黎明要冻得打战,几十个照明弹,宛如枝形吊灯高悬在菲里和莫斯科上空。这种灯光显得蛮横而带有挑战性。

费定神色凄然,严峻而平静。他谈到战争一定要胜利。听了他的一席话,又感受到俄罗斯的美好的秋天,心头觉得轻松了许多,也更有信心。

我当时望着费定,领悟到他的清醒的头脑强而有力,在那些决定人民命运的日子里,头脑清醒便可以消除任何怀疑。

费定对用词有一种特殊的爱。他用词是挑剔而富有诗意的。他专喜欢用意味丰富的词。

对一个大作家说来,光通晓本族语不够。甚至运用娴熟也不够。他必须不间断地生活在俄语的伟大瑰丽、丰富多彩和不断发展之中,就像生活在和谐而令人激动的诗意世界中一样。

对每个准确的不寻常的新词,费定都感到欣喜,每个含糊的不易理解的词都会惹他气愤。

有的回忆是事务性的,有的是抒情的,有的甚至是动人心弦的。有的则是亲切的,几乎是童年的回忆。

我跟费定和诗人契科瓦尼的皮聪达①之旅就属于最后一种。

---

① 属于阿布哈兹自治共和国,位于黑海沿岸,疗养胜地。——译者注

尽管是冬天，海面水平如镜，泛着异常耀眼的碧蓝色。在天空和空气的映照下，蜘蛛网随风飘荡，不知为什么，也不知飘向何方。这在秋天倒是常见的景象，只是肉眼几乎看不见，然而费定却首先发现了它。他告诉了我。于是这一整天过得颇不寻常地轻松。

事情往往是这样。每个亲切的事物跟另一个同样亲切的事物连续起来，于是一整天都像童话故事里讲的一样顺利。这些琐事本来是很难发觉的，但是我还愿意更具体地大致描绘出来。

首先，我们在海滨浴场发现很多被海浪冲刷得发白的树根。这些树根奇形怪状，有的像野兽，有的像古代西徐亚人的面具，有的像唐·吉诃德举着长矛，有的像日本女人的脸，两只笑眯眯的杏核眼被冲刷得模糊了。

我们收集了很多这样奇异的树根。把其中任何一个转动一下，都会发现不止一个，而是好几个截然不同的景物。

其次，我们在海滩上发现许多发黑的陶瓷片，当然断定这就是古希腊的花瓶碎片。

这是绝对不会错的，因为我们站在波涛滚滚的大海之边，就是这大海把约逊①的船送到了科尔希达。周围这片发红的大砂粒的海滩，正像金羊毛一样闪闪发光。

再者，我们在海岸上找到一个黑酒瓶，写了个条子："为了生活而生活"，放进瓶里，封上口，扔进大海。

最后，我们参观了一座古代的大教堂。教堂里的空气好像从远古时候就停滞不变——暖洋洋的，颜色发灰。

有一条小道穿过松林，通向灯塔。我们在小道上遇见两个腼腆的小女孩，眼睛炯炯有神，头发上戴着美丽的红蝴蝶结。她俩是管灯塔的人的女儿。她们领我们上了灯塔。

我们沿着用铸铁造的螺旋楼梯，踏着发出声响的踏板，走了半天才到顶上。各种仪器和透镜擦得干干净净，闪耀着几十个黄铜的光

---

① 约逊，一译伊阿宋，真名叫狄俄墨得斯，他的著名故事就是取金羊毛的故事。——译者注

点。室内的墙上挂着日落的时间表。

灯塔上有个小阳台，阳台地板是格栅状的。站在阳台上，浩渺的黑海的蔚蓝色一下子扑入眼帘。

“这应该说就是幸福，”费定说，“是千载难逢的。”他又补充说：“这都是为你而造的。不会忘吧？”

“不会，”我回答说，“我不会忘的。”

“那你可要写下来。”

不过，我直到如今也没写成。因为那一天一切都是浑然一体的。我觉得要加以详细描写，会变得支离破碎，不像样子。但是费定的“命令”还是有效的，我早晚要把它写出来。

我曾经有幸，看见费定如何写作。

在我熟识的作家当中，还没遇见一个像费定在写作时那样苦心孤诣、孜孜以求的。他对自己毫不怜惜。当他从桌旁站起来的时候，眼神疲倦得暗淡，还久久打不起精神，若有所思。

笔虽然搁在旁边，但是思绪在继续工作，只能慢慢地停下来。

如果能马上转移注意力，就是最好的休息——来得最快，而且轻松自然，比如转移到任何小事情上，唱一支大学生时代的歌，如《五香酒》，或在海边古旧的水上咖啡馆甲板上略微消遣一下。

这是在冬天，在高加索的海边，海上狂风怒吼。水上咖啡馆被海浪打得东摇西晃。龙卷风像一条长带从远处地平线上掠过。破旧的唱机吱吱呀呀地唱着古老的华尔兹舞曲。

我们尽管已经不再年轻，却也跳起舞来——不过是因为心情好和逗趣。费定也跳，跳得非常认真、稳重，甚至故作迁就。他的神情中显现出从前做演员的特点。他的侧影很突出，我觉得在跳舞时他很像北方某个民间史诗中的主人公。

他跳的是慢板华尔兹，两眼目不转睛地望着咖啡馆的大窗子。窗玻璃被风刮得哗啦作响。窗外的昏暗里，发狂的大风向岸边汹涌而来。海面上现出一些模糊的殷红的斑点。这显然是庞然大物的乌云后面的落日的余晖。

费定默默地向我使眼色，让我看海。他仿佛在说："多么壮观！看到这种景象，手也有了力量。"

我是这样理解他的。显然让我猜着了，因为他很快就不跳了，立刻回到冷清清的房间里，坐下写作，尽量控制自己，写得不慌不忙。几乎写了一整夜。

像这种跟费定有关的"无情节的"片段，我可以引证很多。但是我还想谈谈费定对待大自然的态度，具体说来，我跟他钓鱼的故事。

我觉得费定热爱大自然，不仅是作为一个旁观者，而且作为守林人、园艺师、种菜人和花匠。

他在这些方面都有丰富的知识。正因为他对待大自然采取这种态度，所以他笔下的风景描写非常准确。众所周知，离开知识和准确，也就没有诗意可言。

在对待大自然方面，费定是一丝不苟的，不喜欢马马虎虎或一知半解。有人对我说，作家马雷什金在别墅区是费定的好邻居，也是要好的朋友，可有件事却让费定火冒三丈。原来是马雷什金在森林里散步时，抓住小桦树苗的树梢用力一拽，把它从地里拔出来，拿到别墅前的地里种上。

"真不像话，"费定说，"用这种野蛮的方法种桦树，它们永远不会活的，长不起来，因为它们的根都拔断了。"

桦树苗果然开始死了。然而有三四棵仿佛故意作对似的，活下来了，也长大了。当然长得弯弯曲曲，但是生命力极强。费定只有耸耸肩，无可奈何。

我俩钓鱼是在佩烈杰尔基诺的泡子里，尽量不让别的作家看见。

天一亮我们就来到了泡子跟前，但是怎么也没躲过尤里·斯列兹金的眼睛。因为他一向起得早，常在泡子旁边遇到我们，每次都嘲弄我们，尽管很挖苦，却也说得蛮"客气"，所以尽管我们很想跟他"交火"，却又不能。

费定钓鱼有个很怪的习惯。他甩了钩之后，害怕吓着鱼，便往后退有二三十步的光景，在灌木后藏起来，注视鱼漂的动静。鱼一咬钩，他马上往前跑，当然就来不及了。狡猾的鱼几乎每次都吐钩了。

但是当我们钓到六条鲤鱼的时候，是多么兴高采烈。我们用绳把鱼串起来，回家路过创作之家时，故意放慢脚步，好让那些不久之前还嘲笑我们的人看见。特别是斯列兹金。尽管这么走要绕远，然而我们知道，这时候正是作家们在创作之家阳台上吃早饭的时候。

我们提着泛青铜色的美丽的鲤鱼，潇洒而悠然地从他们面前走过。作家们都呆若木鸡了。这是我们对那些喜欢夸夸其谈和教训别人的大都市主义者和大文学家们的合法的报复。

我估计有人会说我这些片段的回忆写得浮浅和过分主观。我不准备辩解。

在《金玫瑰》里我已详细谈过费定的写作情况。我深知费定的价值和他在俄罗斯苏维埃文学中的地位。因此我只想谈谈费定作为一个平凡的人的故事。我希望我这样做能得到他的谅解。

1962 年

散文的诗意

我们几乎没有探讨作家的工作的书。在人类活动中,这一堪称奇妙的领域,实质上还没有人加以研究。

作家本身不大情愿谈论自己的工作。这不单是因为作家习惯于形象思维,跟理论推测总有些格格不入,"很难用代数方法来检验和谐",而且可能由于作家们害怕陷入古老寓言中所说的蜈蚣的处境。寓言说,蜈蚣有40条腿,有一次它考虑应该先迈哪条腿,后迈哪条腿,结果不但没考虑出结果来,而且不会跑了。

作家本人当然可以把自己的创作过程分解成几个部分再加以分析,不过这不可能在创作过程中正在写作的时候进行。

创作过程很近似于从饱和的溶液(这溶液里包括作家平时积累的观察和想法)提取结晶的过程,这种结晶物五光十色,像钢铁一样结实(这种结晶物好比完成的艺术品,不论是散文也好,诗歌或戏剧也好)。

作家的创作过程是不间断而且多种多样的。有多少作家,就有多少观察、倾听和收集材料的方法,也就有多少创作方法。

然而所有的作家既然都从事文学劳动,就必然有某些共同的特点。这就是善于发现典型的事物,善于概括,善于把人的心灵里最复杂的活动表现出来。善于总是重新观察生活,仿佛这是第一次观察,不论是多么细微的现象,都要看出它的重大意义,看出它的新颖之处。

这就是说要有敏锐的视觉,对任何色彩都能感受,并用语言把它们描绘出来,以便形成可视的形象,也就是说,不用叙述,而是向人们展示生活的景象,展示人们的行为和心态。这就是说,要掌握词汇的巨大潜力,要善于揭示语言里尚未被开发的宝藏。这就是说,善于发现并传达出我们周围到处都有的诗意。

作家必须仔细观察每一个人,当然要爱每一个人是不可能的。

上面所说的,远远没有包括与作家的职业或使命密不可分的全部品质或禀赋。

早在战前我就动手写一本书来介绍书是怎么写成的。可惜刚刚写到一半就被战争打断了。

我写这本书并不是单凭个人的经验,而是想总结许多作家的经验。我仔细观察过许多同行的写作方法,收集过各种作家和诗人的文章,读过他们的书信、日记和回忆录。总算积累了一定的材料。

当然可以把这些材料按一定顺序整理出来就加以发表。这样一来虽说可以有一定的科学性,未免变成干巴巴的调查报告了。

但这不是我的目的。我不想只加以说明就够了。为了探讨作家的创作,值得做出比简单说明更多的工作。我认为应该找出和揭示难于传达的创作的诗意——创作的内在激情、冲动和力量,创作劳动的特点,最后还有一个最奇怪的特点,那就是写作与其说丰富了别人,不如说首先丰富了作者自己。

世界上没有比写作更诱人、更艰难和更美好的工作了!可能正是由于这个原因,我们几乎从未听说有放弃这个职业不干的例子。凡是踏上这条道路的,几乎从来没有中途辍笔的。

在这本还没有完成的书中,我最想阐明的就是这些能够使人了解人类精神和活动的各个方面的特点。

我试图明白可信地证明,艺术家的劳动之所以可贵,不仅在于其最终成果——写出一部好作品,而且在于作家的工作本身就要求深入人的内心世界,要锤炼语言、构造情节和塑造形象,这样一来就可以发现语言和形象中所包含的巨大宝藏,并公之于世。它的可贵之处还在于,作家的工作能感染读者,使他们也产生强烈的求知欲和对人、对生活的深沉的爱。换句话说,不必说文学,就是创作本身便是造福人类的强大因素之一。

如今,在经历了漫长而复杂的生活之后,我跟我们大家一样,衷心感谢苏联的、俄国的和全世界所有的真正作家,感谢各个时代和各个民族的作家。因为他们用他们的智慧和才华向我们展示了丰富多彩的生活,让我们每个人都了解到,什么是人类的精神力量,什么是正义、幸福、自由、美和爱。因为他们让我们听到婴儿的哭声、大海的咆哮,让我们看到森林上空的夜色和产生真理的思想火花,让我们体验到阳光照到手掌上的温暖和黑麦开花的香味。

光靠一个人的力量,不可能把作家劳动的丰富多彩及其对人们的影响都说透彻。应该吸引文学领域里所有的人都参加这项工作。只有这样也许能编写出一部比较全面的关于作家劳动的百科全书。

我那本关于如何写书的书,写成了系列短篇,分别谈情节、结构、语言、风景描写、对话、隐喻、散文的内部节奏、修改手稿、记笔记以及跟散文相邻的艺术领域——歌、绘画、音乐、戏剧、建筑;谈谈这些领域对散文性质的影响;最后谈到某些作家的写作方法,其中有古典作家,也有现代作家,如契诃夫、雨果、莫泊桑、勃洛克、高尔基和普里希文等。

这本还没完成的书叫《金玫瑰》。这个名字就决定了全书的主要题目之一。

早在童年我就听说了关于老清扫工的故事。他每天都到巴黎一条街上所有作坊里打扫卫生。他干这件活不收任何人一分钱,所以这条街上的居民以及享受这一免费劳务的作坊主人,都把这个人当成疯子。

谁也没有料到,这个清扫工把一天打扫来的尘土和碎边角料全都扔掉,只把从首饰匠作坊扫来的尘土保留下来。他把这些尘土放在坩埚里熔化了。因为这些尘土含有打磨和加工金首饰时掉下来的少量粉末,所以几乎每个月他都能化出一小块金子。他用第一块金子做了一枚玫瑰。

每一种劳动都会留下一些废料。作家的劳动也是如此。作家为了写一部长篇或中篇小说往往收集很多素材,其实只有一部分用得上。一旦把书写完,会有一大部分素材被弃置了。

这就好比首饰匠作坊里掉下的金粉。

我认为这也是符合规律的——作家对他所写的东西(特别是写人的话),应该是了解的东西要比写进去的东西多得多。

最有效的散文是简短的散文,因为它把一切多余的东西都删掉了,凡是可以不说的都不要,只留下必不可少的话。

不过要想写得简练,就必须对要写的内容有充分而准确的了解,以便不必费力就能找出最有趣和最重要的东西,免得不必要的细节冲淡了整个叙述。简练要靠充分的知识才能达到。

如果作家想写人的话,这一点尤为重要。哪怕是偶尔出场的人物,作者也必须有充分了解。只有这样他才能从许多特征中找出最准确的特征,一下子就把这个人物写活了。

我觉得要想把人物肖像写活,写得可以触摸得到,其奥妙就在于此。像契诃夫那样,只用一两笔就把人物写得栩栩如生。

有时书中的人物只有一个姓——比如说一个傲慢的报务员亚季①。这一个姓就足以使读者清楚地想象出这个报务员穿着一件凸纹布的坎肩。

当我第一次接触到演员的工作时,我还不明白,一个演员只演一个小角色(在剧中只有两三句话),为什么向我提出许多问题,比如这个人物出身于什么阶层,父母是干什么的,他的性格如何,有什么习惯和兴趣,为什么他说话声音嘶哑。

不过我很快就明白了,演员的台词虽然少,但是为了把这两三句台词说得恰如其分,他就要尽可能多了解这个人物的情况。

演员这么做是完全正确的。他要尽最大的努力去完成自己的角色。作家也应该这样。

可惜的是在这篇文章里不可能长篇大论地谈写作技巧。这个题目可以谈上几天,甚至几个星期,可以说是取之不尽,用之不竭。这个话题只能开个头,这正是我准备做的。

---

① 亚季是一个古俄语字母的名称。——译者注

作家的黄金储备，指的是他所积累的想法和对人生的观察。换句话说，就是他的经历。

写作活动本身，就要求作家要有紧张而丰富多彩的人生，要干预现实生活的许多领域，要跟各种各样的人见面，要走遍祖国所有的角落——从莫斯科到楚科特卡，“从冰封的芬兰群山到炎热的科尔希达”。

作为我们同时代的苏联作家，不了解自己的国家，不直接参加人民的生活，是不可想象的。

“作家的经历”这种提法不是没有道理的。当作家就要创造自己的经历。

每逢我考虑这个问题的时候，就想起了中学时代俄语老师说过的话。他说要想成为一个好作家，首先必须是一个兴趣广泛、经历丰富的人，不然就会一事无成。而你们能不能成为兴趣广泛和经历丰富的人，完全取决于你们自己。

许多大作家的经历都证实了这一点，比如普希金、赫尔岑、高尔基、塞万提斯、司汤达、雨果、拜伦、狄更斯、海涅、契诃夫。

契诃夫和海涅！尽管这两位作家大不相同，然而他们的全部创作都清楚表明，真正的散文都饱含着诗意，犹如苹果饱含着汁液。

散文好比是布，诗意就是织布的纬线。散文中所表现的生活如果没有一点诗意，只能是粗劣的自然主义，既不会飞翔，也没有号召力。散文应该是长有翅膀的。这一点不能忘记。

既然提到了诗，大概应该在这里说说，诗歌、绘画以及所谓的“相邻”的艺术领域，对散文家，对使散文臻于完善具有多么重要的意义。

每个真正的散文家都应该熟悉诗歌和绘画。

尤其是诗歌。大家早就知道，一个词由于经常使用会失去它们应该有的新颖、力度和形象性。

词会渐渐磨灭的。词会只剩下读者，只剩下语音外壳，而对我们的意识和想象不再有什么刺激作用。

只有诗歌能使词焕发青春。词运用在诗里会取得它原有的新鲜感、力度和音乐性。词一跟诗歌接触，便会充实真正的内容。

这样的例子不胜枚举。比如拿最普通的词“森林”、“严寒”和“田野”为例，只要把它们放在表现主题最恰当的诗组合中，就会揭示出俄语的全部优美来。这些词会歌唱，会发出清脆的响声，就像牧场上落满了霜，用脚一踩沙沙响：

森林脱掉了绛红色的盛装，
严寒染白了枯黄的田野……

诗人在这里用辅音叠韵①造成一种拟声手法。

我国的诗歌有丰富的辅音叠韵手段，可以传达任何声音和节奏。

这一切是散文家必须了解的。这种辅音叠韵不仅用于诗歌中，而且在散文中如果偶尔使用，并用得恰到好处，也会使读者产生准确而强烈的印象，这正是作者所追求的。

绘画可以教作家如何准确地观察和记住所看到的景物，而不是随随便便走马观花。

有的作家不重视色彩和光线，所以他们的作品都色调暗淡，苍白，没有生气。

只有画家能教会我们看到丰富的色彩和光线。

比如列维坦的绘画，乍看起来会觉得色调单一，可是如果仔细观看，便会发现画中的亮度极其丰富多彩。

同是阴雨天，雨前和雨后的光线就不一样，因为树叶被淋湿之后，会增加透明度和亮度。

松树林边上经过反射作用的阳光，跟远离松树林的阳光也不一样。树林边上的阳光显得更暖和，因为光线里充满了树干反射出来的青铜光。

每幅风景画，特别是画有开阔的远景的，都有几种光线。如果把

① 辅音叠韵指一个词或一两行诗中重复使用相同的声母，类似汉语中的双声，但次数多，在俄国诗歌中很常见，但难于译传。——译者注

这几种光线配合得好，就会产生一种宁静而浩瀚的感觉，这正是中俄风景的特点。请回忆一下列维坦的《永恒的宁静》。

当然，绘画对提高散文的作用还不止于此。

可以向画家学习对景物的直接感受能力，这是儿童所特有的能力。成年人早已厌倦的世界，儿童却会从中发现诱人的地方。

儿童和画家看到任何景物，都仿佛是头一次发现，不受习惯的束缚。这种重新观察事物的能力，作家也应该学会。这样一来，每个人物，人物的每个举动、手势和话语，每个事物——不论是天上的虹，还是无烟煤的小碎块，都会变得新鲜，都会是一种发现。

我觉得作家不论写什么题材，都要把整个身心投入进去，要对它产生强烈兴趣。每写一本新书，都应该是一次到未知国度的探险，那里有迄今尚未被人发现的素材等待他去发掘。

作家对待任何素材，甚至包括所谓的“生活琐事”，都不能采取轻视或冷漠的态度。对作家说来没有琐事。关键在于要从每件琐事中找出其典型的内在本质。

真正的苏维埃作家，应该积极活跃，求知好问，不能摆架子，自以为了不起，把自己当成不容怀疑的“人生导师”，当然在旧社会厕身文坛的人都难免有这种毛病。

契诃夫就曾经尖刻地批评过那种架子大得像司祭长的作家，幸而这类作家已经不复存在了。对苏联作家说来，生活就是要跟全苏联人民一道积极参加祖国建设，而不是进行艰深玄奥的说教。

既然已经提到细节在散文中的作用，那就应该详细谈谈。

我曾经看过许多初学写作的青年的手稿，几乎所有的人都有一种通病：笼统的语句太多，缺乏能够说明问题的准确的细节。

试以描写吝啬为例。你可以花许多笔墨泛泛地写去，总不如果戈理笔下的普柳什金。因为果戈理选择出恰当的细节把吝啬写得淋漓尽致。

甚至可以只用一个细节，关键是要准确无误。

我想起一个故事：有个普通的妇女，买了新头巾怕太阳晒褪了色，一辈子都是里朝外戴着。直到临死也没正面戴过，没露出头巾的花色。

这个细节所包含的不只是吝啬，要比吝啬复杂得多。这里包含着一个穷人的悲剧，她只想得到一点点快乐就满足了，正是由于没有奢望而造成吝啬。

好的细节跟成功的形象有同等作用。

形象跟修饰语一样，应该准确、新颖而简洁。

初学写作的青年往往有滥用形象和修饰语的毛病。结果给他们的散文造成一种僵死的华丽，一种虚浮夸张的美。

作家常常用几个修饰语修饰一个名词。修饰语是应该让人记住的。所以修饰语应该只用一个。

如果用三个修饰语修饰一个名词，其中只有一个是最准确的，其他两个一定都不如它。所以很明显，应该只保留这个唯一准确的修饰语，其余的两个毫不留情地划掉。作家语言中有一种"双义"修饰语，指一个名词用两个同等的不可或缺的修饰语修饰，这种情况极为少见。

作家还常常"租用"修饰语，就是说为了省力老重复使用同一个修饰语，好像这些修饰语就固定在某些名词上了。

作家如果能发现事物或现象的某种新的特征，就应该大胆引进新鲜的修饰语来表现这种特征。这种修饰语是富有生命力的。

有些作家就善于这样做，你只要读过一次，就会一生也忘不了。比如列斯科夫的"青春黯然失色"，冈察洛夫的"刺透的月光"，但丁的"阳光沉默了"。

当我们谈到修饰语和形象的时候，便进入作家遣词造句的实验室了。

词汇和语言！谈论语言，不应该写这样的短文，应该写致作家的热烈的呼吁书，写长篇的科学专著，写详细的科研著作。

我们有幸使用俄语，这是最丰富、最准确、最有力而且简直是神奇的语言。

我们应该很好地运用它,可是我们是否经常做到这一点了呢?

根据每个人对待祖国语言的态度,不仅可以判断他的文化水平,而且可以判断他的公民意识如何。

真正的爱国精神,离开对祖国语言的爱是不可想象的。对祖国语言漠不关心的人,是野蛮人。这种人在本质上之所以有害,是因为对祖国语言的漠不关心,来源于对祖国人民的过去、现在和未来的漠不关心。

我们继承的是古典作家的光辉灿烂、无比丰富的语言。我们知道俄语有旺盛的民间源泉。

我之所以要说这一点,是因为现在俄语正在发生两种过程:一个是合乎规律的过程,即由于新的生活方式和新概念的出现,语言在迅速丰富,另一个过程则是语言贫乏,说得更准确些,是语言的混乱。

这样会使我们优美、响亮而灵活的语言丧失色彩、形象性和表现力,使之接近官僚文牍语言,或臭名昭著的报务员亚季的语言。

这种贫乏的语言有哪些特点呢?首先是滥用外来语。必须把生硬的外来语词汇从俄语里清除掉。

不久前我在公共汽车上就听到这种让人害怕的洋腔洋调。听起来非常别扭。我一边听着,一边想:难道普希金和列夫·托尔斯泰,高尔基和契诃夫曾经使用优美的俄语写作,就是为了让他们的后代糟蹋语言吗?这里没有任何语感,是用录事的语言夹杂着没有消化的外来语形成一种令人作呕的僵死的语言,是沙皇时代冷酷的官吏留给我们的最糟糕的遗产。

这是决不允许的!这是决不允许的!必须跟语言的贫乏现象进行无情斗争。

这种脱轨的语言不仅在机关和牌匾里可以遇见,而且日常谈话中也很常见。许多被歪曲和糟蹋的词语还渗透到报纸甚至文学作品中。

作家应该站在为语言的正常发展、为语言的纯洁而斗争的最前列。

作家应该有丰富的词汇量,据说是可以办到的。我们应该学习语言，并且要活到老，学到老。我们应该到各处去学习，但是首先要向人民学习，向经历丰富的人学习，向语言丰富而生动的作家学习，如高尔基、列斯科夫、普里希文、阿·托尔斯泰等。

我们应该像淘金一样，到处去寻找和收集俄语的典范：在火车上，到集体农庄，找各行各业的人，到诗歌中、科学报告中、民间传说中和政治家的讲演中。我们应该把这些典范收集起来，运用到散文中去，并且要做到最难的一点——语言纯洁、图案准确和用词简练。

所有的大作家都十分了解，做到简练是多么不易，犹如艰难的攀登。几乎每一个大作家都走过这样一段漫长的路程——从废话连篇到简洁，从激情外露到含蓄，从而达到真正的美，因为"献身缪斯容不得匆忙，美应该是富丽堂皇的"。

卷发的别内迪克托夫①早已被人遗忘，而像水晶一样清楚平易的普希金，却万世流芳，将成为未来几代作家的同代人和朋友。

作家是凭借自由的冲动而创作的，作家之所以要写作，是因为不写不行。

如果说作家在表现手法上应力求简洁（不是平庸）、含蓄，有严格的分寸感，那么在表达思想感情方面，则应该尽量慷慨大方、挥洒自如，应该放开嗓门，不吝惜自己，哪怕写一篇短小的短篇小说，也不惜用上自己的全部财富。在这一点上如果吝惜自己，有所保留，就是犯罪。"要把所有的闸门都打开。"

也许在写完之后会产生"空虚感"。但是这不过是一时的，而且是错觉。用不了多长时间，会出现新的构思，新的题材，从脑海里引发出新的想法和形象。因为想象力跟生活本身一样，是取之不尽、用之不竭的。

作家事先定好的计划和提纲，往往会遇到自由想象的反抗。当然每个作家要写长篇或中篇小说，都先写提纲。有人写得细，直到打上最后一个句号。有人写得简短，甚至不大清楚。"我透过水晶的魔光

① 别内迪克托夫（1807—1873），俄国诗人，擅长写浪漫的抒情诗，曾名噪一时。——译者注

还看不清楚这篇自由体小说的结局。”

写得准确而且长篇大论的提纲，往往并不能保持多久——稿纸上一出现头几位主人公，头几个活生生的人，提纲就没用了。作家一把人物写活了，这个人物就开始反抗事先写好的提纲，而且最后一定要打乱它。

作品开始按照它自己的内在逻辑生存下去，而不是按照事先想好的最理想的提纲。在写作过程中会出现很多新的想法、新的决定、新的发现和插笔，有时还会出现事先未想到的新的人物。这些新人物会牵着作家的鼻子走，把原来想好的人物挤到次要地位。

提纲必不可少，但跟图纸不同。图纸不容改变，而提纲不应该束缚作品。

提纲不应该束缚想象力，因为想象力是真正艺术品的基础，是创作中最美妙、最神奇的因素。想象力炽燃起来，好像无比耀眼的巨大的太阳照在原始构思的烟雾上空，一下子在我们面前打开一个从前不知道的奇妙世界。这个世界里充满了思想、事件、闪光、欢乐、痛苦、劳作、人的性格、声音、音响、香味、爱和恨、鸟的啁啾、云的飘浮。

世界上一切最伟大的作品，都要归功于创造性的想象。如今当我们拥有这些财富时，我们不可能想象，一旦没有这些财富，我们将如何在大地上理智地生活下去。

实际上，一切真正有价值的散文，让我们五体投地的散文，都写的是一个题目——写人。作家就是为了人而工作着。作家努力把自己所积累的一切美好事物，在内心所培育的一切美好感情奉献给人。作家努力把这一切都完全彻底地奉献给人，既不要求奖赏，也不期待回报。

犹如伟大的思想总是产生于心灵深处，作家的慷慨大方将永远征服亿万人的心灵。

1953 年

梅花鹿

——普里希文散文集

面对自然和面对人生
——普里希文散文漫议

米哈伊尔·米哈伊洛维奇·普里希文生于1873年，卒于1954年。中学时代便因自由思想而被开除，到高等学校又因参加马克思主义小组而被捕。1902年于德国莱比锡大学毕业，回国任农艺师。后来从事地理考察，成为地理学会正式会员。1907年开始发表《在飞鸟不惊的地方》等特写。第一次世界大战期间当过战地记者。十月革命后一度从事教育工作。1925年发表物候笔记，1933年因发表中篇小说《人参》而名声大噪。另外写有自传体长篇小说《恶老头的锁链》（1923—1954）、《日记选》、童话《太阳的宝库》（1945）等。

普里希文属于苏联的老一辈作家。他受过高尔基的影响，但没有步高尔基的后尘，而选择了写大自然题材。最早于1907年发表《在飞鸟不惊的地方》，1910年发表《黑色的阿拉伯人》，1925—1926年发表《别连杰水泉》，后改名为《大自然的日历》。20世纪30年代初，他到远东考察，写有旅途笔记，本集所选的《梅花鹿》就是其中一部分。作者在笔记的基础上写出中篇小说《人参》，并把《人参》、《紫貂》、《梅花鹿》和《蓝狐》一起编成集子，取名《金岬》。

俄国的地理游记体裁最早可见于普希金的作品，描写风景的大手笔，又有屠格涅夫、托尔斯泰和契诃夫等。20世纪初创作这一体裁的作品的作家中最有影响的是阿尔谢尼耶夫，写有《在乌苏里的莽林中》。由于普里希文也在远东地区进行考察，所以人们往往把他看作阿尔谢尼耶夫的继承者。其实他们之间有很大区别。因为前者主要以地理考察为主，兼顾动植物群落和风土人情，而后者则主要研究大自然的状态，更细致地描写各种动物和植物的来源、发展和现状，如《梅花鹿》就专门考察鹿茸业的发展和梅花鹿的交配与繁殖。

只就对大自然的描写来说，普里希文的观察和体验也要比前人细致得多。他以画家的锐利眼光，特别注意光线的作用，如："在这些朝向大海的沟里，我带着相机，不仅追逐梅花鹿，而且从太阳刚一升起直到太阳落山，追逐阳光。一清早太阳照到山间的芦苇上，芦苇被轻霜一打，仿佛绣上花边，轻霜或者变成露水，大颗大颗明亮的露珠呈现在黑魆魆的悬崖和无边无际的碧蓝的太平洋的背景下。"作者还特别提出"光的春天"："从前甚至在伟大的诗人当中，有几个能对光的春天——一年中最美妙的时光——感到特别欣喜呢？如今整洁的广场和街道，到处充满自由快乐的阳光，每个普通老百姓都会变成诗人。在阳光中，人群里的头巾和女上衣闪射鲜艳的色彩，眼睛有蓝的，有褐色的，有黑的，也都神采奕奕，想隐藏都隐藏不住。"

传统的游记往往有头有尾，前后连贯，结构完整，往往带有探险性质，让读者跟作者一起担惊受怕，如前面提到的《在乌苏里的莽林中》就是如此。而普里希文的写法，往往不注重前后次序，只把自己的观察与感受记下来，往往带有片段性。如《一年四季》就像一首一首的小诗或短歌，读起来轻松自然。这是大自然的颂诗，表明人类是"大自然的主宰者"。

日记体固然不是普里希文的独创，在他之前的瓦·罗扎诺夫便喜欢用日记表达对人生的议论。然而普里希文对日记体裁颇有发展。他用日记形式写自传，他认为写日记总是"具有进入社会的明显或隐秘目的，企图向社会发表意见"。所以他的日记可以说包罗万象，既写大自然，又写社会政治生活，既有对作家和作品的评论，也有自己爱情生活的记载。普里希文主张写真实的话，但在当时并不受欢迎。他的有些作品出版受到阻挠（如《林中水滴》），即使能出版，官方也报之以沉默。更有人说他的作品为了逃避现实。应该承认在当时的条件下，完全说真话是不容易的，如作者写《运河》一拖好几年，因为作者"知道修建白海运河虽说是好事，却是以什么垫底的……不仅修运河垫底的是丑恶,世界上到处都是这样”。再比如:“我的朋友在黎明中被枪杀了,所以我不可能以全心全意的欣喜去迎接黎明。”关于普里希文的日记,巴乌斯托夫斯基曾写道:“普里希文去世之后,有一部分笔记发表了。从发表的这部分来看,这是一部惊人的巨著,充满诗意和简短的出人意料的发现——普里希文这部日记里只要有一两行,到了别的作家手里,如能加以扩展,就可以写成一本书。”

普里希文在文艺理论上也有许多不同于苏联主要流派的见解,比如他认为性格比典型更重要,他摒弃技巧,而提倡“行为”(即应该先学做人,后学写作)。他提倡“使用跟亲近的人谈知心话时所用的语言,要随时记住,用这种语言可以表达出更多的内容,可以说出几千年来哲学家们想说而没说出来的话”。

这里选的日记,着重晚年,即从1946年至1954年作者逝世为止,取自1983年莫斯科文艺出版社出版的《普里希文八卷集》的第八卷,而《梅花鹿》取自该文集的第四卷。

(本文在辽宁教育出版社1998年版《梅花鹿——普里希文散文集》的译序基础上略做修改)

梅花鹿

一、蛇的岳母

在乌苏里河谷，我们被火车的铃声唤醒了。很可能我们已经来到兴凯湖边阿尔谢尼耶夫①当年走过的地方，根据他的游记所载，他在这里突然遇到台风和随之而来的严寒和大雪，幸亏他在书中所写的主人公德尔苏·乌扎拉救了他。自从修筑铁路以后，兴凯湖边发生了很大变化。不过跟许多学者闲谈之后，再加上我的亲身经历，我了解到，跟其他地方修筑铁路所发生的变化相比，乌苏里地区的变化微乎其微。直到如今，这一带人烟稀少，缺乏勘察，所以谈到“文明所带来的恶果”，还为时过早。现在突然有数不清的考察团，从地理勘探到电影拍摄，像雪崩一样涌来，甚至在我们车厢里就有好几个。所以我很幸运，得以跟本人见面而不必去翻他们的著作，立刻就了解了情况。当地的专家向我们介绍了在老爷岭栖息的各种野兽，在兴凯湖里有许多未见过的鱼种。特别令我感兴趣的是咬人的乌龟。好像兴凯湖里这种龟数不胜数，用渔网就可以打，一网就打很多。了解湖情的人说，一个夏天用渔网打龟，可以打到 5 000 个。现在日本人正跟我们谈判租赁。他们很早就有这个打算，甚至在距离我国最近的福井港修建水池，以便容纳兴凯龟。龟肉是美味佳肴，龟血可以治病，龟甲可以制作些什么。看来马上就可以大量捕龟以便出口。现在就有人少量运往海参崴（俄文原文为符拉迪沃斯托克，后文不再一一括注）。恰好在我们车厢里有个年轻人带了几个乌龟。正当我跟一位植物学家谈天的时候，有人朝我喊叫：“脚，小心脚！”原来有个乌龟从箱子里爬出来，从我两

① 阿尔谢尼耶夫（1872—1930），苏联探险家兼作家，著有《在乌苏里的莽林中》。——译者注

脚中间钻过去，大概要寻找它原来生长所在的兴凯湖水。我们抓住乌龟，放到小桌上，仔细观看：它有盘子大小，椭圆形，头缩在黑甲里，不知在想什么。为了看清它的头，我们把木棒伸到它嘴边。乌龟突然紧紧地咬住木棒，我们把它的头从龟甲里拽出来，露出长长的带鳞的脖子，如果我们还往外拽，一定会把它的头拽掉。据说日本人就是这么办：给它根棒子，把头拽出来，砍断脖子，用茶杯接血就喝，可以治病。乌龟的眼睛是黄的，眼神很凶。当它把脖子伸出来的时候，仔细看去，仿佛它跟蛇有远亲关系，大约是蛇的岳母吧。我看到乌龟，突然想起在阿穆尔河①上听到的一个故事。这个故事好像是猎人编造的，有些离奇，所以我连记也没记。有个好讲故事的人说，阿穆尔河里有一种龟，咬人可厉害了，还专咬阴部。他有个熟人在河里洗澡，被龟咬住不放。幸亏在附近的河边上有一家中国人开的铁匠炉。他疼得脸发青，双手捧着乌龟，费了很大劲儿走到铁匠炉。中国人用烧红的铁钳子夹住乌龟脖子，它才把口里的东西放开。

“这事可能吗？”我问那些学者，“兴凯湖的龟能跑到阿穆尔河里去吗？”

他们回答说，完全可能，而且这是很有趣的现象，这与远东动物的迁徙有关。

于是我们又谈起野兽的迁徙，据说西伯利亚的野兽可以搬到满洲②，甚至更远的地方，这跟候鸟相像。

---

① 即黑龙江。——译者注

② 即中国东北。——译者注

二、生物遗种

坐在这个车厢里的，当然不都是学者。也有当地人，他们都是自愿从欧洲部分迁移来的，有的是祖辈就迁来了。他们都注意倾听我们说的每一句话。从他们那种专注的神情和他们的插话可以断定，他们很希望听听我们对这里的看法，而且我们的意见会起重要作用，因为他们自己似乎说不出这里是好还是坏，希望我们说出公允的判断。如果我们开始诅咒这里的自然条件和风俗习惯，他们大概会异口同声地加以证实，说这里刮台风，山洪突然暴发，多年的劳动成果毁于一旦，简直无法生存。不过后来我经过检验证明，他们大多数都热爱这个地方，如果我们对这个地方夸上几句，甚至对什么东西赞赏不已，那么这恰好是他们求之不得的。不过话又说回来，我们在自己家何尝不是这样呢？因而有一种习气，为了“礼貌”起见，客人总要在主人家发现某种优点，并且宣称它是绝无仅有的。然而，不管你怎么想为远东的大自然说上几句好话，总不能不承认，从众所周知的植物品种的角度来说，比方跟印度的植物比较起来，这里贫乏得可怜。据有关学者说，远东有一种树蕨，是第三纪的生物遗种。但是不要以为这种树蕨真像有的国度的那样，长得像树一样。你从这种树蕨旁边走过去，根本不会注意到它，只有植物学家掘开土，露出地下短短的树干，那种神情好像发现了最大的宝石，滔滔不绝地论证它就是有名的热带植物树蕨。只有当你了解什么是生物遗种的时候，你才会对远东的特殊植物感到诧异并加以重视，因为这里恰恰是生物遗种颇多的地方。

什么是生物遗种？生物遗种指的是古代遗留下来的珍贵品种。比如中俄的椴树林，已经完全绝迹，如今只能在天然林中间发现个别的椴树。这是珍贵的遗种。也有的生物在遥远的古代曾繁盛一时,后来环境变了,大多数品种都消失了,只有这种生物适应新环境,存活下来,仍然保持原来的样子。比方说虎,从一般生态角度看来,它没有任何值得奇怪的:一切都是老样子,跟我们从小在画片上和在动物园里看到的一模一样。然而从生物遗种的角度来观察,可以发现,虎把足迹不仅留在沙地上,而且留在雪地上,有时它还跟褐熊打仗。再比方说,这里的葡萄蔓会爬到针叶树上,这里的眼镜蛇会在雪底下过冬。这样一来,你就会渐渐了解什么是生物遗种,也会渐渐了解为什么中国人会把有些极其少见的生物遗种(如人参或鹿茸)说得神乎其神。

现在我从架上取下我在远东挖到的人参,便想起来有个中国人看到我这棵人参的形状真的像人,便兴高采烈地向我祝贺:我得了这棵人参就不用怕老了。我用它泡酒,喝上四十天,每天喝一盅,就会像浮士德一样返老还童。我不知道,也许我不相信他的话,也许我不想长生不老,宁可陷入绝望,也不想让中国的什么草药来控制我。但是我很愿意观赏这种五加科的珍贵遗种,几千年来它控制了几百万东方民族的头脑,比金子还贵重。有过多少故事,有过多少传说!我们车厢里有位学者,讲了一战前他在这一带大森林里所经历的事。他从某个机关领到300卢布金币,要买一棵上等人参。他就一个人进入大森林,由于年轻,没想到这种旅行会有多大危险。在大森林里他被另一个人发现了,那个人藏在树后,端着步枪监视他。可是我们这位学者浑然不觉,看到两个中国人,便迎上前去,告诉他们他此行的目的:要买一棵好人参。

“要好的?”中国人问,“非常好的?”

“要最好最好的。”我们的学者回答。

“两天的走。”中国人说。

并且告诉他走哪条小道,找到中国房子,便能得到准确消息。

这个年轻人胆子大,走了两天果然找到了中国房子。那里的人告诉他,今天夜里他就会看到最好的人参,世上没有比这再好的了,而且他可以买到,因为有人正往这里送……

是的，这大概是最珍贵的人参了，这棵小东西不大，很像我们吃的香菜的根，用松树皮包着，里面还塞满土，像中国人那样揣在怀里，一个人悄悄地走出大森林，就可以带出去。可是这棵人参不比寻常，比一般的人参要长上 10 厘米，头上多一根缨子，身上的纹理极其规整，形状非常像男人或女人，由六个武装的人护送，极其小心地穿过大森林。他们在半夜到达，在房主人的一再央求之下，才肯谈生意，并且取出这件宝贝让人看。中国人观看人参，可以坐上几个小时，仔细研究，不断发现它的形状有什么特点，须根分布如何。可是欧洲人能看懂什么？中国人问他买人参带来多少钱，他回答得很干脆："带来大量金币，一共 300 卢布。"这时全屋子里的人哄堂大笑：原来卖主的要价为不少于 3 万卢布金币。

这个故事可以算作对人们提出的问题——人参的价值最多能达到多少钱的回答。可以说人参没有价：挖参的人可以想要多少就要多少，这要看成交的情况而定。不知为什么，在动物遗种中偏偏选中了梅花鹿。梅花鹿是最温和、最漂亮、最优雅的动物。据说鹿茸有跟人参同样的治疗效果。由于梅花鹿数量少，它的鹿茸的药用价值就比赤鹿或马鹿的更高。就这样，虽然得到的是二手资料，却也增长了对这一带的知识，并逐渐了解远东独特的鲜为人知的植物群落及其对比鲜明的特点。这里到了冬季，寒风从西伯利亚吹来，一切都被冰冻，再加上可怕的台风，有时比西伯利亚还冷，可是一到夏季，河谷里会生长娇嫩的树木，如洋槐、核桃楸、小叶槭、水曲柳、黄波椤，而遍地的矮林往往是丁香，在我们欧洲部分只有花园和林间空地里才长丁香。最常见的花是紫罗兰和龙头花。还有荷花和火绒草。在这一带不仅仅是大自然，还有来自各个国家的人带来的各种不同的种子：中国官员带来中国种子，美国人带来美国种子，来自拥有不同气候条件的地区的俄国移民，也种上自己的种子，其中大部分都成活了。据说上帝在往世界上下种的时候，忘了这个地方，后来发现自己的失误，便把剩下的种子搅和在一起，撒在南乌苏里地区。

三、远亲

我们在看见大海之前，还钻了一次隧道。车窗正要进入黑洞时，隧道顶上被耀眼的太阳照出一圈花环，放射出各种颜色，宛如乌苏里的鲜花，有橙黄，有深蓝；等我们出了隧道，来到山的另一边，太阳不见了，下起毛毛雨，说不清到底是雨还是雾。现在我一闭上眼睛，就看见这个花环出现在耀眼的光辉中，便不假思索地把我用眼睛摄下的影像叫作“胜利者的花环”。我不知道这个胜利者指谁，是指我摆脱了在莫斯科郊区的枯坐，还是指俄国人民从喀尔巴阡山一直推进到太平洋。我们现在沿着海湾的岸边前进。这片海湾借用阿穆尔河的名字，叫阿穆尔湾，过了海湾，还有一片，叫乌苏里湾。两个海湾合起来，构成彼得大帝湾。在海岬的山坡上坐落着海参崴。

在火车站①迎接我们的是中国搬运工，他们随身带着小钩子，用它可以负荷很重的东西。我注意到其中有一张年老的布满皱纹的脸和一双迫于生计的眼睛。这对眼睛流露出对我们欧洲人的宽容的警告：“你要知道，孩子，离开这种劳动，你们任何人也不会长大成人的！”俄罗斯文化的深层也包含这种观念，我从遥远的童年记忆中搜索出来，老百姓是这样认为的，我就受过这类的警告，所以一看到这个劳动者，我心中便出现一种跟这个中国老头儿有某种远亲的情结。老人把我们约有 40 公斤重的行李背在身上，送到“金岬”旅馆。我们付了四个卢布。到旅馆我们才知道，不应该付四卢布，只需两卢布。不免感到这位老“远亲”骗了我们，心中很不痛快。当我们在房间里放好东西，

① 据作者日记记载，他到达海参崴的时间是 1931 年 7 月 18 日。——译者注

又出来到市内观光并办事的时候，那个老人仍然带着小钩子站在门口。

“你的不好！”我们按俄罗斯人讲汉语的习惯说，“应该要两卢布，你的要四个！”

“不对！”老人机灵地回答说，“我的是好人，你们的不好：没弄明白干吗给四个？！你的不好！”

还能说什么呢？

这时有两个在旅馆当差的中国人搬出一堆东西，一下子都放在老人的背上，老人压得身子晃了晃。

“他们这些中国人！”一个戴鸭舌帽、工人打扮的年轻人用鄙视的口吻说，“过得连牲口都不如：牲口也不让人这么剥削！”

这个陌生人的话像电流一样触动了我，使我们回到革命的现实生活。我们大家跟这个中国人和陌生人一起走到大街上。遗憾的是，没过多久就发现这个陌生人的革命觉悟并不高，而且也只是外表显得年轻。他经历过很多事，到处都受“剥削”，全靠两条腿跑得快——一有什么他就溜之大吉。如今他永远摆脱了生产，说服所有的亲戚，跟他一起搬到这里建立自己的集体农庄——全是自家人……

我的一个同伴带着善意的微笑说：

“这也是富农。我相信您一定会被清算的。”

那个人淡然一笑回答说：

“当然不是无产者，我们都是独立的人。”

“您这个家庭集体农庄未必会办成功，”我们说，“就是在这里，也会纳入整个建设体系。”

“这个我们还不懂？你们把我们当成傻瓜了？我们当然也带来自己的‘党员’。”

我们这样开诚布公地谈着，不时要跳过木砌马路上的大坑。这些大坑也有来历：这些大坑的形成是由于当地公民把人行道上的木板拿去当柴烧了，这又是因为煤炭发生危机，发生危机的原因……这里又有复杂的原因：中国挖煤工都有帮伙，每伙有个工头，很像我们的富农。革命后这些帮伙需要改造，把工头取消了，于是工人不知如何是好，他们还不能从苏维埃国家的角度来理解自己的利益，纷纷罢工，造成煤炭暂时运不来，公民就开始拆铺路板。

“不过，”我们考虑了一下又问，“您这位‘党员’亲戚要是被撤换，上级另派人来，那么您这个集体农庄也不会是自家的了？”

“还有堪察加呢，”他说，“堪察加出金子。”

这时我们来到高高的崖岸，岸边笼罩着大雾。悬崖有一片垃圾场，上面坐着一个中国人，正用筷子在各种木箱里挑他的金子：马粪单放一箱，牛粪单放一箱，羊粪、猪粪都单放着。有时在粪便和垃圾中也能捡到值钱的东西，便放在带盖的箱子里；要是有能吃的东西，他就用手捡起来。这显然是个种菜的，种菜要挖到地底下，很可能拖家带口，把自己的辛苦劳动所得寄往上海，给寡嫂和遗孤。他们往往因从垃圾堆里拾到的东西而满足。如果把他们跟到远东来挣大钱的俄罗斯人比较起来，一方面是多么狭隘而深入，一方面则是海阔天空。

“那么，”我们继续谈下去，“万一集体农庄办不成，您真想到堪察加去淘金吗？”

“可能比堪察加还要远，”他回答说，“还有楚科奇……那里可以做毛皮生意，而且那里使用美元。”

“请你们！”我们听到大雾中有人喊我们。“站一站，等一等！”

原来是我们熟识的老搬运工，他疲惫已极，皱纹之间汗水淋漓，不过最惹人注目的还是他那满面笑容，就像老朋友见面似的。他唤我们是因为他要到另一个地方去，他来告别来了。

四、大腿

远东的生活风习跟莫斯科一样，不断变化。所以在瞬息万变的条件下，要描写“金岬”旅馆的生活，我只能加上说明——这事发生在1931年的7月。当时这家旅馆里，欧洲风习跟亚洲风习混杂的情形比旧俄国的旅馆还要厉害。就拿电铃来说。说它是欧洲的，并不在于它靠电流起作用，而在于一按按钮，马上就有人来，按照旅馆的规矩，公事公办地满足客人的要求，丝毫也不耽误事。按东方的风习，按电铃也不会有人来，你必须跟服务员搞好关系，才能满足你的要求，不合法的甚至也可以办到。

我按了半天铃，就是没有人来。我到走廊里转转，想找找人，在一个黑暗的角落里得到一个伟大的发现：那里放着一个跟人一般高的茶炊，这是我从来没见过的，而且正往外喷热气。这正是我需要的。我取来茶壶，拧开开关，热水流一溅就是三股：一股朝下进入茶壶，一股横喷，洒到墙上，还有一股朝前喷热雾，让你没法靠近，连茶壶都取不出来。茶壶立刻接满了，热水溅到凉地板上，更是热气升腾，把我跟茶炊和茶壶隔开。我不知敲的是谁的房门，大喊：“帮帮忙吧！”听到喊声，立刻出来一男一女。看样子这种事在这里经常发生。男的手里拿着火钩，女的拿着抹布。男的用火钩把开关转回去，女的用抹布擦热水，她大腿很宽，脚很小，擦起来很吃力。我们互相认识了：不知为什么，男的叫“库兹涅佐夫”，而他的妻子叫“鲁人”，意思是“蓝色的妻子”。从此以后我们建立了私人关系，在中国人的生活习惯中，没有这种关系连茶水都喝不到。如今我只要在昏暗的走廊里跟人交头接耳地说上两句，便什么都可以买到而不必因为走私被送交当局，比如买中国的白胶鞋、丝袜子、绿茶,甚至鸦片。我可以讲定条件,去逛逛贫民窟的狭窄街道,到地下室的大烟馆,去找女人。不过我的新朋友库兹涅佐夫告诉我,像他妻子这样真正的小脚女人在海参崴已经找不到了。

“为什么要这样呢?”

“为什么这样,”他重复说,“为的是……”

于是他指指大腿,按照中国从前的规矩,如果不让脚长,大腿就往粗里长。

五、库兹涅佐夫和鲁人

每天我都看见这个女人脸上带着强做出的固定的笑容，走出旅馆到市场上去，摆动着像孩子似的小得不可能再小的脚，走路十分困难。她很像用手工做的玩偶，那双脚很像手指头，就像把两根手指放在桌子上挪动，装出人走路的样子给孩子看。她的大腿的确非常壮，因而更加叫人可怜了：她应该按照古老中国的习惯，待在家里一个劲儿生孩子才是。如今中国的新法律已经禁止给女孩子缠足，她这么年轻，怎么还能是小脚，又是怎么来到海参崴的呢？尽管中国法律不允许，可是还有许多女人缠足，因为只要中国年老的保姆还活着，法律也是无能为力的，至于她是怎么来到这里的……中国女人缠足是一个多么动人的故事。库兹涅佐夫是中国最穷的人，这是一目了然的，除开走私之外，再也找不到更方便的路可走，而这条走私的路非常短，就在波西耶特湾。当他在海参崴有了住处之后，就按照原路回去接他的妻子。

但是他忘了妻子小脚，走不了山路，所以他们越境之后，妻子不肯再往前走，回又回不去。她还随身带着一百双丝袜，他也带了三十双鞋。本应该把这些东西扔掉，可他们又舍不得，因而浪费了很多时间。天亮时来了一条大警犬，叼走了她带的袜子和他带的鞋。应该赶忙逃跑，任何一个女人都有十次可以跑掉的机会，因为边界离得很近，可是他妻子小脚，跑不了。警犬把边防军领来了。这对年轻夫妻被投进监狱并被送回中国。但是在中国难以生活。他们又向老板赊了一百双丝袜和多少双鞋。库兹涅佐夫让妻子坐在手推车上，带着袜子和鞋顺利地越境来到苏联。

六、尤文云和七喜子

如今海参崴的中国手艺人可少多了，而从前有个时期这些手艺人在郊区的生活中起决定作用。这些手艺人之间的关系素以中国人特有的诚实著称：他们既没有银行，也不用会计，在钱财来往上连收据都不要，都是一言为定，如果真有人不遵守诺言，也只有死路一条。可以设想这种封建式的人格担保，一旦蜕化，可以使世上生出多少骗子，直到新的资本主义人格在商业关系中不得不靠银行担保——银行取代了个人的诚实。在旧俄国，我还赶上了骗子横行的时期和封建式的诚实的残余，那时候的地主其实已经变成商人；而军官，哪怕只在服役时期，也很少有封建派头。所以这些军官一到远东，真是高兴坏了！继军官之后，那些文职官员、医生和知识分子只从祖辈口中听说过俄国奴仆多么忠实，如今从中国人身上发现了已被遗忘的俄国风尚，因而对中国人的忠实赞赏不已。直到现在，在海参崴的任何地方都可以听到中国人绝对忠诚可靠的故事。有一次，市医院雇用一名厨师，叫尤文云，是个信佛的中国人。他有个老母和寡嫂带三个孩子在上海。尤文云有个十年的打算，准备把侄子们扶养成人，然后进山修行。他头脑里有一种宗教观念，近似我们的修士观。他是个大好人，非常诚实，不愿意经商。他跟定居俄罗斯的中国人一样，都喜欢说：“无奸不商。”

尤文云到市医院上班没过几天，又有三个中国人——烤面包的工人、担水的人和洗衣服的女人——给他送来一个男孩子做帮手，并且担保说“是我们的人”。这个小男孩长得结实，性格活泼，脸蛋红扑扑的，绰号叫“七喜子”。尤文云答应收下他，医院领导也非常高兴，很喜欢这个又聪明又健康的孩子，尤其是医生索菲亚·莫伊谢耶夫娜。这个故事就是她告诉我的。当她让人带这个男孩到浴室里洗澡的时候，这个男孩对她说：任何一个中国孩子也没有他这么幸福，因为他有三个妈妈——一个妈妈在中国，一个妈妈是医院的保姆，还有一个就是索菲亚·莫伊谢耶夫娜医生。现在世界上再也找不到像尤文云这样的厨师了！现在谁能花那么多时间去洗餐具和打扫房间，把厨房收拾得明光锃亮，让人高兴。而最让人奇怪的是他做的菜总是那么香，咸淡正好，而他却从来不用尝。俄罗斯人感到奇怪，便问他，他说："俄罗斯老太太用勺子尝，然后再把勺子放回菜里，我是用鼻子闻。"

尤文云决定干上十年的工作就这样开始了。他在闲着的时候，就看些有关宗教的书，而小男孩则去学习认识俄文，从而开始接触当代的俄罗斯生活。有一次厨房里传来叫喊声，类似吵架。大家都急忙跑去，发现厨师正怒气冲冲地要用什么揍他的帮手，而他的帮手一边躲，一边不住地喊出两个字眼：骗子和辫子。大家终于弄明白了，原来是这个男孩子剪掉了辫子，尤文云为此要惩罚他。男孩子喊道："辫子的有，骗子的有，辫子的没有，骗子的没有。"意思是说：留辫子的中国人都是骗子，只有剪了辫子，才算正经人。这显然是重大事件，在中国人当中无人不知，原来担保的那三个中国人——烤面包的工人、担水的人和洗衣服的女人——都来了，说愿意把学坏了的孩子领回去，让他学做买卖。但是这个男孩坚决不同意："我不愿意当商人，商人都是骗子。"结果是小男孩向尤文云求饶，答应以后一定听话。从那以后很长时间相安无事，只是过了几年之后，厨房里又爆发了革命。大家听到喊声，跑下去一看，两个中国人都把餐巾拧成劲，互相对打。

"他又有点儿不听老佛爷的话了。"尤文云解释说。

七喜子一边哭，一边叫：

"谁愿意信佛谁信去，我可只想吃肉。"

厨师跟烤面包的工人、担水的人和洗衣服的女人又召开了会议，审判七喜子，然后又和好如初。当然，除开尤文云之外，谁也不知道他规定的扶养侄子的义务到哪一天结束。终于有一天，索菲亚·莫伊谢耶夫娜"太太"发现她的办公桌上有个非常漂亮的花束，旁边放着尤文云的照片——原来是他来告别过。厨房里的一切还是明光锃亮,井井有条,仿佛在等待新厨师的到来。七喜子脸朝墙角站着,暗自哭泣。

七、伙计

开头可以根据胡子辨别朝鲜人——只要下巴上留胡子，就不是中国人，过一段时间可以看清他们的面孔，你突然明白，中国人跟欧洲人一样，长相大不相同，朝鲜人不仅仅是留胡子与中国人有别，而且是完全不同的民族，长相不同，性格更不一样。不过要是有雾，在大街上很容易把中国人和朝鲜人弄混。

大雾弥漫，人在雾中就像在不幸中一样：忽而雾散了，明亮起来，忽而雾浓了，什么也看不见了。我们走在街上，正听一个当地人讲中国人如何如何好，朝鲜人如何如何坏。中国人从挺远的地方来到这里，过一阵子就走。朝鲜人离得近，有许多人就在我们这里定居下来。中国人不论是手艺人还是买卖人，都有传统的和气，而朝鲜人自尊心强，脾气不好，表现出现代人的锋芒毕露，对新生活有他个人的要求，有他新的权利。跟我同行的人已经上了年纪，他对安静的中国人更加同情，其原因恐怕就在这里。我毕恭毕敬地听这个老当地人讲着，我们只是把这个问题存在脑海里，并不愿意责备整个民族出于自私目的而利用革命政府庇护其他民族的政策。

“一有什么事，连在工作中骂他懒惰，他也会反过来批评你是大国主义，连纯粹的生产斥责也受不了，说你是沙文主义者。”

“生产斥责指的是什么？”

“嗯，不过是骂娘。大家都知道，俄罗斯工人干起活来离不开骂娘话，并不是想侮辱他，不过是督促他一下。这只是生产上的惯用语，朝鲜人就说成大国主义。”

这时就见山头上有一个地方的雾散开了，露出一个挑扁担的人，看不清是中国人，还是朝鲜人。扁担两头挑的是两筐菜，那样子很像药房里的天平。雾又飘动了，很快就把卖菜的人遮住了，露出上面发黑的悬崖，悬崖上有座小房，房前站着一个白发苍苍的老太婆，她朝下面的雾里喊：

"伙计！"

跟我同行的人听到喊声，对我说：

"就拿这个'伙计'来说吧，中国话的意思是'朋友'，我们跟中国人打交道时就这么说，'朋友'，再也没有别的意思。可原来——这是朝鲜人告诉我们的——在朝鲜这个字眼是上对下用的。所以你要是管朝鲜人叫'伙计'，他就要教训教训你，你管中国人叫'伙计'，他只有高兴：朋友，朋友。"

这时挑菜的人已经下到半山，老太婆有一阵子不见了，突然又在下面出现了，原来她是赶卖菜的人，一个劲儿地喊："伙计，伙计，等等！"

我们在山根底下都听见了，可是挑菜的人连头也不回。为什么会这样？老太婆显然是要买土豆。她跑着赶上卖菜的人。

"伙计，你倒是等等，我说伙计！"她又喊了一句。

那个好像是中国人的人突然朝她转过脸去：原来是朝鲜人。

"沙文主义者！"朝鲜人朝老太婆喊道。

他不是卖菜，他是往自己家里挑。

这个沙文主义者老太婆只好慢吞吞地往山上走去。

八、戏院

住在"金岬"旅馆的单间里，我觉得自己远离了西方，就像青年时代住在西方感到自己远离了东方一样。当时我甚至常常梦见东方，在梦中看见的东方是蓝色背景下的一片黄色，仿佛我就在蓝天底下脚踩黄沙，不知朝什么地方走去。如今相反，在这辽阔的空间，我把小小的欧洲，充满智慧和力量的欧洲也想象得像童话一般引人入胜。我觉得像大家一样，戴着圆顶礼帽或大礼帽走在欧洲大城市的街道上，该有多么惬意。戴上礼帽就宛如戴上隐身帽一样，可以把自己的私生活隐蔽起来，不让别人看见，并从这千篇一律的礼服的要塞里，不被别人觉察，按照自己的方式窥视世界。我这里所说的"自己"，指的是像我这样在欧亚大陆出生长大、不断受到东西方双重影响的人……

"金岬"旅馆入口处的两盏挺大的电灯亮了，灯底下有两个中国搬运工坐在水泥平台上，解开裤子，里朝外翻过来，借助灯光，像猴子一样抓虱子，显得很有耐心并且满不在乎。我跟他们打听中国戏院在哪，听说不远，便径直走去，正赶上开场。幕还没拉开，上面用很大的俄文字母写着"全世界无产阶级艺术取得胜利"的标语，中文写的是什么，我就不懂了。而且到处都一样，幕布上也画有图案，我觉得图案中央是个中国官员打伞坐在那里欣赏自然风景。戏院里坐得满满的，包厢里很挤，却很舒适，往往是全家带上孩子，不断用毛巾擦汗，面前摆着茶壶——这茶壶到处都是！底下的池座里也到处是茶壶，此外还经常有人一排排地送白瓜子和毛巾。这毛巾是谁愿意擦，拿起来就擦，所以一条毛巾大家使。到处弥漫着中国那种加鸦片炮制的烟草味。走进这种戏院往椅子上一坐，就像泡进装满汗水的大木桶里一样。不过过了一阵子,不知为什么反而觉得没什么,几乎蛮好:又舒服,又自在,像一家人一样。中国乐器已经被人写过几千次了:中国音乐节奏急促,听不出个什么,后来我在乌苏里蛙的叫声、中国石匠和铁匠的敲击声以及野地里蝈蝈的叫声中辨认出这种节奏。演员的演技我非常喜欢,并且意料不到。他们演得非常好,不用语言,光凭表演就可以猜测出大概的情节,况且我的邻座很乐意给我翻译,把中国话翻译成汉俄混合语"你的对我的",于是我进一步了解到,故事情节发生在500年以前,一个忠厚善良的富贵人家,由于命运的捉弄,落到一个狠毒的穷人手里,穷人夺去了富人的家产,并对富人进行嘲弄,穷人的老婆也打她从前的太太,折磨从前的小姐,咬她,拧她的胳膊。剧情很吸引人,看样子观众都看得津津有味,感动不已,实际上是在欣赏人性的残忍。这场折磨虽说很短,只有几个小时,却也报应分明:受尽折磨的小姐骑上她的爱犬,渡过大海,遇到一位将军,将军来到之后,把坏人绞死了,善良的富人及其全家又得到从前的财富和往日的尊荣。

剧的主题思想很平庸,关键不在于思想内容,而在于这是优秀的演员厨师做的一道盛着残忍的大菜,供人品尝。这才是东方人表现的东方,是地地道道的口味,而不是西方所表现的东方。当幕拉上之后,我再看幕上写的"全世界无产阶级艺术取得胜利"的字样,据邻座给我翻译,幕上的中文字也是同样的内容,不免觉得奇怪——因为我又戴上眼镜,仔细一看,才看清楚图案中央画的并不是中国的大官打伞坐着,而是一台履带拖拉机在稻田里行驶,从而使中国沉重的农业劳动机械化。

九、老虎

怎么捕老虎？在这一带可以像猎熊一样猎取老虎吗？可以，只是非常困难。我得到一份关于去年猎取老虎情况的报告，摘录如下：

“西比奇村狩猎小组呈交猎兽联合企业管理委员会的报告

1930 年 11 月 15 日，西比奇村狩猎小组——卡卢金·特里丰·瓦西里耶维奇(35 岁)、波诺索夫·巴维尔·菲拉季耶维奇(32 岁)、维戈多夫·谢苗·格里果里耶维奇(29 岁)、维戈多夫·叶戈尔·格里果里耶维奇(25 岁)、维戈多夫·伊万·格里果里耶维奇(37 岁)，一齐到西比奇村以北的泰丘河一带打猎。他们一起打了三头野猪和七只野猪崽，然后分头行动。卡卢金过了两周之后，在离泰丘河大约 4 俄里的地方，发现了一只大虎带两只虎崽的踪迹。他先找到维戈多夫，然后决定召集全组一起行动。人到齐之后，就地过夜，夜里下了一场雪，把昨天看到的踪迹覆盖了。他们又花了一个半月的时间，才找到这些踪迹，这已距离泰丘河有 11 俄里了。想按照这些踪迹找到老虎是很困难的，因为母虎带着虎崽并不是天天出来觅食，而是长时间躺在洞里不出来。根据沿途老虎的行踪判断，老虎每次离洞的时间为一周左右，他们便全力以赴追踪老虎。过了两天半，他们翻过一个山口，山口上的积雪有一俄丈半深，走到图纳博河谷追上了老虎，这里离泰丘河已经有 35 俄里。大雪和茂密的树木使他们难以靠近洞口，他们不久就发现，不论是枪膛还是枪尾，都灌满了雪，所以没办法打枪，这就意味着，他们等于赤手空拳。卡卢金走在最前面，他突然看到老虎像闪电一样向狗扑过来，他一勾火，枪不响。老虎这一扑落了空，便走了，猎人们在向阳坡发现两处有卧虎的痕迹，偏下一点儿是母虎趴着的地方，偏上一点儿是虎崽趴着的地方。老虎逃走的时候，两个虎崽向不同的方向跑去，一个跟着母虎，另一个跑向相反的方向。猎人们分成两组跟踪追捕，然而老虎跑得快，跟不上，便放狗跟踪。离卧虎的地方大约有三百步的光景，狗追上了第一只虎崽。猎人刚一赶到，它用一只前爪把狗扑开便跑。狗胆怯了，看到猎人们跑来增援，便舐舐伤口，又开始追踪。不久它们赶上了虎崽，围住它，等待猎人到来。虎崽藏到一根大木头底下，向狗发威。一看猎人来，便丢开狗不管，朝猎人扑来。卡卢金一枪托打中它的前额，它又朝维戈多夫扑过去，维戈多夫把枪托伸进虎口里。虎崽用两只前爪使劲抓住枪杆，只听砰的一声，上好的子弹打出来，打穿衣袖，把胳膊也烫伤了。虎崽被吓了一跳，丢下维戈多夫，又朝波诺索夫扑过去，如果不是虎崽转身的工夫被卡卢金抓住尾巴，波诺索夫就要倒霉了。虎崽本来纵身猛跳，被人一拉，仿佛绊了一跤。卡卢金也没站住，一下子趴到虎身上，他趁机抓住它的两只耳朵。野兽发疯了，把嘴里的两根枪托一甩，把对面的两个猎人甩开，用四个爪子抓卡卢金，幸亏他抓住虎耳朵不放，不然就没命了。这时另外两个猎人凑上来用绳子绑虎嘴和虎爪，总算把被虎崽抓住的卡卢金救下来。幸亏同伴的义气，卡卢金只是前胸被抓伤，上衣被撕碎，总算保全了性命。第一个虎崽就这样被抓住了，大家决定擦擦枪，然后便开始追踪另外两只虎。他们带来的两只看家狗，一只叫‘大胆儿’，一只叫‘光脚丫儿’，没费什么力气，就在2俄里的距离内赶上了另一只虎崽。这只虎崽不想逃跑，决定要抓伤狗，‘光脚丫儿’没来得及躲闪，就挨了一下。但是两只狗还是不让虎崽跑掉——一前一后地拦住它。虎崽一见猎人走近，便什么也不顾了，从‘光脚丫儿’身顶上往外跳，把狗踩在脚底下，抓伤了它，然后撒腿就跑。但是‘大胆儿’紧追不舍，把它撵到一根大木头底下，这时‘光脚丫儿’也恢复了精神，前去增援。猎人只来了三个，另外两个在看守那只被绑住的虎崽。跟捉第一只虎崽一样，它刚一扑过来，卡卢金就把枪托伸进虎嘴,波诺索夫和维戈多夫用树杈把它逼住,把毯子往虎头上一蒙,用绳子绑住爪子,再连头带毯子一起扎住。直到这时为止,一直不见母虎的踪迹。两个人用棍子抬着,把第二只虎崽送到第一只虎崽跟前。就地过了一夜。第二天一早派人去取马,剩下的人用拖架拖着老虎走,还没走上 20 俄丈就累坏了,因为每只虎崽都有 70 公斤重。食物都吃光了,猎人们决定不等取马的人回来,先给老虎搭个木棚,空手回去。第四天他们迎着取马的人,取马的人却没牵马来,因为这种山路马走不了。第八天猎人们拖着虎崽回到泰丘河边的第一个宿营地。他们从来没有捕过虎。他们都住在海参崴地区伊万诺夫县维诺格拉多夫卡村。他们抓这两只虎总共花了两个月的时间。”

这个故事很真实,谁也不会怀疑,不过我倒亲眼看到另一个更有意思的故事,就在海参崴附近的动物园里。有一只乌苏里虎不久前在大森林里被猎人捕住,送进动物园。这只虎很年轻,但已经长成了,毛色鲜明斑斓,只是神情紧张。这一年夏天,著名电影导演拉特维诺夫跟摄影师梅尔申来到这里,为影片《中国人》收集材料,看到这只漂亮的老虎,决定拍个特写镜头:老虎从乌苏里丛林中蹿出来,捕到一只小山羊,把它撕成碎片。他们向猎人订购一只山羊,山羊很快就送来了;还用铁丝网圈了很大一块地方,用乌苏里地区的树木装饰起来,就把山羊放了进去。摄影师做好拍摄的准备,就见老虎怯生生地悄悄走进来……尽管在这之前已经有好几天没喂它了,它仍然感到自由要比山羊更珍贵。老虎对山羊连看也不看,朝着亚热带植物群落猛扑过去,立刻就被有弹力的铁丝网弹了回来,仰卧到地上。这时它才看见被幽禁的伙伴,便朝山羊走过去。“喂,摄影师,别错过机会,赶快拍!”梅尔申同志对我说,直到这时他还没失去信心,摇起机器,并且说一定会拍下最有趣的镜头,还答应送给我做插图。可是出乎意料,老虎并没像设想的那样去吃山羊,而是走到跟前,用舌头从后边舐山羊。山羊对老虎也根本不在意,在掠什么叶子。可能是老虎的舌头带刺,隔着毛也舐到山羊的身体,它觉得发痒,也可能觉得疼,便抬头一看,尖叫了一声。这一声可把老虎吓坏了,一下子跳到一旁,蜷缩在角落里。然后摄影师看到的场面是：山羊走到老虎跟前，也用鼻子去闻这个既漂亮又胆怯的难友。

十、迁徙的鸟

常常是野鸡飞走之后，春天就突然降临了——群鸟齐鸣了。猎人尤金·谢尔盖·费多罗维奇（麦河国营农场）告诉我说，他亲眼见过迁徙的野鸡，很可能是从满洲搬来的。这些野鸡为了走近路，穿过结冰的海湾，一次就有那么多，整个海湾都变红了（这是他的原话）。猎人佩列贝诺斯·斯杰潘·亚科夫列维奇（兴凯湖库兹涅佐沃村）向我讲过他打野鸡的情形：第一排枪把野鸡群打散之后，可以骑上快马，一边跑一边打，就可以打到很多。猎人多尔加里·伊万·伊万诺维奇讲，他一周打过600只野鸡。猎人维列夏金很有修养，曾经写过《梅花鹿》一书，据他说，野鸡飞走，并不是返回满洲，而是为了寻觅食物，飞不多远。但是猎人博卡拉西（海参崴猎兽联合企业）不同意他的观点，认为问题不在于食物。如果食物能解决问题，就可以饲养野鸡，野鸡会像家鸡一样到处都有。他们曾经尝试过，结果都是白费功夫：明明有食吃，野鸡也会突然成群飞走，而且不知道飞到什么地方去了。

十一、偷猎者

我们在猎兽联合企业仔细打听了去“麦河”鹿场的路，说是先沿着苏昌铁路坐一段火车，车票买到什科托夫，但是不等到什科托夫便下车，然后沿着麦河往前走，可以走到鹿场的对面，只要喊一声，就有船送过河。我们还听说，这个鹿场不大，只有 300 头鹿。从前的主人叫布列诺克，在实行国有化时期，一个布列诺克开枪打死了一个苏维埃工作人员，自己也被打死了，另一个布列诺克逃亡国外。如今鹿场由最能干的主席领导，他叫谢尔盖·费多罗维奇·尤金。听人家说说容易，真正走起来就难了。我们是半夜下车的，向一个姑娘打听去麦河的路，她说：“跟我来。”我们跟她来到麦河村，正在麦河鹿场对面。我们走了一会儿，又转悠回来，看见一大堆篝火，便奔火光走去。原来是个朝鲜老人不知为什么在他家的房前拢的。当时天气不热也不冷，又没有蚊子，篝火上也没做饭，就见一个白发苍苍的老人坐在篝火跟前，看来不过是喜欢火而已。当我们第二次经过篝火的时候，想跟他打听路，看样子他是个聋子，什么也没告诉我们。我们又回到铁路上，穿过麦河上的桥，又过了一座支流上的桥，沿着稻田边往前走，常常要跳过水沟，就难免不掉进水里，累得筋疲力尽，汗水淋漓，好容易走到河边一个地方，清楚听到对岸传来被我们惊扰了的鹿群的叫声。我们停下脚步，侧耳倾听，又听见了鹿叫。于是我们便喊船，不一会儿就听到了桨声，我们高兴极了，也渴极了，便到河边喝水。我们高兴得太早了，麦河河水由于距离乌苏里湾太近而是咸的，最主要的是那个摆船的中国人在几乎快靠岸时，突然掉过船头飞快地划走了。

“回来，回来！”我们喊。

“你们的从哪来?”他问我们。

听说我们从莫斯科来,他飞快地打起桨,消失在黑暗中了。

“上帝知道是怎么回事!”我的旅伴说,抬眼望着星星。

另一个旅伴擦着大胡子粘的咸水说:

“真见鬼!”

突然在河对岸半山中亮起火光,说明那里有人家,我判断必是中国人已经回到场部向主人报告,他们以为我们是偷猎者,才点起灯光,大概中国人还通知了看家狗,这群狗一下子狂吠起来,接着四面八方都响起呦呦的鹿叫。又过了不一会儿,我们听到桨声,这是鹿场主人勇敢的尤金前来接我们。正像我们所料想的那样,场部的房子果然嵌在悬崖的岩石里。不一会儿我们已经进了场部,舒适地坐到桌旁,谈论起偷猎者。

在这一带偷猎是很合算的勾当!据尤金介绍,有一次他跟我们现在一样迷了路,找到一座离村子很远的孤零零的小房。房主人跟他唠起来,在兴头上照直说出,他只到阿斯科尔德岛上去偷过两次鹿茸,就用这笔钱买到了一切:一匹马、一头牛、住家的用具和各种工具,连这座小房也是靠鹿茸换来的。所有的文明国家都有偷猎的人,无论是欧洲,还是加拿大,这里怎么能没有呢!况且一只鹿所产的鹿茸可以卖到1 000日元。而且偷猎者的枪法都好。他们都用小口径步枪,子弹小,声音也小,专打鹿的颈椎骨。既要胆大,又要手巧。从前阿斯科尔德岛上的鹿群归猎人协会所有时,曾经发生过这么一件事。协会主席布舒耶夫大尉当场捉住偷猎鹿的人,用手枪瞄准他,让他放下枪。这个偷猎者非常机灵,就在扔枪的当口让子弹射出来,一下子就把主席给打死了。那都是些有名的偷猎者,哥三个,非常狡猾,外号叫“狐狸”。有一次其中有一个“狐狸”在岛上被抓住了,看守人没急于捆他,以为船已经被收缴了,还能离开岛逃到哪儿去。但是“狐狸”毕竟更狡猾,他用衬裤把两根圆木绑到一起,躺到木头中间,用手划水,硬是从海上划了8俄里,逃到岸上。在普提雅廷岛上,看守鹿场的人跟偷猎者发生枪战,并打死了其中一个姓斯特拉霍夫的。他们用船板做成棺材,把他就地埋在岸边。但是其余的偷猎者趁半夜把棺材挖出来,拔出钉子,取下板子,又修好了船,坐船逃走了。最不要命的就是有名的偷猎者科切尔金。他常常在有什么节庆的时候,带上他兄弟一起来,把盛水的茶杯放在弟弟的头上,他用枪打,百发百中。他还喜欢窥伺打鱼的朝鲜人到海湾禁止捕鱼的区域偷着捕鱼,他会趁朝鲜人用手把着帆,俯身在水面上的时候,从很远的距离打中这个人,让他滚落进水里,就什么痕迹也没有。协会悬重赏买他的头,当然就有许多人想打死他,但是一到关键时刻就怯手,反而被他打死了。有一次阿斯科尔德岛上的看守人在灌木底下睡着了,一觉醒来,隔着灌木看见科切尔金正坐在地上割鹿茸。他应该伸手拿枪打他,可是手不会动弹。就这样看守人一看到科切尔金便麻爪了,像傻瓜似的坐在灌木丛里不敢动一动。不过这件事也不难理解,因为这些看守人都是当地人,如果他们打死科切尔金,他们得到的不仅仅有赏金,还有脑袋后挨个枪子儿,因为科切尔金有很多伙伴和亲属。最后是个朝鲜人把他结果了。这个朝鲜人用三颗子弹打死了科切尔金,从协会领到赏金便逃到朝鲜去了。

十二、“小铝锅”的出生

在养鹿场里，每只鹿当然都得有个名字。这个叫“灰眼睛”，是强壮的公鹿，它的名字显然来自那对漂亮聪明的眼睛。鹿的眼睛大多数是黑的，只有极少数是褐色的。“黑脊背”的名字来源于脊背上有一条黑，这是一条阴郁而不驯服的鹿。“好摇晃”也叫“红胡子”，样子很严厉，两眼怒气冲冲，其实是一只很可爱的鹿。“直犄角”是鹿群中最老实的鹿。“眨眼儿”因为经常眨巴眼睛。“修士”因为全身毛色发黑。“尖嗓门儿”和“曼卡”跟它们那些鹿崽是完全驯化了的，不过鹿群最善良的还数“小铝锅”。这个“小铝锅”常常会走到窗前，这时如果你还没注意到它，它会自动把头放在窗台上，等待你去爱抚。它特别喜欢让人搔它的两耳中间的地方。其实它是野鹿生的。

我终于弄明白“小铝锅”为什么会这样驯顺可亲，因为它在被大森林里的野鹿刚生下第一天就被人收养了，如果是第二天才取回家来，也不会这么善良，或者像这里说的，跟人这么熟。如果第三天或更晚才取回来，那么不论你怎么调理它，它总有些摇头拨拉角的。

每年5月到6月，是母鹿的产期。这件事发生在6月上旬。谢尔盖带着他的德国猎狗“泰茄”一起进山。这条猎狗经过训练，专门猎鹿。他拿出望远镜，朝山上、河谷和河水看了看，发现有个河谷里有黄点儿，就明白那里有鹿。然后他利用峡谷里的风作为掩护，慢慢靠近鹿群，鹿既没嗅到人的气味，也没听到他走近的声音。他从山脚下走到鹿群跟前，用望远镜一看，发现一条母鹿离开鹿群，朝一个流着山溪的峡谷走去，峡谷里乱石成堆，长着茂密的灌木，灌木上爬满了五味子和葡萄蔓子。不一会儿母鹿就完全消失在灌木丛中了。可以断定，这条母鹿所以要离群，就是为了到灌木丛里生崽。果然是这样。这条母鹿来到七峰谷的第三道黑瞎子沟，便走进茂密的柞树丛，很快就生下一只黄茸茸的小鹿，带有明显的白斑，就像阳光照出的斑点似的。一开始小鹿站不起来，母鹿便凑到它身边，把奶头送到它嘴跟前。小鹿碰了一下奶头，母鹿站起身来，小鹿也站起来想要吃奶，但是它太累，又倒下了。母鹿躺到小鹿身边，又把奶头送过去。小鹿吃了几口奶，站起身子，已经站得很结实了，这时听到灌木丛里的沙沙声，风也送来狗的气味——这是猎狗"泰茄"靠近了……

母亲明白了，应该逃跑，便尖叫一声，但是小鹿或者没明白，或者身体太虚弱。母鹿又用嘴唇推了一下小鹿的腰。小鹿摇晃一下身子。于是母鹿决定欺骗猎狗，让猎狗跑去追它，而让小鹿躺倒，藏在草棵子里。这是动物天生的本能——遇到危险就躺下装死。大自然所以让鹿身上生出那么多斑点，就是为了迷惑敌人，藏进草棵子使敌人无法区别鹿身上的斑点和阳光的斑点。小鹿就躺在草棵子里装死，用自己身上的斑点和阳光的斑点做掩护。母鹿跑到一边，站在石头上，看见猎狗便大叫一声，以便把注意力吸引到自己身上，它用脚跺了一下石头，撒腿就跑。跑了一气，觉得猎狗并未来追，便在高冈上又停下脚步，看见猎狗根本不想追它，相反，猎狗一步步靠近刚生下的小鹿藏身的灌木丛。不管母鹿怎么叫，怎么跺脚，都无济于事。猎狗依然朝那堆灌木走去。也许母鹿决心回来救自己的孩子，可是突然发现猎狗旁边出现一个猎人——谢尔盖·费多罗维奇，便急急忙忙朝远山逃去。猎狗"泰茄"在养鹿场受过找鹿的专门训练。它嗅到鹿味，便找到了，接着谢尔盖·费多罗维奇也赶到。只看到两只小眼睛发亮，只觉得小鹿身体还发暖，不然的话抱在怀里还以为它已经死了。小鹿一动不动，装得非常像。平时捉到鹿崽，都用玻璃瓶子喂牛奶。把瓶嘴往鹿嘴里一塞，咕嘟咕嘟灌——爱喝不喝，饿了早晚得喝。可这只鹿崽真怪，不用瓶子，直接从小铝锅里喝奶，所以就给它起个名字叫"小铝锅"。

谢尔盖·费多罗维奇让他的小女儿喂这只小鹿，她就一直用这个小铝锅喂它，后来采些新生灌木的嫩枝喂它，就这样把它喂大了。

十三、喂鹿

有个鹿场存栏的鹿太多,栏内还养山羊,到冬天缺乏饲料,山羊都饿死了。当然山羊可以喂一下,山羊饿极了,也会凑到食槽跟前吃食,但是山羊得不到照顾,而梅花鹿又不让山羊到槽里吃食。鹿是很自私的动物。有过这样的事:在饥饿的冬天野鹿也会凑到槽边吃食,但是所有的驯鹿都扑过去,把它撵走。从这一方面来看,动物的生活很简单,而一切驯化动物的工作都建立在这种单纯的饥饿感上。实际上远东所有这些鹿场都仿佛是大森林里自然出现的:一群野鹿在森林里某块地方吃食,它们从很久以前就一直住在这里,人只要用铁丝网把这块海角或半岛圈起来,跟整个森林隔开,鹿群的生活由于这一简单的措施而发生巨大变化,它们便不再是野鹿,而野鹿可能就在铁丝网旁过原来的生活。麦河鹿场里,鹿栏也很满,只要看守人一吹号,鹿便从四面八方跑来,平台上放着长长的食槽,食槽里撒着喂鹿的大豆和苞米。在我到来的三天前,新修了一个鹿栏,长 3 公里,除开快要割茸的鹿以外,大约有 300 只鹿带着崽子一下子涌到长着新鲜杂草的新栏里。我倒想这里的栏这么宽敞,鹿再也不会听到号声就集合了,可是看守人伊万·弗兰采维奇了解鹿的本性,即动物共有的惯性,决定特意为我而召集一次,让我看看这些带斑点的动物多么好看。他刚吹第一声号,就有一只母鹿带着鹿崽出来了,它显然就在附近什么地方,环视一下,明白是怎么回事,马上又钻进灌木,等它再出现的时候,又带来一只更小的鹿崽。就在母鹿回去寻崽子的工夫,不知从什么地方跑来一群母鹿,带着两只已经割过茸的鹿和一只刚刚长出嫩角的小鹿。旧栏那边没有一只鹿出现。旧栏修在河谷的沼泽地上,专门有鹿走的道，在绿草地中间呈黑色。这条道还有分岔：一条直通麦河河边，另一条通向麦河入海口，入海口两岸都是悬崖峭壁，再往前就是乌苏里湾了。旧栏如今已经空了，只有鹿不吃的草还发绿，在一片绿意的背景下，竖立着被鹿啃光了的发黑的幼树枝条。有一只鹿从这灌木旁边走过时，伸头去吃枝上的一片绿叶，我抓住时机抢拍了这个镜头，这一下子当然把鹿吓坏了，可是管理员却不无诧异地走到近前仔细观看这片绿叶。他感到奇怪的是，鹿群在三天前才离开旧栏，枝条这么快就长出了叶子。在这工夫伊万·弗兰采维奇一直在吹号，一边吹一边从口袋里掏出大豆往槽子里撒。现在槽子旁边聚集一大群鹿，而灌木里还不断有鹿跑来。我已经习惯于从远处眺望林中或山上个别或成群吃草的鹿，习惯于躲在灌木里或悬崖里用望远镜从很远的距离观看。现在这么一大群梅花鹿，密密实实地把我们围住，而且梅花鹿就站在眼前也一样好看。鹿群当中有几个是用手喂食喂惯了的，可以让人随意靠近，甚至可以像抚摩狗一样抚摩它们。鹿群对猎狗“泰茄”已经习惯了，根本不注意它，只是偶尔有的母鹿特护崽子，为了使孩子免遭并不存在的伤害，便向猎狗扑过来，想用前蹄踢它。可是这条猎狗非常灵敏，连豹子都能躲过，两只猎狗一起甚至可以咬住半大野猪的耳朵。不过马有失蹄的时候。猎狗觉得有什么东西咬它最痒的地方，咬得真疼，便皱着鼻子，把头伸到尾巴底下，用牙挨排咬过去，就像理发师用推子推络腮胡子似的，它是要咬跳蚤。有一只不大的母鹿发现这只德国猎狗陷入窘境，美丽的眼睛里闪耀出调皮的神情，便像向导犬一样小心翼翼，偷偷靠近，猛地用蹄子踢了猎狗的后背一下。这一下子可把大狗吓坏了，逗得我们笑了半天。

伊万·弗兰采维奇从口袋里掏出大豆故意撒得薄一点儿，以免鹿聚堆，让整个木槽都分配均匀，这样一来我在摄影时就可以造成吃食鹿群的远景“没有尽头”的效果……这时小鹿崽的确不敢挤进大群里，而是聚成小群站在一旁，其中有些发出不耐烦的叫声，很像老鹰有时在高空中发出的叫声。等到大豆吃光了，鹿群渐渐散开，母鹿便去寻找鹿崽，有的当时就喂自己的孩子，大部分都带上孩子慢慢地朝新栏走去。不久,旧栏要完全关闭,以便维修。新栏不再让鹿群把草吃得那么光,便把鹿赶到第三个栏里,这样三个栏可以轮流使用。

就在喂鹿的时候,我还听到一个有趣的故事。有一次也是这么一大群鹿都忙于吃食,有一只野鸽飞来,在槽底下拣食吃,被一只母鹿踩了翅膀。野鸽一拍打翅膀,把这只母鹿吓坏了,猛然跳开,恐惧一下子传遍鹿群,300 只鹿一鼓劲儿把厚厚的铁丝网冲开了,就像冲开蜘蛛网似的,全都跑到野林里。过了一些时候,人们派出猎狗去找,鹿群害怕凶恶的猎狗,便又跑回来,寻求人的庇护。

十四、鹿茸业

据专家说，远东鹿茸业的理想经营方式，并不是像现在这样的大规模栏养，比如在加莫夫半岛、普提雅廷岛和阿斯科尔德岛上，鹿栏范围很大，鹿群跟野生的差不多，取鹿茸时像在野林里一样，先把长茸的鹿用枪打死。这种栏养的弊病是，鹿群早晚可以随意在任何地方挑选天然饲草，而取茸时把鹿打死，就会使母鹿的数量越来越多，还会导致螨虫的繁殖，使鹿的体重减轻，鹿茸质量下降。据说理想的经营方式是半栏养，就像麦河鹿场现在这样，用号声把鹿群召集起来，挑出要取茸的鹿关进鹿房。这种半栏养方式必须像麦河现在做的这样，分成三部分，整个鹿场要安在保护区内，周围有大森林，有野鹿资源。这样的地方倒不难找，而麦河一带居民已相当多，野鹿群已经相当远。尽管麦河鹿场在尤金的管理下，现在几乎成为最好的鹿场，但它仍然是一种过渡形式，即从原来的小农经济型向大的国有型过渡。对我来说，倒是这种小型鹿场更方便，在这里我不必像在加莫夫那样跑到山上用望远镜观看鹿群，而是就在近前，直接观察取茸的鹿被关起来，等到鹿茸成熟而一个个割掉。鹿越健壮，它的鹿茸成熟得越快，而且各方面的条件都会对它有利。首先，它的鹿茸比别的鹿的成熟得早，它会被先割，先放回栏里，育肥的时间长，用来对付其他鹿的力气增长得多，到了秋季角斗时一定会成为胜利者。到了冬季风雪交加，它也易于抗寒。所以不论在什么季节，在什么场合，它跟瘦弱的鹿比较起来，都要强过百倍，事事都占上风。看来人生也是这样，所谓的“运气”完全可以这样解释：人一走运，就会一顺百顺，而不走运的人则什么事也不顺利，真是寸步难行。

在鹿茸业中,割茸就意味着收获。就像收获时庄稼可以毁于暴雨和火灾一样,割茸时如果稍不小心或不善于对付半野性的动物,便会把珍贵的鹿茸压扁或撞裂。原定于 19 日星期三给 8 只鹿割茸。看守人伊万·弗兰采维奇担心我的在场会影响把取茸的鹿往鹿房单间里分配的工作,因为一不小心,即使是我这小"莱卡"相机按快门的咔嚓声,也会使鹿受惊,鹿如果在鹿房里往上一跳,就会把鹿茸压成两块血饼。这项准备工作连主任都不参加。挑选鹿的过程大致是这样的:鹿房里一共有 30 只长茸的鹿,需要等待鹿茸成熟逐个割,现在有 8 只鹿的已经成熟,怎么样才能从大院子里撵进单间呢?伊万·弗兰采维奇小心翼翼地推着鹿,把它们都从院子里撵进鹿房,鹿房有个长长的走廊,走廊两旁是一个个单间。鹿一进走廊,必然要进开着门的单间,因为走廊又暗又挤,而单间里有小窗,又宽敞又好。每个单间不仅有通走廊的门,而且有通两侧相邻的单间的门。比如说有两只鹿同时进了一个单间,其中有一只马上要割茸,而另一只要撵回去。这样的话,只要打开通旁边单间的门,亲切地劝导说"米什卡,米什卡!"——把两只鹿分开,让一只走出这个单间,然后马上关上门。这样一来,就可以把需要割茸的鹿留下,不能马上割茸的鹿撵回院子里。

大约需要一个小时的时间,伊万·弗兰采维奇就可以根据经验把 8 只鹿撵进单间,关上门。我们原想在下午 4 点动手,因为太阳正对着割茸的台子,便于拍摄。鹿割完茸后,一松绑便会从台上猛然高跳,得到自由便飞也似的跑进鹿栏。要拍这样的镜头必须抢拍。但是我早晨起来就觉得脸发烧,心发慌,不是好兆头。果然刮起了台风,下起了暴雨,没有办法拍摄。我请求主任把割茸推迟到第二天早晨。这会给他们添麻烦,因为这样的话,鹿一夜不能喝水。但是他们还是答应了我的要求,他们弄来一些湿树枝代替水,放在鹿房的单间里。

十五、割鹿茸

这里刮起台风，就是一连几天，夏天也刮得天昏地暗，就像我们那里到了 11 月似的。但是如果台风小，刮一天就过去，第二天就会是晴天，空气新鲜，呼吸舒畅，让人高兴。当然，上午割鹿茸，台子上照不到阳光，不过我最感兴趣的还是割鹿茸时鹿的心理状态如何，也就是说它的眼神怎么样，只要打开光圈，用透光性强的镜头拍摄，不管照明如何，都可以拍下来。我们带上一个大搪瓷盘子准备盛鹿茸，给锯条消了毒，安在细工锯上，又带些石炭酸，便去收获珍贵的鹿茸了。

除开掌锯的主任和伊万·弗兰采维奇之外，还有三个实习生，其实割鹿茸只需两个人就够了，所以我准备讲讲两个人该怎么做。

一开头，看守人打开要割茸的鹿所待的单间通走廊的门，然后他躲进旁边的单间，从那里亲切地劝诱："米什卡，米什卡，出来吧！"我站在活动板墙后面，从小孔窥望。这种板墙安有滑轮，横放在走廊里，挡住鹿，不让它顺着走廊走到院子里。板墙可以推着走，如果鹿不听话，可以用板墙把它推到割茸的台子跟前。板墙上还有个小门，必要时可以从小门过到鹿这边来。

伊万·弗兰采维奇终于把鹿说服了，鹿小心翼翼地四下张望着，走到走廊里。一片寂静，充满不安的紧张。稍有不慎，惊吓了鹿，鹿会发疯似的毁坏一切，也毁坏了自己。我从小孔观察，这八只鹿在这紧张时刻的表现各不相同。有一只鹿刚刚把头从单间里探出来，马上又缩了回去。看守人穿过走廊，走进另一个单间，在那里进行劝导，鹿还是不同意，就这样花了很长时间，强迫是不行的。有一只鹿来到走廊，就用后腿使劲蹬我们的板墙，蹬起来没完。有一只老鹿体格最壮，长着一对漂亮的灰眼睛,若无其事地朝割茸的台子走去。每当鹿往前走时,我们就推板墙,在一片沉寂中板墙的滑轮发出特别的响声,跟在鹿的后面移动。鹿既然往前走,就必须走上台子,因为台子上虽有机关,却跟走廊衔接,与走廊没什么两样。但是也有些鹿特别敏感,它们快到台前就躺倒不走,这种鹿很难对付,可以说是一场真正的较量。不过这类情形大概很少发生。我看到的这八只鹿就很正常,毫无觉察地走上活动地板。台子前面有个木罩,挡住鹿,使鹿不能前移。伊万·弗兰采维奇一直跟我一起推板墙,推到地方便悄悄穿过小门,关上台子后面的门。这时鹿上了台子,前进不能,后退不得。割鹿茸的人跟我们一样,一直通过小孔注意事态的发展,一看鹿上了台,便搬第一个杠杆,两块用皮子包的夹板便从底下兜住鹿的肚子,然后搬第二个杠杆,活动地板下沉,鹿的两肋被托住,四只腿悬在半空中,为了更有把握,伊万·弗兰采维奇现在也不再客客气气,一下子骑到悬空的鹿的身上。割鹿茸的人打开罩子,然后便是被活捉的鹿的景象了……

这时我的脑海里又浮现出从孩提时起就一直困扰我的问题:人为了熟练地做某件事,是否应该习以为常,什么感情都没有?如果没有感情和想象,人就变成了机器,而如果有了感情和想象,这台机器会运转不灵。这个问题探讨起来,无尽无休。我到各地旅行,看到任何事物都感到新鲜,而他们长年从事同一个工作,究竟是他们的认识正确,还是我的感觉正确,很难说清楚。无论如何,在给第一只鹿割茸时,不知为什么,我对鹿的命运非常关切,当罩子打开时,我便看到鹿满眼的恐惧,后来用锯一割,血溅得老高,鹿伸出了灰舌头,呼哧起来,号叫起来,呻吟起来,我不但相没照成,连身子都站不住,不得不暂时扭过头去,以免被人看出我的激动。第二只鹿的命运我已不再那么关切,拍得很顺利,后来我甚至指挥起来,告诉他们应该如何如何割,还记住了每只鹿在割茸时的表现。有的呻吟,有的喘粗气,有的像中了士的宁毒,透不过气来,还有的把全部痛苦都体现在眼神里,割茸时连哼也不哼。那只“灰眼睛”若无其事地走出单间,也毫不犹豫地走上台子,明白自己的处境却毫不反抗,当它那桃红色的充血的茸角被锯一割,血像喷泉往上溅时，我马上按了“莱卡”的快门，它斜眼瞅瞅我的小相机。这件事很不寻常，连对一切都习以为常的主任也注意到了这一点，后来我们还在一起谈论这只强壮的“灰眼睛”对这件小玩意儿也斜眼看看，不免啧啧称奇。

割茸只要三四下就完成了，把鹿茸放到盘子里，然后在锯口敷上涂石炭酸的纱布。接着看守人解开系在鹿脖子上的皮带，主任一搬杠杆，松开托着鹿的夹板，鹿掉进割茸台的坑里，然后就像箭一样从坑里蹿出来。当第八只鹿也割完茸后，头几只鹿就像什么事也没发生过似的，只是头上带有两块血肉模糊的鼓包，正跟其他的鹿一起吞食苞米。吃完食之后，它们会感到莫大的快乐，因为从去年开始为了要割茸就把它们关起来了，现在打开大门，请进鹿栏吧。它们一个跟一个蹦蹦跳跳地跑出院子，跳得那么有劲，就跟割完茸从坑里往外跳似的。遗憾的是它们并不知道已经修好了新鹿栏，仍然朝旧鹿栏跑去……

傍晚我围着鹿栏转了一圈，这正是养梅花鹿的好地方，是老爷岭的余脉，高高低低有许多草场，每到春天，这里的草绿得最早，有背阴坡，也有向阳坡。鹿在这里的食物是林间空地上的草，主要有又苦又香的阔叶林植物、豆科植物（野豌豆属）的叶子、树枝和嫩芽，椴树、槭树和柞树的灌木，刺龙芽的嫩梢，黄波椤和胡枝子的幼芽，它们尤其喜欢吃葡萄叶。参观完了饲草丰富的新鹿栏之后，我们来到旧鹿栏的边上，很难想象看过茂盛的草场之后，再看这被吃得精光的旧鹿栏——景象有多么荒凉。我们远远地就听到花鼠的吱吱叫声，不一会儿就看清了这带条纹的小动物，它们近似松鼠。不仅如此，母花鼠听到我们的脚步声，便把它那群崽子都召集起来，于是我们看见许多不大点儿的带条纹的花鼠崽在地上跑，可见这里的草吃得多么光。

我们走到树林边上，用望远镜眺望，就见两只母鹿带着几个鹿崽从旧栏朝新鹿栏走去。它们后面跟着一只今天早晨刚刚割过茸的鹿，这只鹿后面还有一只母鹿带着崽子。这支队伍大约是这么产生的：这些母鹿到旧鹿栏来找含盐的植物，遇到这些被割茸的鹿。当母鹿吃够了盐准备回到饲草丰富的新鹿栏时，这些被割茸的饥饿的鹿便跟着它们走了。这群鹿经过开阔地带时,不是一般的走,而是像演戏似的:像脚下有弹簧一样一步一步地挪动,鹿崽听到一点儿声就吓得不得了,而它们的惊疑都要经过母亲的检验——是不是真有险情。至于那些刚被割过茸的鹿,它们走到开阔地带时比鹿崽还要胆怯,没有信心。也许是这新地方不熟,令它们害怕,也许是它们怕像今天上午那样,一不小心又落入陷阱。这段路虽然只有半公里远,它们却花了半个小时。接着后面又出现一队母鹿,也带着一只被割茸的鹿。说得更准确些,这是只秃角的鹿,走到一堆灌木跟前,就停下不走了,仿佛灌木后面会有野兽出来。但是走出来的不是凶猛的野兽,而是一只母鹿,这只母鹿一定是有什么事才迎着队伍走过来。我们又用望远镜仔细看了看,终于明白了:原来它美餐了一顿,肚子饱奶头涨,去找它放在灌木丛里的新生儿去了。

十六、倒霉的肉饼

有一次我来到加莫夫半岛，加莫夫鹿栏的看守人、出色的老猎人伊万·伊万诺维奇·多尔加利打死了一只豹，不知为什么远东都把这种豹叫作雪豹。我跟他要了一只豹爪留作纪念，却没注意是哪只腿上的。到了海参崴我又遇到一位有名的猎人，专在中非猎狮子，他还十分健谈。他看到我这只豹爪，便不假思索地说："这是左侧后腿上的。"从此以后，这只豹爪就成了我用来检验人的性格的试金石。我把它拿给人看，再考他一下，就准知道这个猎人怎么样。有一次我来到砂村鹿场，把豹爪拿给鹿栏主任亚·亚·维看，他打死过好多豹，有一只豹是他用手掐死的。这个故事在《猎人》(1925 年)中有详细的描写，标题是《远东的童僧①》。这篇小说我没有底稿，只能凭记忆介绍大概情节。平时，维总带着两只德国猎狗佩特罗和涅罗去打豹。两只猎狗把豹撵上了树，就像莱卡狗一样，围着树转，叫个不停，直到猎人到来为止。有一次佩特罗被豹抓伤，留在家里，维只带涅罗出来打猎，他打了几只山羊，把子弹都打光了。偏巧这时涅罗撵上一只雪豹。雪豹上了树，它当然没有必要从树上跳下来扑猎狗，所以它一般不会这样做。这段故事我记不太清了。只记得意想不到的事发生了：到了天黑时候，雪豹从树上跳下来，扑到涅罗身上，涅罗处境十分危险。这个猎人很谦虚，也很腼腆，我清楚记得他讲到这里有点不好意思。我们大家都追问他，一定要他讲出个原委——他为什么会拿着空枪去跟豹格斗。"我以为，"维说，"它不敢，一定会逃跑，这是一，再说它要是咬死

① "童僧"一词当是借自莱蒙托夫的长诗《童僧》，诗中描写童僧与豹格斗的故事。——译者注

涅罗,回到家见到狗也不好意思。”“什么狗?”我们问。“佩特罗,它留在家里,它会瞅着我……”我们都是猎人,所以他后一个论据令我们信服,并大大提高了他在我们心目中的地位。他吆喝一声,举起空枪在雪豹的头上一挥,雪豹扔下涅罗,立刻把他压在身底下。匕首不起作用,因为不甩开胳膊,匕首扎不动雪豹,他只好用手从下往上掐它,幸好涅罗骑着雪豹,也在掐它。雪豹渐渐消耗了力气,于是维可以腾出一只手来,把匕首插进雪豹的咽喉。就这样总算把雪豹治死了,而他自己当然治了好久的伤。他就是这样一个猎人,他跟他的好朋友佩特罗和涅罗一起,打死好多豹,可是当我把豹爪拿给他看并且考他的时候,他直截了当地说,豹爪他很熟悉,可是要说哪条腿上的,他说不准。他一听说这只豹是加莫夫半岛上的,还给我们讲了一个驯化的豹“参孙”的故事,这只豹也是从加莫夫半岛上捉到的。为了纪念这只豹,还把雾山里的一条大沟取名叫豹沟。当时那里有个鹿栏,是四家合股经营,其中有一股属于伊万·扬科夫斯基。有一次有一只豹闯入鹿栏吃鹿,看守人不论采取什么办法,都没能跟踪打死这只豹。豹当然跟狼不同。狼进入鹿栏,会一连咬死十几只鹿。豹只为了打食,多余的不动弹。再说在雾山上只有一窝豹,所以鹿栏的东家把豹吃鹿的事没当回事。这时有个瑞士人康拉德听说了。他也养鹿,也是个好猎手。他说这不行,不能让豹跟鹿待在一个栏里。他到加莫夫半岛住了一阵子,仔细研究了豹的生活习惯。豹很懒,生活很单调。他就在豹于高处觅食时必然走过的地方下了四个夹子。一只夹子上拴了个野鸡头。这个野鸡头就要了一只豹的命:它先踩上了一只夹子,然后拼命挣扎,结果四只夹子都把它夹住了。几乎就在同一天,伊万·扬科夫斯基在现在的豹沟发现一个小黄点儿,便碰运气地打了一枪,打死了一只小豹崽,另一只被活捉了。伊万·扬科夫斯基把这个豹崽养大,取名“参孙”,跟它形影不离。他俩常常进山里做游戏:豹跳进石堆里躺下,藏得只露两只眼睛,然后再跳出来。有时候扬科夫斯基躺下,参孙便开始舐他的头发,把他的头发梳得溜光,只是有时舐得太疼,因为它的舌头扎人……

关于人跟猛兽的友谊的故事，我听过很多。我知道这种友谊往往给野兽带来悲惨的结局。我已经预感到这种结局：故事讲得越细腻，友谊越深厚，结局就会越悲惨。

我不喜欢野兽的这种悲惨结局，因为再凶猛的野兽到了人的社会里，不过是玩物而已。我打断了维的话问：

“结果怎么样呢？”

“结果？”他重复了一句，“结果是这样：海参崴在斯维特兰卡有一家餐馆，伊万·扬科夫斯基在那里吃了一种倒霉的肉饼，从此得了胃溃疡，病了一段时间就死了。就是这些。”

“是扬科夫斯基？”我们问。

“当然是他，”维回答说，“他叫伊万·扬科夫斯基，他哥哥叫尤里，听说革命时逃到国外去了。在扬科夫斯基一家人当中，就属伊万最善良，脾气也好，可不曾想吃了个倒霉的肉饼就死了。”

“豹怎么办了？”

“豹？不用说也可以知道，既然主人死了，谁还能管得了这么凶的野兽？伊万一死，就把它打死了。”

十七、树洞

滨海地带的树木跟我们那里的大不相同:我们的木头坚硬密实,这里的却疏松,用它做食具,要是腌鱼就会渗出盐卤。树木疏松的原因跟沿海岩石被迅速破坏的原因相同,总的来说就是天气变化无常。早春时候,树根还扎在冻土里,可是白天太阳把植物的地上部分烤得很热,树里的汁液开始活动。傍晚严寒又降临,这些汁液受冻而膨胀,木头被撑开,木质就变得疏松。所以树里常常有洞,甚至可以住人。熊就常常利用树洞做窝。常听猎人讲,熊有时从树顶上钻进树洞,只有看到它喘气时在树上挂的霜,或非常冷的时候看到从树里冒出白气,才知道熊藏在树洞里。

十八、黄波椤

滨海区南部的黄波椤树，从外表来看很平常，但是当你了解它之后，才知道在这平常的里面隐含着雍容典雅，很像我们的花楸树。黄波椤的木栓层，只有细木工能用它制作最雅致的工艺品。

我第一次看到黄波椤，是在麦河鹿场旁边的湖岸上。这片湖水是麦河和八达里扬子①河汇流而成的，离乌苏里湾很近。我贴着鹿栏的铁丝网走在湖岸上，突然看见眼前有三棵树长成一个树冠，便立刻猜到一定是黄波椤。可是我因为碰见鹿的可能性而做了准备，在相机里安好的是望远镜头，所以要想拍下黄波椤，只好倒退到很远的地方。正当我后退的时候，水面上出现一个朝鲜人，穿一身白，戴着黑毡帽。他走上岸，就在黄波椤树跟前坐下，背对着我，俯身干什么，看样子好像在吃饭。我看他吃东西，自己也点补一下，然后蜷着身子躺一会儿。一觉醒来，发现睡了一个小时。奇怪的是，过了一个小时之后，那个朝鲜人仍然坐在那里，仍然是那种姿势，好像他吃着吃着就过去了似的。我产生了好奇心，便走到近前一看，原来他怀里抱着一只小白狗，正给它抓跳蚤呢。他已经抓了整整一个小时，可是看样子是刚刚开头，这怎么能不叫人奇怪。远处山头上有一小块熟了的大麦，已经发黄，必是朝鲜人种的地，只有我们庄园里的菜园那么大。挺大的一座山，只有他一户人家，屋里面子女成群。这个抱着狗的朝鲜人令我想起俄国旧式农民的无忧无虑的生活，可是我们当时也没有时间一连坐上几小时给狗抓跳蚤。

① 可能是汉语地名“八道梁子”的俄文音译。——译者注

十九、滨海的葡萄

看到亚洲人种的庄稼，就好像听外国人用听不懂的语言进行祈祷一样，尤其像犹太人要戒斋一昼夜面对最后审判的祈祷。这么点儿庄稼，只够素食的东方人、苦行僧、病人吃的，再不就是喂孩子。托尔斯泰在世的时候，素食和苦行倒也风行一时。他只种这么一点儿庄稼，可这里丰富的大自然具有无限生机——看那葡萄爬满树上，甚至看不出来究竟是什么树了。这不是一般的野葡萄，而是珍贵品种。据说法国人用大木桶把这种葡萄汁运回国，酿出的葡萄酒有一种带异国风味的特殊的芳香。我跟朝鲜人告别，把脚伸进铁丝网的眼里，爬到顶上翻过墙，进了鹿栏。我想看看被葡萄缠住的这棵树究竟怎么样了。好容易钻进葡萄搭的凉棚，因为里面蔓子非常多。这棵树原来是核桃楸，不但没死，反而绿意盎然。这里又凉爽又舒服，我掏出笔记本，计算一下这些天的花销，然后草拟请求寄钱的电报稿时，发现射进来的太阳光的光点似乎被什么挡住了。一会儿这一个光点没了，一会儿另一个光点没了，可这一个又出现了。我小心翼翼地找到了小孔，看清了是只母鹿正慢慢往这边走来，而且常常要停下脚步。就是它不断遮住这些光点。幸亏风很小，它在上风头，嗅不出我的气味。我只能听出它掠葡萄叶子的响声。葡萄叶是它最爱吃的东西了。后来它又把前脚搭在葡萄枝上，用后腿站起来，吃起上面的叶子。看得出来它的奶子已经涨满了，甚至渗出乳汁来——大概它的崽子就在附近什么地方。我无法想象我稍有动作，它会发疯到什么程度！那时野兽会陷于什么样的状态！但是我控制自己，一边等它吃完，一边想着这个朝鲜人。连鹿都会充分利用大自然的恩赐，而他因袭传统，只知道吃小米饭。

二十、梅花鹿

我从葡萄凉棚底下看到的母鹿的眼神，给我留下不可磨灭的印象，使我永远不能忘记。在这一带的海岛上我经常看到梅花鹿，经常从它们的眼睛里辨出我在葡萄凉棚下所看到的眼神。它给我的印象就像花香一样：花香几乎总是与某种遥远的回忆联系在一起，而这种回忆又往往模糊不清，你不免想到根本就没有这么回事，而回忆的缘由也不实际，不过是对心愿的向往。但是事实又并非如此。我有好几次都确信不疑，可以回忆一些线索，只是很难想得圆满。鹿的眼神也是这样：似乎见过，又似乎没见过，也想不起在什么地方见过，说不出个端倪来。这种事常有，而且我从自己身上体验到，这种印象永远也不会消失，经常出现在眼前，直到得出答案为止。我这种模糊不清的激动心情终于得到了解脱，是在秋天，当浓雾散尽的时候，草枯了，花谢了，然而在北纬42度的阳光照射下，树木上斑斓多彩的秋叶闪烁起来，像钻石一样闪闪发亮。问题就在于这个生物遗种丰富的地区，秋天的天气跟我们那里一样凉，而秋天的色调却要比我们那里的春天更蓝。可以说，按照天气像西伯利亚，按照色调却像意大利。就在这样的一个秋天，我在海参崴排队等电车。透过发红的小叶槭，望着蔚蓝的大海，恍惚觉得从大海里走出一个女人，穿一身绿。在这意大利太阳的照耀下，不管什么东西，它们发出的颜色都是一样的：不管是百合花，还是裙子，都会闪闪发亮。这个年轻女人走得急，前胸颤动，绿衣裳变幻出蓝色。我发现了大花束中的这个有趣的蓝点，却看不清年轻女人的面孔。电车来了，我排在最后，打起精神以便在最后一刹那别慌神，哪怕挤上去也要坐车走。当我如愿以偿，好容易拉住吊环的时候,就觉得后面还有人要往车上挤。我回头一看,四只眼睛对在一起,发现折磨了我一夏天的母鹿的眼神如今转移到了这个穿绿色连衣裙的女人的脸上,这立刻就成为悬念的答案。母鹿的眼神非常优美,要求把它保存下来——应该让画家把它移植到人的脸上。如今它自己完成了这种转移,于是我发现鹿变成了女人,于是无论在幻想中还是现实中,这美丽的野兽都由人来延续下去,可以跟她交朋友,跟她谈心……人是多么美妙的生物!人有多少幸福的机会!在远东,在这意大利秋阳所增添的色彩里,鹿的眼神所给予我的喜悦,是无法形容的!所有的悬念都一下子解决了,在这一刹那我明白了一切,我马上站起来,尽管车开着,安排她坐到我的座位上,欣喜若狂地朝她膜拜,似乎在我眼前真的出现了奇迹——梅花鹿变成了女人。

从此以后,每逢我排队等电车时,在漫长的等待中我就编织梅花鹿变成公主的童话故事。很久以前我还试验用这种办法跟长时间排队的寂寞做斗争,而且每次这种职业的特长都能获得成功,任何排队都不在话下。大概我们站的时间太长了,队伍已经远远地排到劳动公园,这时不知从哪来了一个人,看看电线,蛮有把握地说:“公民们,散了吧,电车不会来了。”大家散了,咒骂着哈巴罗夫斯克,似乎哈巴罗夫斯克掠夺了海参崴。

二十一、近海船

我不知道也不想知道玛鲁霞在船上的特殊地位有什么根据,这跟我有什么关系?!船上又不光她一个姑娘,一共有好几个,为什么偏偏对她那么殷勤,而她在饭厅里公布的法令“请脱帽”,连船长们都执行。船长是从来不摘帽子的,原因很简单:参孙是不剪发的。我也没有兴致去打听,玛鲁霞究竟跟谁有长期的恋爱史——知道这个干吗?不过短暂的韵事,比如表示好感,谈谈心,她倒是很慷慨大方,在这一点上,如午饭或晚饭以后,或者吃茶的时候,我也很愿意跟她聊聊。今天她向我吐露,她对于在近海船上当女工的地位很不满意,想到远洋轮上去当水手。“如今女人也可以干这行了。”她告诉我说,“干吗非得干近海船,像狗鱼似的挤在岸边?我想见见世面,我想远航。”

这一天我们正在浓雾里航行,只有间或响的汽笛声和瘆人的警钟声提醒我们,船正穿过危险的岩石和暗礁,受斯库拉和卡律布狄斯①的摆布,这是一切近海船不可避免的厄运。到了傍晚,雾突然散了,露出一片晴空,右侧是奇形怪状的乱石叠嶂,左侧是沐浴在落照中的大海。这在远东是常有的现象。我知道船长经过雾中航行的紧张工作之后,总是回到上层甲板的船长室里休息,乐得有人聊天,便走进他的房间,聊过风呀,雾呀,船舷上容易挂海带,造成计算错误等等之后,似乎无话可说了,我想转入一般的话题,便提起玛鲁霞,说她想当远洋水手,做环球航行。船长听了,突然沉默不语了。

我们的船离岸很近,谁也不愿意学鲁滨孙的样子,坐在大木头上

① 希腊神话中的海妖,能够沉船。——译者注

或坐小船划到这像迷宫的岸上，河湾里成堆的乱石，高耸的小岛，远远伸向内地的山峦，可前面又有什么在闪光……是水……一片混乱，什么也搞不清楚！

船长似乎有些激动，讲起他早年的故事，那是在沙皇时代，他不过是个普通水手，而他一生的愿望就是当个近海船的船长。难道他就当不了远洋轮的船长？他让我看看岸上，在大雾里沿着这样的海岸航行，容易吗?!

太阳落到离得近因而显得高的山崖后面去了，落得富丽堂皇，显示出落照的全部光彩——浪尖上是金黄，黑崖后面是蔚蓝，远处的港湾和潟湖是平静的玫瑰色，石崖顶上鲜红如血。船在不断前进，所以太阳好像又从远去的山崖后面升起来，于是我们仿佛看到日出，然后又是日落。我一生中还从来没经历过这种景象。我欣喜若狂，抓住船长的手，紧紧握住，而他却诧异不已，还以为我神经错乱了呢……

是的，难道他就当不了远洋轮的船长？那要轻松得多，跟这近海船的生活无法相比——那里是海阔天空，除了海水和海鸥，什么也没有。这里是一片石头，虽然是凶多吉少，毕竟是土地，人也毕竟是人，而不是海鸥。

“这个玛鲁霞不正是海鸥吗?”我想。

我情不自禁地观赏着日出和日落的变换，山崖、潟湖、水湾的交替变化，还有海鸥。这些海鸥从远处的山尖上飞过，像带翅膀的小黑点横穿庞大的太阳而过。但我还一边听着船长讲。我喜欢听他那种喃喃自语！甚至对他开始有些理解，故意要逗逗他。

“您把远洋航行说得很空虚，”我说，“好像只有海鸥，可玛鲁霞说近海船像狗鱼一样挤在岸边。”

“对呀，是像狗鱼，”船长说，“说得更准确些，只剩一条狗鱼了。在所有的近海船之中，就剩我这一条船了，其余的您也知道，今年夏天都不能用了，送去修理。我是唯一一条狗鱼，所以把一切活都推给我了。是的，有远洋轮的船长，有近海船的船长。我是近海船船长，我的船不大，可是我保持得很干净。就是有人想把我的船弄脏，想祸害我……这是些什么人呢？比如同时装干草和铁。如果我是正常人，就要先装铁，把干草装在上面，可他们说：只管装铁！开会的时候一共五百人，来一个家伙，带来一张大纸，念了其中一段，他一个人把大家都骗了，却像海鸥似的飞到远洋轮上去了。我一个人站起来揭穿这个骗子，他们却把骗了五百个人的罪名推到我头上：'你是个机会主义者！'我不知道我怎么保全下来的，不过您看到了，我这条小船还蛮好，干干净净，而那些受骗上当的人，都把船送去大修，自己也进了监狱。当然，我得到奖励和一套制服。您别笑，我说的是正经事，我到底算赢了，因为我是近海船船长，他欺骗了大家，跑到远洋去捉海鸥去了。大海无时不在欺骗你，真正的生活还是在陆地，在这边区。这里需要人，但你必须先站稳脚跟，然后再去看大海，也就坦然了。"

这时太阳终于真正落了，在橙黄色的天际有时显现出带头发的人头的影子：面孔是悬崖，头发就是树木。近海船船长就站在这些悬崖的各种人影中间，对面则是波光粼粼的大海，有一条漂亮的中国帆船在沿着海面向杳无尽头的远方驶去。

二十二、荷花

海洋孤岛上的诗意，必须以沉船为前提，沉船之后，有人活命，爬上岸来。这里荒无人烟，他开始在没见过的野兽和植物当中按新的方式生活下去。如果没有沉船事件，生活在一个小岛上，一切都是熟悉的，连细微之处都了如指掌，甚至连过往行人都看不见，那就要比在大陆上寂寞得更厉害。只有鲁滨孙的作者当时曾给予我们一种刺激，让我们直到如今也摆脱不掉对海岛生活的向往，醉心于海岛上的浪漫色彩。我指的是我们那一代人，读美国作家的小说和为儿童而缩写的《鲁滨孙漂流记》便入了迷。应该承认，在日本海的富鲁海姆岛上生活在花香鸟语之中，留心观察蓝狐的生活，不但没有让我失去兴趣，反而增添了童年时代的孤岛童话的魅力。不过后来我来到彼得大帝湾的群岛时，尽管离大陆很近，那种浪漫情调开始褪色。等我最后来到这个岛上的时候，便兴味索然了。这里发生这么一件事：我住在副主任家里，女主人从堪察加带来了海豹油，准备给皮子上光的。海豹油本来是凝固的，放在屋里就化了，她把油装进瓶子，放到窗台上。有一次场部的女会计来，看到瓶子里装着透明的黄色液体，很感兴趣，问瓶里装的什么油。这时岛上吃的油早都没有了，但是她猜到女会计不怀好意，便回答说："是葵花油。"她想进一步解释，想说明有时人们能把大粪当成黄金。但是不知什么原因，两个人没说清楚，女会计就在全场散布说这些头头单留一手，偷偷往家里拿葵花油。听的人都信以为真了。"我亲眼看见的，就放在副主任家的窗台上，不信你就看看去。"大家当然都来看，窗台上果然有个瓶子。这件事在背地里越闹越大，最后有个中国人受到牵连，又怀疑他走私（我听说他还被剥夺了选举权，但我不相信）。就在我准备到湖上看看，向房东问路，房东正给我讲的当口，看守长的老婆跑来嘁嘁喳喳地把油的风波学说了一遍，房东听得瞠目结舌。这时我才知道，事情的起因并不在油上，而是主任说话不谨慎，说办事处主任的小儿子并不是他亲生的，而是天鹅生的，说得更准确些，是丘比特附了天鹅的体而生的。办事处主任知道了，火冒三丈，立刻想法报复，便揭发场部主任的妻子是公爵家庭出身。于是这位妻子被剥夺了选举权，但是不久她又证明出身清白，说她父亲曾在消费税局当办事员，是世世代代受人尊敬的公民①，但是办事处主任气得发了疯，便向场部的所有领导及其亲属进行报复。当然要把葵花油当成把柄，所以一开始有个中国人受到牵连，说他从上海往这里走私白胶鞋。

“能有什么解决办法没有?”副主任的妻子问女会计。

就在这时我悄悄离开这些女人，也情不自禁地考虑有什么办法能妥善解决岛上的这个纠纷。我本想直奔海边，过了小河，觉得沼泽太潮，还陷脚，便又往山上走。令我奇怪的是，往上走不但躲不开潮气，潮气反倒越来越厉害。与此同时，我的思路不但没像往常上山时那样变得开阔，反而越来越乱，一想到岛上这些小人物的生活，便会提出这类问题：“这里的人钩心斗角，是住在岛上的缘故，还是跑到偏僻地方来的人都不好?”我出来本想看看湖，连这泓湖水也只能让人暂时忘却这些小人物，因为湖水四处也都是沼泽。看来远古时候这片湖原是两个海湾之间的通道，后来两头被海岸堵塞，中间的咸水渐渐干涸，山泉汇流而来，蓄成淡水。所以在这块山地我找不到干地方，连山坡都往外渗水，陡坡上也可以陷脚。根本没有路，连野兽、梅花鹿走过的地方也形成了水流，很快就把小径冲得露出石头，就像真正的山溪里一样乱石重叠。平时我总是爱在湖边转悠，仔细观察那里的植物，可这次为了寻找干地方，我越爬越高，根本不想到湖边看看了。想到滨海海岛上的这些湖泊和潟湖，不免有些气恼。跟汪洋大海比较起来，它们

① 在俄罗斯指小市民或神职人员。——译者注

不过是些肮脏的水洼。就在这时我看到一个高个儿的女人正在下面的湖边上走,不免感到奇怪。她干吗要在齐膝深的脏水里走？由于气恼所勾起的思绪便用奥涅金的口吻发泄出来。“可以动情,”我想,“然后一走了之,而不必在这连来往行人都没有的岛上停留;对什么都可以动情,但不必当真爱上它——这正是旅行家的幸福:只是动一点儿情,这点情也要珍惜,要爱护,不要被人僭越,不要被别人夺走。归根结底还要工作,并在艰难的工作中忘却一度使你动情,甚至不能忘怀的小花……”

就这样,几乎走到山口我也没找到干地方,只是到了那坡,我才找到干地方,我的思绪也开始进入健康的轨道:我打算求副主任的妻子干脆把海豹油送给她的对头。其实就在我离开她们以后,这个女人早想到这个主意,把油送给对方,不过她并未说明海豹油不能吃,这她留了个心眼儿。她一定想,既然这种油不能吃,必然含有有害物质,她就满面含笑地把有害的东西送给了毫无疑心的对头。这个女人料得很准,只是她忽略了一点:当脂肪极端缺乏时,机体吸收脂肪的能力也起了变化。女会计煮土豆加些海豹油,吃了之后觉得非常香,甚至拿来让副主任妻子尝尝。当我进屋的时候,正赶上两个女人一边吃土豆,一边就脂肪是人类不可缺少的营养的题目进行长谈。

在岛上我看到的好事不多,不过坐船走的时候,碰到与我同时在岛上逗留的女人,便在起坐厅里攀谈起来。我对她讲了,我童年时代就保留着的鲁滨孙的童话已完全破灭,还介绍了现在岛上的生活,并把这场海豹油风波当作笑料补充进去。

“您看到荷花了吗?”这个女人问我。

原来正当我在山上爬,越爬越高,却越高越泥泞,连膝盖都没在水里的时候,看到一个女人在湖边走,我不免感到奇怪。原来这个女人就是她,蹚着水去看湖里开的粉红色的大朵荷花。她曾经搞过植物学,一直想到远东来看遗种植物。但是由于孩子拖累未能成行,后来她又干脆改了行。这次是丈夫到远东出差,她勉强把孩子托付给父母看管。她已经来两个月了,找到了几个橡胶植物的新品种,这在我们这个时代十分珍贵。她临别折到这里，跑到这个岛上，就是为了看荷花。看到这么美丽的大朵花，她欣喜若狂："这一辈子也忘不了。"

这个女人显得宽宏大量，装作根本没听到我讲的海豹油的故事，或者是听过就忘了。在某些场合，我也会像她这样做的。不过这一次我作为旅行家由于海豹油而没看上荷花，真不应该。这还不算，她还有办法让我也忘掉这个故事。如今，当我执笔描述远东地区的动植物的时候，不能不说明我无法介绍荷花，不能不想起我软弱的时刻。想到这里，翻开笔记又找到下面这段话："可以动情，然后一走了之——这正是旅行家的幸福：只要稍稍爱上，就要珍惜，要爱护，不要被别人夺走，当然要工作，并在艰难的工作中忘却一度使你动情，甚至不能忘怀的小花。"读过这种奥涅金时代的思绪，我又补充写道："可以旅行，可以动情，然后一走了之，可以不能忘怀，可以工作，但不能忘却荷花。"

二十三、混乱

混乱现象的发生，是企业领导在很久以前所犯的错误导致继任人继续犯错误，包括他们又犯有新的错误，终于使企业无法继续生产，不得不进行整顿，当然首先要找出替罪羊，找出牺牲品！

普提雅廷岛上有个饲养加拿大狐狸的饲养场，如今已处于完全混乱的状态：栏中的狐狸在石墙底下挖洞，大部分逃散在整个岛上的森林里。莫斯科派来严厉的调查组，开始进行调查。

据我看，最早的错误，可以说是原罪，是饲养场的地址选择不当。很难说得清楚，饲养场为什么一定要选在果树园里。按这里的气候，养果树并不容易。岛的面积很大，而饲养场所要占的面积相比之下寥寥无几，可是偏偏就把养狐狸的地方放在果树园里。这个最早的错误便诱发出第二个错误，而第二个错误可以说是致命的了，因为它是由第一个错误不可避免要派生出来的。因为按照德国的科学，养狐狸要有充分的阳光，要用开阔的场地，于是只好把果树砍掉。这样一来，北纬 42 度的直射阳光造成野兽死亡，狐狸纷纷中暑，这是在北方气候饲养狐狸的德国人所预料不到的。现在看起来果树的树荫该多么有用！就这样，由第一个错误而诱发的其他错误，就像列车相撞而车厢重叠似的交错起来。为了挽救狐狸，饲养场做出让杂草长高的决定。在亚热带气候条件下，杂草果然长得又茂盛又高大，把阳光遮住，狐狸不再怕晒了。但是从此以后，加拿大狐狸的生活就脱离了观察者的视野。就像任何阴暗角落都容易出坏事一样，由于监视不到，喂狐狸的青年人开始偷懒：有一次直到闻到尸体的腐烂味，才从狐狸房的通道里找到一只死狐狸。还在草棵子里发现几十个喂狐狸的盘子。这类事层出不穷，终于，饲养场围墙的杂草茂密的地方被狐狸挖出洞来……事情往往是这样：事情发生之前，所有的人都不大关心生产，马马虎虎，一旦出事，大家都变成积极的公民。尽管有些场合抱团儿并不是好事，可是在这里却完全是理所当然的，因为归根结底，每个人对自己所付出的劳动不能不爱惜。

现在狐狸仿佛故意与人为难似的，不管谁一走进森林，就会看到加拿大银狐的黑脑门，然后一晃尾巴就不见了……可一只狐狸能值好几百金卢布。

“啧啧，这可是外汇呀。”他朝着狐狸背影说。他觉得太可惜了，作为公民，他的良心要求对责任者进行审判和处罚。

莫斯科调查组的出现是不可避免的，就像不管三七二十一地砍掉有用的果树而造成中暑一样。气氛越来越紧张。连职位最低的工作人员也怕成为替罪羊，成为承担一切罪过的人。大海上刚冒出一点儿烟，办事处里就有人大喊：“来了！”有两个办事员合上账，彼此打招呼说：“走，抽抽烟！”他们走到外面，坐在圆木上抽起烟来。其中有一个人指着轮船的烟说：

“你知道，萨沙，如果要整我，我不在乎，我连辩解都不辩解。”

“你，万尼亚，”萨沙回答说，“很像从前那个传教士，他叫……不知怎么就忘了……他说：要打你的左脸……”

“耶稣？”万尼亚感到奇怪，“这些狐狸真把你捉弄坏了，连耶稣都忘了！”

调查组上岸便朝办公室走来。中间要穿过森林。调查组组长走在最前面。突然有一头大荷兰牛从灌木中走出来，挡住去路，两只黑眼睛从浓重的白眉毛底下望着组长。这双眼睛那么深邃，就像当年用来做人的泥土从地底下望着他。那眼神似乎在说：“尽管我是在人的帮助下才成为荷兰牛的，但我毕竟是牛。组长，我是你的下属，我要告这里的人一状：他们管理得太糟了。”组长发现了牛的眼神，停下脚步，陷入沉思状态，但是很快就清醒过来，并且说：“这么好的牛，你们还挨饿，还要诉苦！”其实这头牛只出半升奶……

可是,这些重罪在身的人尽管很了解这头牛,却不敢跟调查组组长顶嘴,每个人都盘算着:“让他去调查牛或别的什么,等调查到狐狸的时候,就该要吃要喝了……”但是突然远处的林间小道出现一个黑脑门,并且停住不动——原来正是逃出去的加拿大银狐。

于是不可避免的场面又出现了。

“啧啧,这可是外汇呀!”走在组长后面的副组长说。

调查组组长凝目远望。

二十四、斯塔尔采夫山

海洋是永恒的叛逆者，但是为了歇息，为了策划新的叛乱，也需要有坚固的山崖、浅沙滩、舒适的港湾和岛屿；而人经常在太平洋的大雾里漂泊，便希望这些海岛要有比安全地方更牢固的名字，这是可以理解的。海岛改名可不同于街道改名。正是由于这个原因，革命后这里仍然保留从前的名人的名字，如彼得大帝湾、穆拉维约夫总督半岛、波西耶特湾、富鲁海姆岛①以及其他许多海军上将和陆军上将的名字，他们有幸把自己跟这危险多雾的土地联系在一起。在这些以将军姓氏命名的群山中，有一座却是用商人姓氏命名的，这就是斯塔尔采夫山。从海盗湾的方向望去，这座山很像斯杰潘·拉辛崖，只是不在伏尔加河畔，而那个悬崖是那些从前没见过这座悬崖的人在想象中杜撰出来的。斯塔尔采夫山好像庞然大物沉入海中，有几座不太高的山峰露出水面，好像它的支脉，那就是普提雅廷岛。所以整个岛很像人的形状：有头，头就是斯塔尔采夫山；有腿，腿上就是航海的人都知道的五指礁。革命前这座岛归斯塔尔采夫所有。岛上有陶瓷厂，有鹿场，还有其他养殖场。尽管家大业大，却没有贵族式的宅邸。这类宅邸到了革命后往往改成剧院或俱乐部，然后渐渐年久失修，有的倒塌，有的砖墙长满青草，于是从前的贵族之家只能靠残存的洋槐来辨认。在斯塔尔采夫的家业里，主人住的房子跟简单的办公室或其他建筑，如职员的

---

① 穆拉维约夫（1809—1881），代表俄国强迫清政府签订《中俄瑷珲条约》，因而被封为“阿穆尔（黑龙江）伯爵”。波西耶特（1819—1889），俄国海军上将。富鲁海姆（1821—1909），俄国海军中将，曾任滨海州总督。普提雅廷（1803—1883），俄国海军上将，曾任驻华公使，第二次鸦片战争后以调停为名，强迫清政府签订《中俄天津条约》。——译者注

住宅和招待中国客人的房间，没有任何区别。如果回想一下俄国资产阶级没来得及发展的短暂历史，也就不言而喻了。俄国商人繁重的业务都落到个人的肩上，再加上缺少历史的传统，他们根本没有时间考虑如何华贵地安排个人的生活。而老斯塔尔采夫在临死前的呓语中似乎还要儿子们把他安葬在自家的山上。这该怎么理解呢？尽人皆知，俄国人的坟墓都极不显眼，而人死后要求葬在山顶上，似乎跟从前东正教信徒的风习背道而驰。革命果断而迅速地割裂了我们跟祖辈的联系，现在不可能用询问的方式确定，老族长命令把他的遗体送到高山顶上，出于什么考虑，我个人是这么想的：老斯塔尔采夫的事务很多，正如我们的老商人所认为的那样，做买卖就要昧良心，不骗顾客就卖不出东西。在这种意义上，把做买卖跟其他一切对立起来，这其他的包括科学、诗歌，甚至也包括家庭生活。可能斯塔尔采夫的一生都是在生意场上度过的，突然在这灰色的人生中闯进一件跟生意经毫无共同点的事：按照沙皇的旨意，以斯塔尔采夫命名的山要在俄国所有的濒临太平洋的海域的地图上标识出来。对于一个能干的商人来说，用他的姓氏命名一座山的意义，不亚于普希金写出了《奥涅金》——只能有过之而无不及！于是老斯塔尔采夫在临死前的寒战与苦闷中，摆脱了生意场上的忙碌。只有一座山，高高的山，保留在他弥留之际的想象里，这座山是用“斯塔尔采夫”命名的。有些人说好像是他的子女考虑到把尸体运到高山上太困难，便把死者要葬在山上的愿望说成是要死的人的胡话，并把他埋葬在一座小山上。不过从坟头也可以看见整个家业，看见纳齐莫夫湾及其养殖场，还有海湾里的汽艇和小船。这块地方很不错，风景如画，子女要来祭扫，只用十五分钟就可以走到。另一种说法是跟子女没关系，老人临死时也不糊涂，好像是送殡的队伍已经准备奔斯塔尔采夫山去，但是抬棺材的朝鲜人抬不动了，说是这种活太荒唐，愤愤不平不肯往前走，没抬到地方只好埋在比死者想埋的地方稍矮的山头。看来第一种说法更有道理，因为墓地根本不在斯塔尔采夫山的山坡上，“没抬到地方”的说法站不住脚。既然埋到另一座山上，就不是出于偶然，而是经过周密考虑的。我认为最有可能的是,子女认为死者的愿望属于昏迷中的呓语,因而没有采纳。不过我更喜欢“没抬到地方”的说法,因为这种说法更聪明,给旅行者留下更多的思索的余地——当我来到斯塔尔采夫山的山顶时,就想到:整个俄国资产阶级就是没走到地方,被人抬过,却没抬到地方……

二十五、小台风

快到9月1日的时候,最矫健的老公鹿已经把鲜艳的防晒服换成简朴的冬装。野鸡开始离开草棵子到地里找食吃。鹬鸟成群结队地飞来飞去。曾经爬满高大核桃树的葡萄藤也凋落了,蔓梢发黄,只有顶尖上的叶片还在风中摇曳。傍晚下过雨,风势越来越猛,变成持续的台风。这时我在西杰米,躲在布林涅尔的别墅里,想着别墅从前的主人的经历,他在不久以前逃往中国了。整个建筑很不错,只是带有德国风味,毫无华丽可言,地道的毕尔格①式。如今在小楼底下设立了试验站,已经有了显微镜什么的,墙上挂着鹿茸标本和梅花鹿的干角。电线安了没有电,水管子没有水,温度计没有水银球,阳台上放着儿童玩的鸟笼,却没有鸟。

我待了一天、两天、三天,台风一直不停,大一点儿的鸟变成土色,露露面就马上藏起来。它们的叫声很像灰乌鸦。银色的白杨被台风刮来刮去,裸露出银色,就像野兽临死前要翻白眼似的。白杨旁边有只不知名的小鸟一连叫了三天,声音凄哀。老太婆听到十分可怜它,估计是台风刮掉它的崽子,摔死了。站长却说:

"这台风不必在乎,再刮上一两天,又是好天,整个9月、10月,甚至11月中旬,都是好天。我们远东的秋天就跟夏天一样。"

---

① 毕尔格(1747—1794),德国狂飙运动诗人。——译者注

二十六、梅花鹿的交配

滨海地区不像我们那里，春夏秋冬的区别很明显。到我们那里，雪和严寒把一年分成两个时期：冷天和暖和天。此外，有没有阳光也很重要。就像说冷天和暖和天一样，可以说成阴天或晴天。在滨海地区，雪不起作用，据老住户说，这里下多少天雪，就刮多少天风，把雪都刮没了。刚到正月就暖和得不得了，不用说没有雪，在外面光穿衬衫也行。另外阳光也可以把一年分成两个时期，只是跟我们那里相反：夏天应该是阳光充足的时候，这里却有大雾，秋天在我们那里多半阴天，这里却会在枯黄的大地上出现太阳，阳光那么灿烂，跟海水、天空和大地上夏季植物残存的覆盖层交相辉映，蔚为壮观……在加莫夫半岛的雾山上，这样的秋天就格外好，悬崖上长着这一带很稀少的赤松，松树奇形怪状。雾山上最好的地方就是蓝沟、豹沟和禁猎沟。在这些朝向大海的沟里，我带着相机，不仅追逐梅花鹿，而且从太阳刚一升起直到太阳落山，追逐阳光。一清早太阳照到山间的芦苇上，芦苇被轻霜一打，仿佛绣上花边，轻霜或者变成露水，大颗大颗明亮的露珠呈现在黑魆魆的悬崖和无边无际的碧蓝的太平洋的背景下。

加莫夫鹿栏有新旧之分。旧鹿栏实际上就是雾山本身而已，如果再加上大小沟壑，几乎就成为一个岛屿：一面是“勇士”湾，另一面是阿斯塔菲耶夫湾，中间是联结雾山山结的狭形地带，这个几乎是岛屿的范围，就是新鹿栏。狭形地带的这一面，濒临“勇士”湾的沿岸，就修有加莫夫岬鹿场的全部建筑，而在对面，濒临阿斯塔菲耶夫湾的岸上，住着看守长和第一猎手伊万·伊万诺维奇·多尔加利，他原来是森林里的老猎户，曾经跟阿尔谢尼耶夫一起进行过考察。从前就在这两个海湾之间安有铁丝网,拦住雾山上所有的梅花鹿。这些鹿虽被限制在一定的范围以内,但是在森林里自由自在生活的条件没有改变,不加以人工饲养,除开这片铁丝网和取茸前要射杀公鹿以外,人也不干预它们的生活,不过它们渐渐把牧草吃光了,鹿群繁殖得也极快,由于吃不饱而掉膘了。于是把铁丝网远远地挪到安德列耶夫湾跟前,整个地段,从旧铁丝网到安德列耶夫湾这一片,就叫新鹿栏。曾在尚塔尔群岛以研究貂而出名的格·德·杜尔凯特,现在在加莫夫鹿栏负责科研工作。他告诉我说,一般说来,母鹿并不愿离开旧栏,所以雾山仍然是它们的主要栖息地,相反,公鹿更喜欢待在新栏里,一到发情末期便会朝新栏跑去,离旧栏里的母鹿要有 18 公里之遥。它们在交尾之后,仿佛想离开那里到别的地方去,因而在新铁丝网附近踩出一条小道。杜尔凯特估计,由于公鹿离开和母鹿眷恋故土,有些母鹿便会怀不上孕。

10 月 14 日——星期三

我乘汽艇在安德列耶夫湾下船,杜尔凯特住在旧栏,从新栏到旧栏有 18 公里,我必须徒步前往。中间在稻田窝棚又耽搁一会儿。窝棚里住的是朝鲜人汤姆崔,原是鹿栏老主人扬科夫斯基的义子,现在在这里当看守人。我向他了解梅花鹿的生活,像跟所有的人聊天一样,表面上我提的问题杂乱无章,但心里有一定的计划,把鹿从生到死分成一定数量的问题,如:第一次听到鹿叫? 汤姆说 9 月 9 日。交尾的地点按他说大部分在冲沟上头,冈下的坑里。

1919 年,从西杰米和其他鹿场搞来的鹿,体重都不下 85 公斤,在加莫夫鹿场,饲草良好,它们很快就长到 120 公斤。现在又有 85 公斤重的了。原因是饲草不足,再加上螨虫大量繁殖,使鹿不得安生。由于公鹿体格虚弱,交尾期拖长,有时甚至拖到 12 月。交尾期拖延,分娩期也要拖延。我就这样跟汤姆聊了两个小时,等我走的时候,已经记了满满一本子鹿的故事。

我走了 18 公里,一只鹿也没碰见,也没听到鹿叫。不知是什么野兽从貉子洞里钻出来,从我面前横道跑过。"勇士"湾很大,很宽敞,风景也很优美。杜尔凯特住的小房也很舒适。傍晚 5 点还很明亮,南风很有劲，大概影响鹿的交配：公鹿看不到，只看到两只母鹿站在树荫里，也许它们正在等待公鹿的叫声，正侧耳倾听呢。黄昏时候，听到了鹿叫，一只，两只……在往阿斯塔菲耶夫湾的路上，一只公鹿被惊动了，它大概顺风闻到我们，便躲藏起来。我们回到住处时天已经完全黑了。风还在刮着。满天繁星。雁阵飞过，大概是豆雁（到10月底就全都飞走了）。中国雁比它飞得还早，在9月下旬。黑雁只见春天飞来，秋天不知从哪飞回去的。不知山里出了什么事，突然间有许多母鹿一起叫起来。是狼还是豹？杜尔凯特的猎犬“奥尔”吠叫起来，听到獾子的龇牙叫声。我们划亮火柴，看到它的影子，把它打伤了。猎犬咬死了它。原来这里有一套打貉子和獾子的办法，只要带上手电和猎狗。獾子很凶，往往要跟猎狗咬架，而貉子一见猎狗就装死，可以捉活的。貉子皮很适合给飞行员用。按照莫斯科的指示，曾经大量繁殖貉子，可是突然发生了瘟疫。病名还没找出来，不过造成瘟疫的原因很简单：貉皮不值钱，不能投资太多，比如就不能像饲养加拿大狐狸那么多，而钱少了，卫生、饲养和营养就都跟不上。

杜尔凯特对梅花鹿做了大量观察，他认为德国人做的关于赤鹿交配时要有一大群母鹿的描写并不准确，劝我干脆忘掉。梅花鹿交配时，有许多鹿崽站在旁边，公鹿并不撵走它们。相反，往往是母鹿在最前面，当中是鹿崽，公鹿跟在最后面，如果鹿崽与母鹿交配，公鹿则把头扭向一边，或者干脆去追赶别的母鹿，再也不回到原来的母鹿群。有时从灌木丛里钻出来一只不起眼的公鹿，于是原来的头鹿毫不反抗地离开它的母鹿群。

月夜里鹿都容易看见，人可以走近，因为夜里鹿感到它是主人。到了白天，鹿好像是世界上最胆小的动物。

杜尔凯特还讲过一个关于鹿的故事，说有一年冬天，雪很大，有只野鹿闯进鹿栏，它显然是饿坏了，也许是要饿死了，而鹿栏里的鹿有人喂，它们正在吃槽子里的苞米粒。这些鹿看到野鹿来了，一齐扑上去，把它赶走了。

杜尔凯特还讲过，有一年冬天一只老母鹿走到草垛跟前就死了。

它身上有被其他母鹿踢伤的痕迹。或许它们是看到母鹿要死,便落井下石,要踢死它,或许是它不让别的母鹿吃草,它们便群起而攻之。这只要死的母鹿怀着崽子。按照一般规律,母鹿总要先生下胎儿,然后再死,也许是怀胎导致虚弱而死亡。晚饭后,我们走出房间,到台阶上站站。大熊星座在我们住的房子左面,从山背后拖出它的最后一颗星星。就在大熊星座的勺边与山巅相接的地方,传来了鹿叫,这叫声半天重复一次,不一会儿又传来另一只鹿的叫声。

10 月 15 日——星期四

天刚亮还有星星的时候,昨天传来鹿叫的地方又传来鹿的叫声,在我们住的房子对面,也传来鹿叫,从右面太阳快要升起的山后,也有鹿叫。我从梯子爬上屋顶,注意观察。曙光中,在离干草棚不远的地方,出现一只威风凛凛的公鹿的黑影,有一只母鹿朝它迎面走来,它也迎面走去,甚至不加理睬地走过去,仿佛它要往前走办自己的事似的,可是母鹿刚刚走过,它便掉头追母鹿。母鹿小跑,它也小跑,母鹿快跑,它也快跑,两只鹿一起消失在灌木丛里。

右边山脚下太阳照不到的地方,有几只母鹿,不少于十只。从这个鹿群里走出两只公鹿,往山上走去。它们先是慢慢地分成两路,刚走不远又回过头,慢慢往一起凑,刚走两步,便停下脚步,像斗架的公鸡,彼此斜眼对视了好一阵子。这时在山脚下的母鹿群跟前,突然从茂草中出现一只高大的公鹿。这就是鹿在黎明时交尾的情形:一群母鹿在山脚下,旁边有一只公鹿走来走去,而在山上有两只见习公鹿彼此对峙着。后来太阳从山后出来了,照在被霜打的草上,草上晶莹有光,再要观察这座山跟前的鹿群已经不可能了。另一座山上有一只公鹿带领母鹿群慢慢地过了山口。在长满宽叶灌木的冲沟里,可以听到各式各样的鹿叫声,有“伊——伊——伊”(近似哨音),有“欧——欧——欧”(这是叫声),还有“奥——奥”,好像是鹿在骂架。可以想象,由于距离远,许多辅助音都听不见。

杜尔凯特走到我跟前,用神秘的手势让我跟他走。走到门斗,他停下脚步,让我仔细听:有一种“呜呜”声,好像电线杆被风刮的声音。

“什么声？”他问。

我说不清楚。

“已经这么响三天了。”杜尔凯特说。

来了个中国人。杜尔凯特把问我的问题又去问他。中国人听了听，突然脸色大变。

“要打仗！”他说。

“已经打上了。”杜尔凯特回答说，“昨天我在城里听到消息，日本人已经在朝鲜登陆，跟中国打起来了。”①

“我也听说了。”中国人说，“这个声音有好长时间了吗？”

“三天了。”

“是的，开始三天了。”

中国人拿起水桶继续往前走。我们取来梯子，挪开天棚上一块木板，用手电照亮天棚和屋顶之间的漆黑的空间。电筒的光亮一下子就把中国人的迷信化为泡影，原来天棚顶上有一只飞蛾在作祟。就是这么一回事。一切神秘都消失得一干二净。不过杜尔凯特讲的飞蛾的故事，也令我感到神秘。说是在苏昌的一天夜里，有无数的飞蛾扑奔灯光而来，甚至可以听到它们拍打翅膀的声音。这该有多么多的飞蛾！而且这一带的飞蛾也非常大。我倒真想在夜里听听乌苏里蛾拍打翅膀的声音！

最令我感到有意思的是，这种能够消除迷信的电筒光亮，今天夜晚还可以引来昆虫，让我们在夜阑人静的时候听到乌苏里蛾拍打翅膀的声音的真正奥妙。

然后我们又回到中日战争的话题。我们喝茶时，尽管毫无事实根据，却花好长时间推测战事的结局，就像天棚顶上的蛾子一样嗡嗡不已，既解释不清战争的原因，又不会像中国人一样满足于听到的童话。

喝完茶，我从海湾左岸绕过雾山，逆光拍摄了山间的芦苇。还没走到舒尔茨角便迷了路，后来又找到路，翻过山，看到蓝沟，和沟里半

---

① 指“九一八事变”后，日军全面入侵中国东北。——译者注

山腰已经没人住的窝棚。走到这空木房跟前，在长凳上歇歇，又开始爬山，打算以蔚蓝的大海为背景拍下翠绿的五针松和黑色的悬崖，以便用金色胶片留下蓝沟的美景作为纪念。然后我下山走到小溪边，在乱石堆里又迷了路。越过小溪，我打算登上最高点，然后就像虎和豹一样沿着山脊走去。就沿着曾经用四个夹子夹住一只豹的山脊走，我还用这个故事写过一篇有趣的小说。在上山的路上我不止一次听到鹿叫和被我惊动的母鹿跑走的蹄声。我没走到最高点，因为过了蓝沟就看到了禁猎沟，和它旁边的豹沟。我在禁猎沟拍下赤松，便翻山到了豹沟，下山几乎走到海边，然后找不到路，好容易从豹沟爬上山，从禁猎沟又回到蓝沟。当我又回到窝棚旁边的长凳上歇息的时候，太阳已经落到海面上了。我头脑里似乎什么想法也没有，不过也许它装着比任何想法都更美好更重要的东西。只是在这之后才能产生想法，像苹果一样成熟落地。

10 月 16 日——星期五

每年一到这个时候，鹿的习惯是晚上 5 点钟左右从灌木丛中走出来，到开阔的牧场上过夜，上午 10 点左右又回到灌木丛中。

下午 4 点，最有经验的猎人多尔加利来找我，让我看鹿在从捷利亚科夫斯基湾朝阿斯塔菲耶夫湾去的途中进行交配的情形。我们一开头就谈到杜尔凯特估计旧栏里有些母鹿可能怀不上崽子的现象。

“是杜尔凯特告诉您的吗？”

“是呀，是他说的。”

“您没有问问他公鹿在交尾期为什么精力不济？”

“没有，我没问，因为我知道公鹿几乎不吃东西，一个劲儿叫，所以才瘦了。”

“主要是一个劲儿寻找母鹿的踪迹，顺风闻到气味，会从鹿栏的另一头跑过 18 公里来找母鹿，只要有母鹿发情，它一宿就走这么远。您可以按任何时间计算，比如现在，会有很多母鹿发情吗？可以说很少，而公鹿一直是性欲冲动，跑来跑去，找地上的踪迹，闻风吹来的气味，母鹿也不是针，母鹿要是发情，也用不着躲躲藏藏，很容易找到。唉，我说的是杜尔凯特。公鹿不吃草，一边叫，一边在鹿栏里这头那头乱跑。公鹿不是人，又用不着上班，有的是时间。它的工作只有一个，就是找母鹿交配，可杜尔凯特以为还有怀不上崽子的母鹿。"

这时很难设想还有比老猎人情绪更坏的了。我甚至开始丧失自信了：也许是我听错了，理解得不对。

"伊万·伊万诺维奇！"我说，"请您原谅，大概是我搞错了。现在想起来了，不是杜尔凯特说的，是后勤主任博格丹诺夫同志说的。"

"博格丹诺夫！"多尔加利高兴了，"这可是另一码事，博格丹诺夫有可能这么说。"

我们说着，路过马林泉，渐渐走上一带沙丘。沙地上有许多鹿蹄印，我们是从虎眼石的高度向前观看的，虎或豹往往藏在石头堆里，向四处张望。在鹰巢岬方向的山口后面，一片蓝色的乌云，大地一片枯黄，像沙滩似的，有的地方长着杜鹃花，匍地蔓生，秋天叶子红了，就像在黄沙上的斑斑血迹。远处，白浪拍打着黑色的悬崖。有的岩石叫"痛苦的心"，仿佛这块石头被海浪打得摇动了，才取这么个名字。好闹事的鹰巢岬全都长着奇形怪状的赤松。发黄的并不是沙滩，而是山间的芦苇，如果俯下身去仔细看，便可发现地皮上有一层很矮的绿草，鹿群每到傍晚就到牧场上来，奔的就是这小草。当我们到来时，鹿群正大批地离开捷利亚科夫斯基湾的灌木丛，向阿斯塔菲耶夫湾的开阔的牧场涌来。牧场上有一只公鹿，像雕像一样朝着鹰巢岬站着。

"它站那里干吗？"

"跟前一定有母鹿。"

"您看那有 8 只公鹿，为什么它们凑在一起而跟前并没有母鹿呢？"

"这都是失意者，您往中间的山坡上看，看见没有？"

"好像是石头。"

"好像石头，可那是母鹿群，大约有 100 只。这 8 只公鹿大概跟它们有点儿关系。您瞧，那儿有单独站着的，看清没有？"

"沟里有一只母鹿正朝它走去，又有一只，第三只……"

“沟里有许多母鹿，都是一个鹿群的，它们都有关系。”

用肉眼就可以看见对面山坡上有许多小径，有直的，有斜的，鹿群从斜径向中间汇集而来，一看便知，它们都有关系，这是有几百只鹿的大鹿群，分散在几个沟壑中，却构成一个整体，缓慢地朝阿斯塔菲耶夫湾移动。在移动过程中可以分成许多小组，然后又不断重新组合。

“那么跟着一只公鹿的母鹿群在哪儿呢？”

“您听说过这种说法吗？”

“听说过，这也只是一种说法而已，公鹿并没有固定的母鹿群，只不过是母鹿群中有一只母鹿发情了，于是好像整个母鹿群都发情了，因为发情的母鹿也不肯马上就范，等到交配完成，也就无所谓母鹿群了。”

“公鹿追发情的母鹿，这是必然的，那么为什么任何母鹿要想离开鹿群，公鹿都要撵它回来呢？”

“鹿喜欢群居，没发情的母鹿为什么要离群呢？也许正是公鹿要追的那个母鹿，至于说公鹿要把母鹿都看住，一个不放，那也是瞎猜。不过也难说，我们又不能钻进它们的心里去。公鹿要让母鹿归群，可能有多种原因。不过有一点是肯定的，公鹿并没有固定交配的母鹿群。它只要找到自己追的母鹿交配就可以了，何必要一群呢？它找到追的母鹿交配，闻闻气味，如果明确这只母鹿再也没有意思了，马上起锚就走。”

他说的对吗？

那边有一群母鹿，很像所谓的固定的母鹿群，突然有只母鹿跑出来，公鹿就在后面追。它们跑到长满茂草和树木的冲沟。公鹿刚赶上母鹿，就在最后一瞬间，母鹿躺倒在草地上，公鹿扬起头，犄角搭在后背上，长鸣起来。

我还想起一个情况，说是公鹿在新栏的另一头铁丝网附近聚成堆，想要走出去，到大森林里，甚至在铁丝网旁踩出一条小路。这个问题看来很难，可是大森林的老猎人不假思索就回答出来了。

“因为在大森林里，公鹿在交配之后，一定要走到远处僻静的雪松林里。公鹿就跟吉卜赛人似的。母鹿则是另一码事,母鹿固定住在一个地方,不肯远走。公鹿总是这样,一交配完就钻雪松林。要是有铁丝网挡住,它们就聚集在铁丝网旁边。”

天黑得很快。刺骨的寒风刮起来了。在嫣红的晚霞背景下,冲沟里岩石的黑影,还有各种动物的身影都历历在目,其中似乎有鹿群:有公鹿、母鹿,还有一只母鹿,鹿崽……

10 月 17 日——星期六

夜里刮过西北大风。早晨却晴朗。看守人报告说,铁丝网外面来了两只野公鹿,站着不走。这是生活本身在告诉我们,要如何更换血统。由此可见,鹿栏应该设立在野鹿最多的地方,比如苏祖河,而且修鹿栏时要考虑到,如何让野鹿能自由进入鹿栏。

上午到马林泉去拍照,马林泉在滨海地区的南部森林里是很典型的泉水。我曾经去拍好几次,都没成功。山泉只管往下流,根本不管风向如何。我之所以一直拍不好,是因为这里的色调过于缤纷斑斓,使我不能静下心来好好分辨光线和阴影。葡萄叶被霜打红了,风一吹纷纷飘落,露出发黑的葡萄粒,葡萄经霜打过才变甜。小叶槭泛出一种特别美的粉红色。总之我发现,这里秋天的森林里,红的颜色要比我们中俄一带多,在中俄往往是黄色多于红色。

中午,我骑马跟鹿场主任一起出发,要走 18 里路,到新栏的另一头去。主任去是有公事,要撤掉那里的看守人。

“为什么要撤他呢?”我问。

主任沉吟片刻,想了想说:

“这是个笨蛋。”

我明白了:这是个捷克人。听完这话之后,我又耐心地等了好长时间。马鞍歪了。我整理好鞍子,然后撵马快跑,赶上了他。我们并辔而行,他终于开口,讲起这个捷克人的事:

“从外国武装干涉以后,这里剩下两个捷克人,当然混进了我们的队伍。其中有一个被章鱼咬死了。”

“是八带鱼?”

"很简单。他俩到海里石头堆中间洗澡。八带鱼抢住一个就拖进大海。另一个活下来了。"

关于捷克人的事我们再也没说什么。这次出行使我对新栏大体上有所了解,现在可以设想出两个栏里鹿群的分布情况。母鹿现在主要待在旧栏里,在新栏里时主要是从打草二道沟到稻田沟。此外,它们还在从阿斯塔菲耶夫湾到高岬的第三个西南坡上。公鹿大部分在新栏的西坡和别林斯基沟里,沿着乌伦丘河,直到高岬。

到了稻田沟,我们听说多尔加利刚走,他带着新上任的看守人(红军战士)去接替被撤换的人。他们沿着铁丝网走,我们沿着乌伦丘河和打草沟走,时常惊得野鸡乱飞。等我们到达窝棚时,多尔加利和红军战士已经到了那里。

主任要留下处理被撤掉的捷克人的事,便把马让给多尔加利,我和老猎人一起踏上归途。据多尔加利说,加莫夫鹿栏的北风很厉害,只有旧鹿栏、蓝沟、禁猎沟和豹沟可以让鹿避风。果然是这样,在乌伦丘河一带长满低矮的柞木丛,宽大的灰黄叶子被吹得打了卷。当我们往回走,来到阿斯塔菲耶夫河一带时,同样是冬天,景色却不同:这里许多柞树还绿油油的,有些也只是叶边发红。我从一棵小柞树上摘下一片最大的叶子,量了一下,满洲柞的叶子之大令人惊异,要比我们那里的大许多,50 厘米 ×26 厘米。我们刚出窝棚时,风很厉害,我们甚至犹豫起来,是从山顶上走还是绕着走。我们决定照直走,等到了山顶上,一点儿风也没有了。多尔加利按照中国人的习惯说法说道:

"风快完了。"

这风说停就停,在我们那里没有见过。

10 月 18 日——星期日

"你看追得多凶!到处寻找,到处跑!跑得真快,赶上了,刚要……不!它站住了,像人一样胆怯了,可怜起来。不过,不能相信公鹿,每个公鹿都装出友善的样子,其实它就是为了满足旺盛的欲望。"

多尔加利一边说,一边指着石头后面的鹿群让我看。那里是鹰巢岬,鹿群从旁边的山地牧场经过。鹿群走得很慢,一到牧草好的地方就耽搁一会儿，草要不好，就走得很快，一个跟着一个走着只有鹿能走的小路。鹿的全部生活都在走动之中，无论是吃草、做爱，还是游戏。望着前进的鹿群，我不禁想起吉尔吉斯人的游牧生活。吉尔吉斯人从冬天的牧场向夏天的牧场转移时，也是边走边玩。这时有一只公鹿向母鹿靠近，母鹿发现它便躲开了。公鹿固执地追去，母鹿快跑两步，钻到母鹿群里藏起来。没有用！公鹿已经认识它，也钻进鹿群里。现在母鹿又跑出来，以为自己跑得快，公鹿照样追赶。公鹿毛色发黑，角也大，身体也重，跑起来似乎很笨，可它跟母鹿之间的距离却越来越短。它们跑到冲沟的上头，那里有个坑，长满山间芦苇，冈上还长着唯一一棵树，是枝丫横生的赤松。尽管寒风呼啸，还有台风，小河湾都结冰了，在严冬即将来临之际，北纬 42 度的太阳依然像尼斯或克里木的一样高，一样明亮，而赤松的阴影落在黄草地上，整天都那么明显。母鹿跑到冲沟的坑里，钻进赤松影子里的山间芦苇中，躺倒在地，公鹿站在旁边发呆。它那不可遏止的情欲本来由于即将得以发泄而愈加旺盛，这时却突然中断了，连奔跑的劲头也没了。公鹿扬起头，犄角靠在背上，把得不到发泄的性欲精力变成音符——长鸣起来。我的听觉在这叫声中清楚地把捉到抒情的曲调，这种曲调处在从高音的呼啸到低音的长鸣中，其中还有一种调子给鹿叫增添一种近似委屈或埋怨的色彩。这种色彩使梅花鹿和马鹿的叫声容易区别。马鹿的叫声很像虎啸，惊天动地。马鹿的体形虽然也美丽，但总有西伯利亚气质，像雪松一样新鲜，强健而粗犷。梅花鹿则不同，它是这一带遥远的古代亚热带气候的稀有遗种。梅花鹿的体形中更多的是雍容优雅。在这里你常常可以看到当边防军的俄罗斯人跟中国人并肩而立。有的俄罗斯小伙子很漂亮，健壮有力，身旁的中国人个子矮小，却有内在的文雅，笑容很特别，丝毫不露声色。边防军可以比作马鹿，而梅花鹿好比中国人。

公鹿站在那里叫着，母鹿躺在芦苇里不动。公鹿由于无事可做，低下头去想掠草，可又吃不下去。它站在那里等着，一会儿看看大海，一会儿转过头望望森林，一会儿瞅着一旁走过去的鹿群……我们站得高看得远,这只公鹿看不见两个山头后面,有一只身形巨大的公鹿远远走来,它跟整个鹿群的行进方向相反。我们还看到它小心翼翼地往山下走,可以猜到它正在攀登连我们也看不见的山坡。果然是这样:先是犄角从山后露出来,然后是长犄角的头、胸脯,最后整个身子都出现了,毛色发黑,身子高大,前胸宽阔,威风凛凛。我们瞅着望远镜里却搞不明白,是什么使公鹿耽搁下来,它好像在寻找什么。我们看到它又下了山坡,不一会儿从最近的山头后面又露出公鹿的犄角。现在一切都明白了:公鹿之所以走得缓慢,是因为它常常要低下头在地面上察看踪迹。公鹿是在追踪一只发情的母鹿,也许已经追踪好久了。但是由于整个鹿群恰恰也在这个山梁上走过,公鹿找不到踪迹了。谁知道,也许留下踪迹的正是这只被性欲旺盛的公鹿逼住、躺着不敢动弹的母鹿?往这里走来的公鹿失去地上的踪迹,便高高地扬起头,吸进一股风,辨明了方向,继续往前走。它下到一条不太深的山沟,然后又往山上走。走到山顶上,恰恰对着长着唯一一棵赤松的地方,赤松的影子投在山间发黄的牧场上,清晰可见。由于山头挡着,头一只公鹿什么也没发现,不过是东张西望,当它偶尔往那棵松树那边张望的时候,突然发现那里长出两只犄角,这对犄角可真大!然后又伸出头来……

多尔加利在石头后面悄声对我说:

“您瞧,第一只公鹿马上就该起锚了。”

他真猜对了:第一只公鹿刚一看到头,便掉头走到一边去了。大公鹿占据了它原来的位置。但是它似乎觉得那只公鹿离得太近了。这只健壮有力的公鹿想要把情敌撵得远一点儿,只朝它那边转过头去,往一边伸伸舌头,哼哧一声,那只公鹿马上又走远点儿。这一切老看守人早都心里有数。早些年他在鹿房里干过活,还驯养了一只捉到的鹿崽。小鹿被命名为“米什卡”,长成挺高的大鹿,吃惯了人喂的东西,给它香烟也敢接,好像还会抽两口。它常常跟人做游戏,跟人摔跤,渐渐领悟到人本身并不显得有力气。米什卡有了这种念头,便想试试自己的力气,有一次它用割过茸的头顶了看守人一下,把看守人摔到铁丝网上，然后昏倒在地，不省人事。能把人顶出很远，这件事显然很令米什卡开心。

“我看到米什卡站在我身旁，”多尔加利继续讲下去，“低着头，两眼充血，那样子还要顶我。我马上拿出全部力气，一只手抓住犄角根，另一只手抓住一只腿，使劲用肩头一顶，咕咚一声把它撂倒了。从此以后它算领教过我了，别人它敢顶，可我一进去，它连想顶都不敢想。”

正是这样，第一只鹿只是看到对方的犄角和有力的样子，便不战而退，后来的大公鹿站在躺倒的母鹿身旁守护着，看样子它准备顺从公鹿的短暂的欲望。这只公鹿多么高大，多么威风，可就在这时，一只最大的公鹿只凭空气里的气味便径直跑来，根本不看地上的踪迹，它的犄角也从山头后面的树底下露出来了。这样一来，会产生什么场面呢？我们没来得及看。这时从对面的灌木丛里又一个跟一个地走来旧栏的鹿群，其中有 70 只母鹿、15 只公鹿和鹿崽，公鹿的年龄参差不齐。正当两只公鹿像情敌一样拿眼打量对方的时候，这群鹿出现了。于是这新来的鹿群乱了套，一片混乱，东奔西跑！最有可能的是，山间的风的来向不定，把人的气味吹到鹿群里，它们便扬长跑去。树底下的空地上、鹿径上，到处都是鹿的家族：最前面是鹿崽和去年生的小鹿，后面是母鹿，母鹿后面还有幼鹿。它们仿佛刚刚睡醒或刚从地底下钻出来，不知道发生了什么事，呆立在那里。大概是山风又从我们这边朝它们那边刮，老母鹿掉过头朝我们这边望望，明白是怎么回事，便用蹄子踢鹿崽，好像在告诉它：“往前走，顺着小路慢慢走！”鹿崽却装出大鹿般一本正经的模样向另一个方向张望。母鹿又踢它一下：“喂，小傻瓜，快走，别挡道！”鹿崽莫名其妙地转过头来，母鹿一下子咬了鹿崽一口，咬得毛都随风飞了。鹿崽这才朝山上跑，母鹿跟着，后面还有一只幼崽，像狗一样大小。

接下去关于梅花鹿交配的笔记次序有些紊乱，我把更多的时间用在拍照上了。还有一件事给我留下的印象最深，就是有一只母鹿发情跑出鹿栏，从森林里带回来两只野公鹿。另外我还听到一个故事，说鹿房里养的一只鹿，在割茸的时候跑了，等到交尾期，它的犄角硬化了，又回到鹿房当起头鹿。还有人说，有劲的鹿就是割过茸，光用犄角根也可以顶过没有劲的公鹿。有的公鹿连着打败了 8 只对手鹿，甚至把最后一只撵进了大海。

日记

(1946—1954)

1946年

1月2日

流感使我得以重读一遍涅克拉索夫的《谁在俄罗斯能过好日子》。在那个时代，诗人走在革命的前面，在诗人创作的光辉的照耀下，政治家不过是实干家而已。这部长诗反映了1917年俄国十月革命的全貌。现在根据这部长诗可以看出，人民的思想早已做好了准备。

1月25日

列斯科夫①的《神职人员》是俄罗斯文学中最伟大的作品之一，讲的是关于好人的故事。

2月2日

世界上有多少人，就会有多少事件发生，如果人的天性中没有遵守法律和规矩的要求，那么整个人生就会变成一连串的偶然事件。

整个人类历史就是在遵守法律和遵守(个人的)偶然事件的交替中前进的。

2月20日

写日记或者为自己，为进行自我解剖或者仿佛跟自己商量，或者具有进入社会的明显或隐秘目的，企图向社会发表意见。而一旦你需要向人们说出自己的见解，你只有摆脱开个人才能做到。其实不仅仅是日记，人类的整个创造活动都是让自己在死后能在别的东西里得到新生。这没有什么费解的，只要看看大自然中的万物就会明白：一切生物——野兽、小鸟、树木、小草都会死掉，然后再在别的东西里得到

① 为了减少注释，译者注明的有关书刊的作者的译名均按《中国大百科全书》(外国文学)。下同。——译者注

复活。这倒不是说，人可以变成动物或是从动物变来的。人有人的死亡和复活的领域，这就是人类的创造活动，或者说是人通向不朽的特殊的道路。如果在任何地方和任何时候都了解这一点，那就用不着害怕死亡和原子弹。

3 月 1 日

契诃夫在短篇小说中常常写风景如画的别墅，而且采取明显的嘲弄语气，大都为了表现人在如画的别墅中的苦闷的心灵。比如他把夕阳西下的情景写得壮丽辉煌。我们以为他会写站在清真寺塔上号召人们做祈祷的阿訇，而他却写在落照中从黄尘滚滚的道路上驶来兽医医士的马车。我们不难想象小人物的心灵面对辉煌的落日会有什么感慨。不过契诃夫毕竟始终被关于人的思考折磨着，终于从他那如画的别墅中飞出大自然的景色，这就是《草原》的宏伟画卷。

4 月 8 日

真实和童话是我一生创作的主题，也将是《运河》中的主线。这也是我的人生。

6 月 18 日

除开少年时代对美好的地方的向往之外，还有一种完全不同的力量吸引我们，让我们投身于大自然之中，这就是人生中的一种和谐。但是，如果我们不能陶醉于劳作（如列夫·托尔斯泰从事无益的耕田和米丘林从事有益的果树栽培）而忘我，那么这和谐在刚一接触大自然时便会消失。这种和谐是从哪里来的呢？我以为，这种和谐来自世间一切生物和非生物的共同创造。我们大家都努力以这种或那种方式参与这种共同创造。至于说我们的导师，如拜伦、托尔斯泰、莱蒙托夫、普希金，为什么要描写作为高级生物的人一接触和谐的自然秩序便崩溃了，那是另一码事。

7 月 4 日

伟大的艺术是禁欲主义的一种形式。艺术家就是修士，是童男，常有好色的人的外貌，而在内心里是修士。正是出于这个原因，大家都认为，艺术家的家庭生活是与他的使命相违背的。

7 月 5 日

昨天开始平静而信心十足地挖掘我的《运河》。我想一定能挖成。

写作是作家把他的全部个性浓缩于语言中。

8 月 16 日

如果别人说我们的话都传到我们的耳朵里，那我们就无法活下去，也不能做任何好事。

9 月 15 日

果戈理笔下《塔拉斯·布尔巴》中的奥斯塔普是军人的形象，而安德烈是艺术家。奥斯塔普径直走向他的目标，安德烈则把缪斯放在自己和祖国之间，他被缪斯迷住，从而背叛了祖国。俄国革命的伦理道德要求安德烈把这个缪斯领进父亲的家门，并迫使她像农妇一样为全家的幸福而劳作。

9 月 16 日

昨天晚上我对莉丽娅①说：

"我觉得，在俄国历史上，个性总是面临着为了大众的利益而投入某种大桶中去的诱惑。你记得果戈理的《塔拉斯》中的安德烈吗？他受到美女的诱惑，我们跟果戈理一起同情他，但是为了共同的事业，为了祖国，父亲打死了他。我还记得勃洛克就曾经站在鞭身派的大桶旁边，教派首领列科贝托夫诱惑他说：'您如果跳进我们的桶，就会得到复活，变为人民的领袖。'勃洛克回答说：'那么我还有我的个性吗？不，我不能跳！'后来勃洛克没忍耐住，在《十二个》中跳进去了，并没得到复活。福楼拜针对个人的不朽曾经说过，对不朽的追求是在永恒面前不够驯顺的表现——这对法国人来说，不也是一种诱惑吗？就像俄国人受跳进桶的诱惑一样。"

"你忘了，"莉丽娅回答说，"关于神马驹的童话，说是它跳进滚水翻开的大桶里，却安然无恙，而沙皇学它的样子也跳进去了，却被煮熟了。这个童话告诉我们，个性是可以不朽的。"

---

① 作者的第二位夫人，瓦列丽娅·德米特里耶夫娜·普里希文娜。——译者注

于是我们从童话里得到了安慰。

10 月 29 日

作家的全集,归根结底很像众人前来祈祷的庙宇,而作者不过是庙里的司祭。比如,普希金全集就是普希金的庙,以此类推,就有陀思妥耶夫斯基的庙,列夫·托尔斯泰的庙,尤其是莎士比亚的作品,真像一座庙。

12 月 6 日

读了阿萨诺夫①的《魔石》。应该告诉他,由于某种感受而产生创作欲的时候,不要把当时的激动心情考虑得严丝合缝,更准确地说,就是不要放进逻辑的外壳里。相反,要趁还没完全成熟时,先从最初的激动里找出一些符合这种激动心情的形象。如果等到逻辑上完全考虑成熟之后再勾出这些形象,那么这些形象就不会是活生生的了,而像洋娃娃。

① 阿萨诺夫·H. A.(1906—1974),苏联作家。——译者注

1947 年

1 月 10 日

我的《大自然的主宰者》是一部教育长诗。它的教育作用在哪?大自然本是生存竞争的场所。人却把它变成争取主宰地位的场所。人在大自然中取得了主宰地位,所以他才愿意到大自然中去,因为在那里他是帝王。但是人……

基本思想是,人把必要性,也就是他人的命令,当成自由,这就意味着,人给自己下命令,结果这种命令还是他人强加于人的。

2 月 8 日

最高尚的道德是个人为了集体的利益而牺牲自己。最大的不道德是集体为了本身的利益而牺牲个人(比如苏格拉底之死,至于基督之死更不必说了)。

2 月 22 日

——您对我们中间人物能说些什么呢?

——我说没有中间人物。

3 月 25 日

我感到,我心中正在酝酿关于个人和社会的关系的题材(个人是草地上的小花,社会好比打草的钐刀)。不禁想起幼年时候常说的话:“我还小。”……花很小,可钐刀很大。它们的使命各不相同,糟糕的是小东西也企图占据大人物的地位或具有大人物的想法。就像叶夫根尼跟铜骑士的冲突似的。

当我们在生活中遇到必须解决的难题时,大部分人都去查书或征求忠告,只有少数人不去解决它,而耐心地坐等问题自己解决。

8月19日

我们俄罗斯知识分子受我们伟大的导师们的教导,总是把精神文明看得比物质文明更重要,并把前者放在崇高的位置上。这种精神派的对待生活的态度,使我们不同于欧洲人和美国人……一旦我们大家都有了生活条件的时候,我们又会更看重日常的生活用品,而把富有诗意的东西放得远远的。我在布置家中陈设时就是这么做的……

只要世界不会具备新的条件,而且不会产生新的文明,在社会物质化的时代,新作家就不会再有我们导师那般崇高的地位。新的文明当然会出现,只是不会太快。我们暂时只好沿着物质化道路前进,但愿在这平凡的道路上会得到上帝的祝福,也许这条道路会是所有的斯拉夫人的生活道路。

8月21日

不禁要问,一个人如果得到支配别人的权力的话,为什么还会放弃它呢?最主要的原因是,不放弃权力,就要放弃人生的乐趣。我没有一点儿颐指气使的欲望,然而我有的是人生的乐趣。

9月7日

1909年,彼得堡文艺界的上层思想活跃,各种思想都寻求表现。在宗教哲学集会上,发表了各种见解,人们被在世界上到处游荡的思想所支配,做出种种幻想。在这种混乱中,人生也好像半幽灵似的,像童话中描写的要投胎的鬼魂:飘飘荡荡,又受到压抑。其中也有杰出的诗人,如勃洛克,然而甚至像他这样的天才,也根基不牢,就像没有风的天气里从烟囱里直升的青烟。多想逃出这气闷的彼得堡,到别处找个落脚点,只要那里的人日日夜夜为生存而斗争,一旦稍有成功,便会像孩子一样欢喜。

无论到哪里找到这种坚实的生活还不都是一样:哪里有这种生活,哪里就是你的祖国。

9月18日

城市的真正的诗意,只能在加强和扩大对大自然的感觉中去寻找……

10 月 23 日

我越来越明确一种想法：爱敌人就是要和他的恶进行斗争，使他从恶的俘虏中解脱出来，变成好人。一般来说，爱某人，就是要为使之完美而斗争。

10 月 28 日

女人之间谈论男人，就像大国在谈论殖民地似的，意思是说，殖民地本身是被动的，可以像东西一样拿走。在这类谈话中，男人就成为女人之间进行争夺的完全被动的目标。

11 月 2 日

由不可区分的分子组成的物体，我们叫作死的物体，而由可区分的分子组成的物体，叫活物。越是活物，其分子的差别越大，其个体越复杂，这在人的身上表现得最明显。所以说，生命是由个性形成的。

这是对生命的一种理解。还有另外一种理解，是我们苏维埃时代的，那就是人生就是服务，也就是在集体中表现出个人的本性。这意味着，个性并不能成为整个人的代表，而展现整个人的形象才是任何个人的人生目的。

11 月 12 日

电影《乡村女教师》成功地解决了革命道德的一致性问题：教师总是为农村带来进步的思想，教师这种自然的地位跟布尔什维主义毫不牵强地汇合在一起。这部片子既有俄国特点，又符合苏维埃精神。我在《运河》一书中也想表现这种思想：新时代好比是新生的婴儿，而一切旧的事物好比经过阵痛后无比快乐的母亲。

现在既然已经掌握了分娩的秘密，就要热心描写普通事件的进程，而不必想那些“秘密”去了。

11 月 16 日

分析一下人与物的关系：人如何被物迷住？人如何有时能战胜物，有时成为物的奴隶？名声是私有物的一种形式吗？或者相反，私有制的驱使是追求名声之动力。私有物是个人得以确定的物质，但这只是人的躯体，而名声则是脸面，是意义。私有物、权力和名声。但是这三个概念只有在运动中才会表现出来——也就是说在斗争中表现出来,忽而为善,忽而为恶。

1948 年

1 月 7 日

今天又为青少年做讲演。讲讲保护大自然。

关于我们祖国,我们只有一种愿望——希望发现可以开采的东西,然而去年部长会议做出保护大自然的决定。我们的祖国有些地方已经变得光秃秃的了。

人们远行的意愿,显然是由哥伦布开始的,并被塞万提斯写成史诗,所以可以分成两种人:一种是发现美洲的哥伦布,一种是开拓美洲的亚美利哥。一种人是堂吉诃德,一种人是桑丘。

地理学家阿尔谢尼耶夫属于第一种人,是哥伦布和堂吉诃德式的创造者,他们寻找未知的新世界的运动是无止境的。阿尔谢尼耶夫既然有这种天性,他就必然能克服所遇到的困难。

另外他还有一种困难,就是由于他在内心深处是个诗人,那么他必须把心中的诗意表现在强求一律的地理考察中。

1 月 10 日

我们正在经历极其严峻的时代,之所以说它严峻,是因为不可能靠个别人加以评说——个人凭自己的体验是无法评论的。

3 月 20 日

看看从前的好作品,就可以明白你自己是怎样生活的。刚刚读过《董贝父子》①,想到保尔正是(陀思妥耶夫斯基的)梅什金公爵的原型。似乎托尔斯泰笔下的卡列宁也是从英国舶来的,连对安娜的莫名

① 英国作家狄更斯(1812—1870)的重要作品。——译者注

其妙的谴责,也令人想到对伊迪丝的责难。我不是说老董贝跟卡列宁就是一类人物,而是感到卡列宁身上那种义务感并不是俄国式的,有外来影响。

3 月 21 日

莉丽娅昨天对我说,我的长篇小说所以拖了这么多年,占去我全部时间,是因为小说的构思有缺陷:我想要搞调和。似乎我因此而遇到障碍,不得不花几年的工夫加以克服,因为我在自己的作品中不能不做到真诚。

"不是缺陷,"我回答说,"我想通过孩子的心灵来反映修建运河的工程,这会有什么缺陷,因为孩子对生活的感受是富有诗意的。这里没有任何缺陷,倒可能有些轻率。生活中有些场合,轻率是难免的,有时甚至起有益的重要作用。比如选择妻子,这种选择可以决定大地上将出现的新人的命运。可是谁要不能轻率做出决定,而是考虑再三,只有打光棍和绝后的份。如果谁能了解养儿育女要负多大责任,他就不会生孩子,谁能事先知道找出最恰当的词汇要费多大力气,他就不会提笔写作。"

我知道修建白海运河虽说是好事,却是以什么垫底的,不过我写的不是垫底的故事,而是写运河工程在孩子的心灵上有什么良好反映。不仅修运河垫底的是丑恶,世界上到处都是这样。只要我们愿意寻找丑恶,总可以找到,倒是善良寻找起来要困难得多。我的作品的基础是健康的,是好的,而不是缺陷,之所以写了很久,是因为卑鄙行为的确难于处理,何况还要把孩子的心灵从这类行为中解脱出来。

你看看医生吧!有的医生在人身上寻找疾病,而且专门研究如何才能找到它。医生当然能找到疾病,因为几乎所有的人都在不同程度上有各种各样的病。但是所有的人,除开少数不可救药者外,又都是相对健康的。有的医生不但在人身上寻找疾病,而且寻找健康,而其治疗方法,就是鼓励健康,用健康去克服疾病。我一开始写运河,就着眼于寻找工程中的健康因素。

3 月 23 日

我以为,衡量社会活动家做人的尺度,就看他是否关心周围的群众:不论我是什么样的群众,他都不会放过。所有的长老都注意倾听每个人的声音,没有一个人会被漏掉或得不到关心。

比方说,大家为什么都称赞加里宁呢?就因为他关心群众。社会活动家的道德水平就靠这种关心群众的尺子来衡量。

10 月 1 日

我在一生中经历过各种苦难,从而得出结论:人光靠痛苦是无法生活下去的。如果我要写人生固有的欢乐,那么我会做出对我的人民有益的事,我也就履行了自己的使命和义务。人生是伟大的宝藏,人想要占有它("想生存下去")。

12 月 15 日

忘记就意味着原谅。当人们生活得好的时候,便会忘记坏事,相信一切都好。但是有的人不肯宽恕,并且认为自己的道义上的义务就是不要宽恕。革命就具有这种信念:决不宽恕。

热爱生活就意味着善于忘记一切坏事("过去就算了"),把握住好事。我们大多数年轻人就是这样生活的。但是还有另一种信念和决心:人们请求对他们生活中的不快不要忘记,要理解,但不要宽恕。

我们的革命就来自后一种决心,革命一旦战胜敌人,人们就会生活得轻松些,这种信念在人生自然的信念中化成善事:忘记坏事,只保留好事。

12 月 31 日晚 6 点

把契诃夫的《带小狗的女人》读了一遍,回过头来看看自己,发现我的《大自然的主宰者》是真正的作品。我还发现,不仅在没有鱼的地方,我是作家,就是在鱼群当中我也是鱼。我还看出来……我还看出来我为什么不敢承认自己是真正的作家,因为我总希望身边有人,如果成为真正的作家,就意味着要忍受孤独。哪怕是赞语堆成山,山峰顶上闪耀着名声的雪光——大概在这些大雪中间人会更加感到孤独。我头脑简单,以为名声不过是一种幸福,觉得自己配不上它。

晚 9 点。新年一开始就要修改我的《主宰者》,阳光渐渐多了,春天也就到了。

1949年

1月2日

契诃夫的《农民》。现在也有这种农民,而且有能像契诃夫一样写这些农民的作家,但是现在不能写了,因为那不是历史前进的方向。当时可以写,因为那时正是帝国没落的时代。

3月20日

从电话里得知,我的长篇小说遇到了麻烦,想让我重新修改。这使我沮丧得要死(这是一种熟悉而少见的可怕的心情)。

6月12日

收到费定的来信和我的手稿。这封信在我的一生中是个重大事件。首先,终于找到把我的作品看作艺术品的读者,甚至引起我对我能"把生活的真实变成神话,从大自然中找出哲理"的本领感到惊异。总之令我感到,我是一个艺术家,我的劳动没有白费。我立刻长出翅膀,产生了信心:我的夙愿就是为一切阶级、一切文化水平和一切年龄的人写作,要写得人人都懂。我就用这部关于森林的新故事向你表示谢意,你是老一辈的真正作家中唯一活在世上并肯为我的作品说话的人。

7月4日

大多数学术评论家在评论作家的时候,都把该作家来源于某某作家看作最重要的因素,这就像达尔文学说中有人把人来源于猿猴看得最重要一样。如果深入研究一下,不难明白,把来源看得最重的见解,是对因果规律的幼稚的崇拜,甚至是一种宗教,是神化了因果关系。多神教就是这样,神化了太阳,认为太阳普照万物,万物得以生长,那么太阳就是神。

8 月 15 日

塞万提斯是个天才的作家，但这不重要，一百年以后总会有人，一个人或一百个人合起来，写出堂吉诃德的形象。我们感到惊奇的不是塞万提斯，而是为塞万提斯提供的这种环境，只有这种环境使堂吉诃德得以世世代代地活下去，骑着他的马“驽骍难得”到处走。我们感到惊奇的是塞万提斯并不是昙花一现的人物，而是全人类的不朽的精神。

于是大地上的整个人类分成两个阵营进行“冷战”：一方拥护塞万提斯，赞成人的个性是不可代替的，另一方则主张是环境造成了这种个性。

10 月 29 日

读完了乔治·桑[①]时《康苏爱萝》。这部长篇小说虽已很旧，我却当作当代作品来读……

原来这种浪漫主义来源于 19 世纪 30 年代的乔治·桑和维阿尔多[②]的社交界。这部小说的主题恰恰是我所主张的艺术是行为的方式。以及，女性的伟大。

这部小说对我国作家有很大影响，如尼古拉·斯太甫罗根[③]就来自阿尔贝，等等。特朗克男爵在最后一次战争中果然成了强盗，真是不幸而言中。音乐教师波尔波拉的作用在于揭露为艺术而艺术。

12 月 22 日

从康·梁季耶夫[④]的文章中读到我自己的一种主导思想：果戈理和谢德林所引起的否定观念，关于“虚无主义和革命”。1905 年既是俄国第一次革命的年代，也是我出第一本书的年代。书中我讲述了我如何跟自己做斗争，跟在否定观念的摇篮里诞生的俄国少年人的良心

---

① 乔治·桑(1804—1876)，法国女作家，以主张妇女解放而闻名。——译者注

② 波琳娜·维阿尔多是歌唱家，是康苏爱萝的原型。——译者注

③ 斯太甫罗根是陀思妥耶夫斯基的小说《魔鬼》中的人物。——译者注

④ 梁季耶夫(1831—1891)，俄国作家兼批评家。——译者注

谴责做斗争,终于战胜了自己,转而歌颂人生。这种歌颂人生为我后来的创作奠定了基调。

1950 年

2 月 10 日

读斯特恩[①],发现自己处在最喜欢的作家(斯特恩、理查逊[②]、卢梭、歌德、汉姆生[③]、卡拉姆津、茹科夫斯基、拉季舍夫、果戈理以及我们所有的“现实主义者”)中间。在 18 世纪,感伤主义在伪古典主义的大山下如活泉一样喷溅而出。

3 月 10 日

我在工作中的一种假说,即整个宇宙来源于一个庞大的物体的分解,其中包括人,对我思考问题很有帮助。至于谈到进化,即在时间上的演变,那就是所有分子重新组合和新生的运动。

3 月 14 日

上帝！回想我在巴黎的情景以及后来的日渐堕落,真是可怕。然而,在大审判时,我可以用《人参》来为自己辩解,因为那本书包含着我的胜利。

3 月 16 日

《人参》是一部描写被钉上十字架的恋人的长诗。

---

① 斯特恩(1713—1768),英国作家,感伤主义文学的主要代表。——译者注

② 理查逊(1689—1761),英国作家,感伤主义文学早期代表,代表作有《克莱丽莎》等。——译者注

③ 汉姆生(1859—1952),挪威作家,曾获诺贝尔奖,二次大战与法西斯分子合作,被判徒刑。——译者注

4月19日

如饥似渴地读罗斯金[1]:他写出了我一生都想写的东西,可我没写出来,只写出一些“论文”。

5月7日

艺术如果作为艺术而出现,则具有特殊的力量,不能强迫艺术变成道德。我不认为那种被阉割的艺术会有什么用处,也怀疑这种艺术有存在的价值。

5月11日

人口越来越多,忧患也越来越多。我们企图借助于技术,然而技术似乎会带来新的忧患。

5月12日

读斯坦利·霍尔[2],他认为想象是心的器官,是理智的途径。斯坦利·霍尔所说的一切,似乎都是取自我的思想。我认为我跟他的这种接近,来源于我天性中的两个因素:一、我是地道的俄罗斯人,而他是地道的英国人;二、我是在闭塞中成长的少年人,而且一直在抒写我的少年时代。我们之间不同的是:他作为英国人一直在寻找英国在道德上领导其他民族的力量,而我悲哀地热爱我的人民,认为所有的民族都比我们强。总之我认为欧洲发表了许多关于教育的伟大思想,而且培养出许多优秀人才,可惜的是这一切没有传入民间。

作为作家,我从这次读书中取得的教训是:必须用纯朴的语言写作,用心灵的语言,就像善良的普通人谈论自己似的,而不是用字斟句酌的语言,如政治家和文学家讲演(报章语言)那样。

5月13日

艺术家的道路,是从人类的思想走向生活素材,而读者的道路,是从被艺术家写活了的素材走向新的思想,而这种新思想对作家来说可

---

① 罗斯金(1819—1900),英国画家兼艺术评论家,推崇意大利文艺复兴时期的画家,认为资本主义制度有害于艺术的发展,主张用道德和审美教育建立理想的社会制度。所作散文语言优美,色彩绚丽,音调铿锵。——译者注

② 斯坦利·霍尔(1844—1924),美国心理学家。——译者注

能比任何人都更有意思，更新颖。

5 月 18 日

正是被人们称作伟大科学家、伟大艺术家的人，才能感到自己最渺小。他们之所以感到渺小，是因为他们看到一个人可以达到真正的伟大，而把自己所达到的境界跟理想比较起来，更显得自己微不足道。至于其他人跟他们比较起来差得更远，并不能提高他们在自己心目中的地位，相反，会降低自己的地位。

5 月 26 日

妥协跟恐惧和暴力一样，是社会解体的产物。

5 月 30 日

应该描写出，能克服自己的某种欲望或嗜好是一种快事。这意味着获得了自由。但愿能幸福地度过晚年，了此一生而获得自由。

6 月 3 日

当你坐在车上，把着方向盘，身子不动却日行千里的时候，脑子里什么想法也没有。甚至到了第二天也恢复不过来。要摆脱这种痴呆状态，办法只有一个，就是把方向盘交给司机，你坐在后面，不要看前面的路。我们在社会里就是这样分工的，为了轻松起见，把自我管理的权力交给了别人。于是我们越来越离开自己，听任别人（上帝，沙皇，等等）的摆布。这种分化的结果是，形成了吞噬个性的权威，而原来的个性分裂成狂热的信徒和多余的人。

7 月 13 日

从前在沙皇时代，我们还很小，就教导我们要相信科学，并把这说成是进步。当时只有神父嗫嚅着表示反对，但是这种反动言论传不到我们耳边：我们相信科学不疑。列夫·托尔斯泰动摇了我们这种信念，不久我们也实地看到，科学发明和技术发现并不一定总能提高我们的道德思想水平。就这样我们渐渐走到原子的荒漠，它把人类分成两个敌对的阵营，常常担心，如果这样下去，还一个劲儿相信进步，甚至有可能把地球毁掉。

道德的荒漠包围了人类，于是半夜里有时开始想象，在我们星球的历史上，也许这种可怕的荒漠不止一次接近人类的心灵，也许在很久以前，在没有记载的时代，地球上既没有动物，也没有植物，而只有人类，人类既是一个整体，也像现在这样，有许多面孔。当一种比现在还可怕的荒漠接近作为伟大整体的人类的心灵时，人类开始感到恐惧和惊慌。其中有人吓得吱吱叫，就变成了黄鼠；有人狂吠起来，就变成胡狼；有人一蹦，飞起来就成了小鸟；有人一跑，就成了兔子；有人吓呆了，站在那里不敢动弹，就变成了大树。就这样，由于人类的解体才产生出大自然。正是这些变成生物的东西构成大自然，然而其中并没有人，同时人又存在于每个生物之中。

恐惧是人类解体的原因，谁最害怕，就成为牺牲品，谁胆子大些，就变成猛兽，只有那些什么也不怕，并且知道人的元素存在于一切生物中的人开始集合大家，成为原来的整体。

我们小时候在沙皇时代，就相信进步，相信科学，相信科学会使人类恢复原来的整体，使他成为大自然的主宰者，不但使活物不再恐惧，而且能使死物复活。

从前我们相信进步和科学的时候，似乎一切都很清楚，可是不知为什么，当整个地球都传遍所有的人和大自然是一个整体的时候，又有可怕的荒漠降临了。

8 月 2 日

我认为人类终究会从目前的灾难中找到出路的，哪怕是做出巨大的牺牲。然而，谁能看到新世界的话，他的第一个印象就是，人类在征服空间和时间方面进展迅速。不久以前，世上的战争和欢乐都发生在小块地方上，而现在整个地球的人类一分为二，进行战争，并且宣称战争的目的是让世界和平。这在征服空间和时间上有多大进步！

此外，未来的人很快会发现并且感到惊奇不已，就是有一种既没有空间也没有时间的世界，人类在这种世界上就像几千年前一样毫无变化。我们有些古迹证明这种人类的存在，我们从中发现一种不变的东西，并对绝对精神的永恒顶礼膜拜，只不过这种精神平时被空间和时间中的迅速运动遮蔽了。

8 月 8 日

我们正处在一种道德意识新问题的开始阶段,但是我们每个人怕就怕盲目服从“超智慧”(理智图腾)和不负责任的神秘论。

9 月 30 日

我跟莉丽娅不同的是,我把事业上的成功与否看得很重,而她觉得我太可怜、可悲,甚至是“轻浮”。可我没见过任何诗人,包括莎士比亚和普希金,可以把创作抛在脑后而苟且偷生。

10 月 31 日

从第一条经验可以得出结论,作为诗人,如果内心有没能解决的问题便去玩政治,是十分危险的。

11 月 24 日

现在我们的道德工作着力于让我们的工人在大白天也闭上眼睛,不去问永恒的问题。

12 月 10 日

黎明了。我全心热爱黎明,但是我的朋友在黎明中被枪杀了,所以我不可能以全心全意的欣喜去迎接黎明。我爱黎明,却不能欣喜。

12 月 22 日

我写大自然,许多读者纷纷阅读我的作品,如许多人推测的那样,是为了逃避这痛苦的现实。有些人是我的对头,说我是靠自欺欺人来生活的。不过我发现,他们一旦在我的大自然中发现我们的现实生活,而且是光明面,便欢欣鼓舞。这种现象我是这么理解的:他们很希望作家能了解他们的日常劳动,并且给予鼓舞。他们看到的不是欺骗,而是他们自己的工作中最珍贵的想法。

12 月 27 日

可以用饮酒来消磨意志……似乎还没有人描写这种自杀方法,不过每个没有发明的科学家,都等于自杀。必须继续自己的劳动,即使一事无成,最低限度也要养育子女。

1951年

1月14日

读《战争与和平》——这不是读书，而是饮醇酒。很想知道如今青年一代是怎么读这部书的。还有，如果能搞明白托尔斯泰的力量在哪里，如果这不仅仅是诗，那么除开诗之外，他还有什么？能得出答案就太好了，这也正是我这次读书的目的。

1月17日

托尔斯泰道德观的主要内容是，生活已彻底被毁坏了，而大自然是神圣的（跟卢梭见解一致），这就意味着，生活要重新开始，从大自然开始（法国大革命的契机）。

1月18日

我们从旧生活的纯朴观念出发，原谅老包尔康斯基对女儿的爱，似乎根本没谈过这种“爱”是多么令人讨厌的事实。

1月19日

娜塔莎·罗斯托娃向安纳托利靠近，表现出《雅歌》①中的女人心理——这就是“自然”世界，而安纳托利的性格，也是我们所谓的自然世界（异教世界）。难道这就是“理想主义”吗？那么娜塔莎究竟想要什么呢？（是他吗？）这是物质，可究竟是哪种物质？

“姑娘们，你们还记得你们对娜塔莎的结局愤愤不平吗？你们以为娜塔莎应该当个医生、工程师或列车员。可她当上了，达到了目的，当然皮埃尔更好一些。”

---

① 出自《圣经》，相传为以色列的所罗门（约公元前960——约公元前930年在位）所作。——译者注

1 月 25 日

我以为托尔斯泰在《战争与和平》中,想通过库图佐夫和俄罗斯的形象暗示我们对不许他人触犯的荒野的过去的好感,他把这种昔日的幸福感叫作和平,而把拿破仑想要达到的目的、拿破仑的扩张行动叫作战争。

1 月 26 日

评判自己,往往会失之偏颇,不是苛求于己,就是替自己辩解。而这种向不同方向的摇摆,就是所谓的良心。

1 月 27 日

昨天读完了《战争与和平》,然后才把自己的一生看清楚。

2 月 12 日

善良的人希望艺术家跟他们一起建造未来。为此必须有新的生活风习的事例,而这些事例就像鲜花用它们的香味吸引蜜蜂一样,把艺术家吸引来。也许这种有吸引力的事物的出现,就是新生的实质。不论如何,现在我们需要等待它,并且注意这一点。不要把偶然出现的琐事当成理想,别受这种诱惑。

2 月 13 日

开始根据笔记写成"点滴",然后再汇编成《作家笔记》,交给《新世界》。现在我想,在这些新笔记中的观点应该尽量接近世界之间的战争,以便不仅仅使我们,而且使我们生活中的敌人都能看清人类真正的世界的深刻意义。

说得更明白些,我应该做我平时所做的事,但要使人们明白,我写作并不是为了在大自然中寻求个人的安宁,而是追求真正的和平,是在创作中肯定每个人都能得到的人生乐趣,是把和平当作胜利者的桂冠。这样一来,我应该使人明白我的创作就是和平的事业,从而把它跟我们在政治和军事上的和平斗争联系起来。

2 月 15 日

我周围的人一边走,一边把自己最美好的东西投入公共的篝火中,让火光照亮大家,可是如果我用手掌遮住自己的火,继续向前走,把它保留到世上的火都熄灭了，需要新的火种的时候，我该如何解释呢？我如何才能使在生活的队伍里走在我身边的人相信，我保留火种并不是为了自己，而是为了遥远的未来？

* * *

在原始森林，不管你多么聪明，总会感到行动并不自由，总觉得你不是这里的主人，而有什么东西比你更强大有力。

这就是大森林景色的特点，令人感到压抑，而在莫斯科近郊的树林里，情形就不同了，在这里人会感到自己是主人，地位高了，心情也舒畅了。

在大森林里，甚至偶然看到一片桦树，也会感到心情愉快，因为桦树的存在证明，这里曾经有人来过，正是在他砍伐之后才长出这些桦树来。之所以心情愉快，是因为在荒野的大森林里，在人的面前展现出一条跟他人心灵相通的路……

有时你在松树林里走呀走呀，在白茫茫的雪地上，只有一棵棵灰色的树干，突然出现一片桦树让你停下脚步，桦树是洁白的，粉黄的，仿佛连白雪都在融化。

有时则相反，在城市里你会因为人多而感到疲倦，尤其是在早春含苞欲放的时候。眼前有棵椴树，修理得整整齐齐，养护得干干净净，树皮好像用刷子刷过一样，而花苞开放的情景跟大森林里的一模一样。

你会回想当时在森林里多么憋闷，心情多么压抑，仿佛你不是那里的主人，而是另外有个"非人"是主人，这个"非人"对什么都不爱惜，你可以随便砍树，也没有人来管你。

可高尔基大街上的这棵椴树，你来砍砍试试。这简直等于杀人，为此要受到审判，人要对树负责，砍它几乎等于杀人。

况且这是多么好的树：高尔基大街上的椴树，就是人的朋友，它给人以欢乐，甚至在战争年代，人也可以用椴树来象征大地上的和平。

如果仔细想想大自然中的情况，甚至感到可怕：如果离人的环境远一点儿，似乎无论森林、湖水或天空，都凭自己的意志活着，而拿森林里单个的树来说,就可以听任你摆布。大概水里的水珠也是这样可怜,它们可怜到汇流到一起的程度,天空里的白云同样可怜,只要有一丝风,它们就会随时变换形状。如果离人的环境近一些,一切都保持本来面目,这是一棵椴树,你碰碰试试!

2 月 19 日

二月的暴风雪过去了,三月的艳阳天持续不变。我不知道世上还有什么比在阳光下从一条大街穿过广场涌向另一条大街的熙熙攘攘的人流更好看的。

2 月 21 日

今天我在改善科学家生活中央委员会里有个报告。

年轻人受人类为繁衍后代而保持的主要欲望的俘虏,以为人活着离开这种欲望就等于死亡。他们不明白,人类恰恰在摆脱性欲之后,才能有自由的博大的人生。

我们死之后会不会还是这样,到那时我们摆脱人生是不是像摆脱性欲一样轻松,我们所有的痛苦是不是来源于我们的欲望?

改善科学家生活中央委员会举办的晚会很成功。我从来没像这次这样沉着冷静,也从来没像这次讲得这样生动。地理学家尤里·康斯坦丁诺维奇·叶夫列莫夫赠给我三件礼物。一件是在高加索保护区的一座山峰,从 1937 年起命名为普里希文峰。这座山峰不在主脉之内,但比周围的山都高(3 000 米)。就在那一带还有一个普里希文湖,另外在千岛群岛还有用我的姓氏命名的海岬。

我得到的三件礼物就是一座山峰、一片湖泊和一个海岬。遗憾的是,山峰我不能攀登,海岬也去不了,湖边的荒凉生活我也受不了。可年轻时候,我曾多么想有自己的一片湖泊,当时我又多么想游历遥远的地方,并且一定要在那里找到自己的东西。经过深思熟虑之后,我领悟到,大厅里的听众对我这种友好的,几乎是亲切的态度,值得高兴,这正实现了我要在遥远的地方找到自己的东西的梦想。

我对大家说,我非常感谢他们,我一直担心,我的努力是不是会以用我的名字命名一条街而结束,想不到竟然会命名一座山峰。

3 月 2 日

30 多年来，我在莫斯科一直注意观察最美妙的时光，我给它取名叫光的春天，这时第一只麻雀在墙壁上的小巢里唱起自己的歌，水槽伸出像舌头一样的冰溜，并且往下滴水，第一条水流横着人行道淌过。

在新时代发生过伟大事变之后，我发现人们更加珍惜光的春天，许多人甚至是第一次领悟到这段时光的美妙。30 年来我一直在宣传光的春天。

3 月 6 日

直射的阳光用温度割裂冰雪，水滴在冲洗大地，风则助它一臂之力。

在从前的莫斯科，自然界的这项工作是很吃力的！当时的莫斯科人往往把注意力集中在下面——有人是在欣赏第一条水流，有人则爱惜脚，不想把鞋踩进水溜或水坑里。而且春天的泥泞要延续很久，甚至让普希金感到苦闷。

现在的莫斯科，是清道夫在创造春天。早在化雪的春天到来之前，便有特殊的机器把堆成堆的雪装到卡车上。当光的春天到来的时候，第一只麻雀在墙壁上的小巢里或在铁钩子上，把喙在铁钩上磨磨便叫了起来，天气晴朗的时候，春光明媚，可春光在大街上已无事可做，因为街上的雪已扫得干干净净！

春光在大地上既然无事可做，便直接渗透到人的心灵里，如今人们都高高兴兴地迎接春天到来，比从前的莫斯科人要早得多。

从前甚至在伟大的诗人当中，有几个能对光的春天——一年中最美妙的时光——感到特别欣喜呢？如今整洁的广场和街道，到处充满自由快乐的阳光，每个普通老百姓都会变成诗人。在阳光中，人群里的头巾和女上衣闪射鲜艳的色彩，眼睛有蓝的，有褐色的，有黑的，也都神采奕奕，想隐藏都隐藏不住。

水流冲刷，河岸塌陷，会露出土壤层次，现在谈论土壤变化，可以谈得头头是道。

当我在日记里寻找关于蘑菇的短篇小说的题材时，也发生了这种现象……

我在日记中为关于蘑菇的短篇小说寻找材料并进行构思的过程中，感到这篇小说已经完成了。这时突然发生了河岸塌方，裸露出土壤经历的忧患的层次。

我就这样发现了尘封已久的革命前的文学层次《野玫瑰》（我们曾在这刊物上发表文章）、《阿波罗》等出版物。我如果把关于蘑菇的短篇小说写成开头兴高采烈而结尾无路可走，一定会满足这些刊物的要求。当时这种结尾是很时髦的，因为在没落的社会里，死亡是最现实的题目……

不仅是出乎理智的考虑，能发表不能发表，而且从时代的最真挚而深刻的感情出发，我也不希望这篇小说带有毫无出路的痛苦，可我清楚记得，在第一次世界大战结束时的没落社会里，有的就是这种痛苦。

3 月 8 日

城市具有高层次文化的人，可以根据直接印象形成对大自然的完整印象。

3 月 9 日

在生活中要慎用哲学概念，应该使用跟亲近的人谈知心话时所用的语言，要随时记住，用这种语言可以表达出更多的内容，可以说出几十年来哲学家们想说而没说出来的话。

在生活中除开自己之外，还有别的人，找到接近别人的途径，就是我们的人生之路。

3 月 13 日

《文学报》刊登出一篇好文章，是伊萨科夫斯基的《诗的秘密》，真是少见的事。我想补充一点：散文的秘密就是诗。需要举例说明的话，可以举出（莱蒙托夫的）《塔曼》，这就是诗。

3 月 15 日

“外省习气”就是在时间上不能找好自己的位置，契诃夫在《三姊妹》中把这种习气的雏形勾勒出来了。

3 月 16 日

天哪！我似乎直到现在才理解勃洛克在《十二个》中要说的内容。戴白花冠的形象，是要捍卫我国革命的世界意义的最后的尝试。当时我怎么没能理解这一点，我的心灵对当代问题理解得多么慢！

写作中最奇怪的现象是，当你把文章写出来的时候，你会从中认不出自己来，似乎你所写出来的内容要比你思考的更丰富，也更优美，原来你竟然这么能写，现在所有的人，即使并没看到你长的什么模样，只看到用你的名字发表的东西，就会说：他有多么棒！

好像你在自己身上施了什么法术，你改变了自己：大家都说你真棒，只有一个人反对，明天又有两三个人反对。这没有什么，好人会替你说话，但愿这些好人能说话，不要沉默。

作品越来越多，作家的声誉也越来越高，作品会使作家的声誉高高在自己之上。如果作品只是一部接一部地出版，不能提高，那么作家的名字只不过是签名而已，声誉不会提高。

3 月 24 日

象征是人的内在世界（主观）与外在世界（客观）的联系。一部文化史，就是这种联系不断加强的历史，开始是无意识的，后来随着意识的发展而变成创造。

4 月 1 日

小时候我回到农村，站在炉子旁边，给妈妈讲我亲眼看到而她没看见过的东西，一讲就是一晚上。

"这是夜莺飞来了！"妈妈说我，高兴得不得了，还问我："你说说，那地方长什么树？"

"长栗子树。"我说。

"开花吗？"

"非常好看：开大白花，像针叶似的，中间红得像血。"

"香吗？"

"香，整条街都能闻到。"

"街道什么样？"

“街很窄，德国人早晨起来，从小窗口互相鞠躬。”

“戴小尖顶帽吗？”

“戴，白色的，还穿白大褂……”

可以一连讲上几个晚上。在这种聊天中我听到了音乐：一个字眼跟着一个字眼，提问之后跟着回答，就像后浪跟着前浪似的。多么优美的音乐！这音乐到处喧响，传遍整个辽阔的国土，在每一个角落，凡是能有像我妈妈这样的朋友的人，都可以互相讲。

我们儿时听到的童话就是这么产生的，它们为什么一代代传下去，经久不衰？因为讲这种童话就是为了给好朋友听的。

这类童话从前讲过，现在还在讲，我们作家写作，就应该像讲故事一样流畅。

我就是从自己讲的故事里听出古老的音乐，我这个夜莺就变成了作家。我能听出口语的音乐，这是件好事，可是我还不知道我的朋友长什么样，而且想象不出他的面孔，就不能像给我妈妈讲故事那样亲切。我需要寻找朋友，这里就包含着我的“技巧”，其实这不是技巧，而是行为，如今我就宣传我的技巧和行为。我就学会想象出朋友的模样，这已经不是技巧，而是行为。

4 月 2 日

我的主要秘密已经说出来了，我的一生就是行为，是我在光与阴影（诗与现实）的斗争中所走过的路。每棵小草，树上的每片树叶，都要走过这样的路，甚至包括整个田野、草地、森林和任何植物。

如果把这条光明与黑暗间的路永远保持在心灵深处，那么每个机警的目光都会发现处在这种斗争中的活物，并且阐明生命在斗争的刹那间跟心灵深处存在的“原始现象”之间的关系。

光是太阳的原始现象，阴影是大地的原始现象。

我就是光与阴影的会合，并且解决它们之间的矛盾，我就是在光与阴影之间的大道上行走的旅人。

4 月 6 日

凭记忆写下歌德的一个观点的大意。艺术家接触生活可以有两种途径:一条是从一般的想法到个别,这就是寓意;另一条是从个别现象到一般,这就是诗的途径(按我的想法:是形象的途径,说明形象是怎么产生的,又是怎么生存的)。

愿望和应该(自由意志和义务,个性和社会),是整个哲学思考的题目,这个题目用碎石堵住我的创作道路。凭我个人的生活经验,我反对在学校里教我的老师,后来我又站在老师一边来反对我自己。

4月9日

春水往往会冲决堤防,冲毁桥梁,冲得大桥只剩下几根木桩子,不过这些木桩子恰恰成为衡量水有多深的标志。普希金的纪念碑就是衡量一个人的充实的生活会达到什么高度的标志。

4月13日

诗是不能按计划写的(普希金在关于小金鱼的童话里已经说明这一点)。

* * *

在哲学中我们往往想寻找一个确定的东西,想发现一切本原的本原,来解释我们应该采取的行为。其实连康德所确定的东西,也不过是为了在行为中克服某种障碍,比如飞机起飞就克服了地球的吸引力而飞上高空。

哲学的全部意义、全部作用就在于促使每个人都能独立思考,用自己的语言表达自己的思想。

* * *

从某段时间开始,在我的文学创作中就有一种目标,要用人人都能懂,包括孩子都能懂的语言写作。借助于微笑可以无限地简化想要表达的思想。

而“平易”就是要使别人乐于接受你的思想而不必有理解过程,然后这种思想在每个人的心灵里扎根,如果条件良好还会长大。读者会说:原来如此! 原来普里希文写的是这个。

微笑是《圣经》里唯一缺少的东西……

古代的雕塑为什么没有笑容呢? 连维纳斯也为自己而生存,从来不肯向任何人笑一笑。

还有圣母呢?

* * *

我新写的小说,当然是老人的小说,倒不是说软弱无力,而是说并不能与世永存,流传千古。我理解这些小说是寻找朋友的途径。我觉得在过去的一生中,我一直朝这位朋友走去,而他却离我越来越远……

有一段时间我把这条途径想象成一条链子,途中有许多路标,在我看来就是链子中的每一个环节。我想写一部关于自己的真实的小说,名字叫《恶老头的锁链》,其中的每一章就是一个环节。这部小说对我来说,只能是唯一的、不可再得的,并且像人生一样不可逆转。当我写过去经历过的事时,每个环节都很成功,然而我刚刚接触现在,想根据过去来理解现在,并加以解释,便做不到了,我不知所措,只好用无穷的议论来结尾。

从我发表这部没有结尾的自传性小说起,已经过去 30 年了,盲目的无穷好像是我走向朋友的途径,现在看来,我的所谓的全部创作,都是走向朋友的途径。

如今这条途径也许会跟《恶老头的锁链》一样,也像链子,一碰到不可理解的现实,就会行不通,我的小说就像走到遍地草莓的沼泽而迷失方向:一条小路会分出无数的岔,有多少人就有多少岔。很可能这样,不过我倒清楚,我在走向朋友的路上,在什么地方又怎么样迷失方向的。

4 月 24 日

名声是有诱惑力的,就像热烈的爱情一样吸引人。不过要随时记住,有了名声和爱情,就要对家庭、对社会承担义务。

卢梭的《忏悔录》,写的就是伴随名声而来的苦恼。

结婚是从热恋中挽救自己的方法,但是有什么方式能使自己不去贪权(贪名声)呢?

4 月 30 日

莎士比亚死后,为什么能在我们中间活得这么长久?许多人说,是他预见到了我们这个时代。我倒觉得,并不是他有预见,而是他在自己身边看到许多现象,他是当时的心灵流的见证人,就像我们是胜利的社会主义思想的见证人一样。所有战胜自己时代的艺术家的成功的秘密,是不是就在于他们能看见身边的现象,这些现象足够他们长期写作,而不在于什么预见。

我甚至觉得,现在的任何一位天才,都有一种独特的时代感。也许在他们的天才中就有一种独特的器官,艺术家们用它来辨别时间的方向,就像大雁飞越广大的空间能辨别方向一样。

现在乍看起来,似乎整个地球都是人与人为战。作家好像应该写一下这个题目。不过我们感到恰恰相反,在现代社会,在整个地球上,人都与人接近,而且是从来没有的接近。

我们一天天看得更清楚,应该帮助穷人。尽管在另一半地球上有人甚至想发动战争,这一切在我们看来并不符合时代精神。即使现在占上风的不是和平,而是战争。符合时代精神的仍然是和平之路,也只有指出和平之路的莎士比亚坚持他的创作……

也许问题不在于莎士比亚,我们每个人在自己走向朋友的小路上时就是人们所希望成为的莎士比亚。也许我这个不起眼的作家也会迈过伟大的路程,身后有许多人从远处望着我,并且跟着我走,而他们身后又跟着许多人。

据我理解,时代感在现实生活中会指出梦魂萦绕的最主要的东西。有了时代感,便可以找到最需要的词汇,既有音乐感,又有意义。比方说,心灵好比一朵开放的花,而最需要的词汇好比小苍蝇落在花瓣上,花一下子把这个小苍蝇(词汇)包起来,于是词汇就跟花的整个机体融合起来。

我就是这样想象能决定作家与时代的关系的器官的。

这个器官什么时候张开,需不需要张开?时代感必须经过长时间的锻炼才能在艺术家的心里感觉出来,就像滑雪的人能感受到空气,划船的人能感受到水,猎人能感受到森林一样。

离开时代还能写出什么永久的东西吗?

5月4日

对于工程师,比如桥梁专家,最重要的是把桥造得坚固。对我们来说也是这样,让读者用我们的作品铺出可以长期行走的意识道路。

一百年又一百年过去了,我们仍然向莎士比亚学习,似乎莎士比亚永远是当代人,作家的时代感,就像机械师说的那样,要牢固。

大概这是由于文学上的幼稚(其实我不是文学家),我把主要精力都花在写日记上了。

6月5日

今天是我的命名日。

*　*　*

今天按旧历是5月23日,新历是6月5日,是切尔尼戈夫大公米哈伊尔节日,是我的命名日,在我们的大自然里没有比这一天更好的了。

在这一天前后,景天①不再开令人心烦的小碎花了,当你第一次看到它安静下来,内心里也会感到春天的繁花已过,夏天的安静开始了。

这种春天的扰扰攘攘是从二月里光的春天照射出第一条光线开始的,这种春光在雪地上留下天蓝色的影子。然后有多少多少花匆匆开过,发出喧响,直到草场上的黄花把金黄的花瓣变成蒲公英的带翅膀的种子之后,才算了事。

从这一天开始,景天不再开花,蒲公英长出翅膀,从我的命名日这一天开始了夏日的平静,一直延续到秋天,成为普希金最喜欢写诗的时光。

*　*　*

某诗人从伏尔加河—顿河运河工地上来,讲述种种“奇迹”,诸如会走路的挖土机等等。遗憾的是,这些奇迹并未能打动我的心。我们换个话题,谈他写的诗。

“我喜欢您的诗,”我说,“不过我希望您不要被外部材料束缚住,

① 景天是多年生草本植物,叶对生,椭圆形至倒卵形,花白色至浅红色,全草或叶入药,功能清热解毒、活血止血。——译者注

您应该做一个自由的诗人。”

他问我：

“您认为一个自由的诗人应该是什么样子……”

关于诗人的自由我是这样回答的：

“是这样，”我说，“比方说我们面前是一片处女地。不自由的诗人首先根据自己的任务来观察和分析这片处女地：哪块开垦了，哪块没开垦。而自由的诗人会注意到处女地上飞来飞去的大鸨，根据大鸨可以猜到它们去年做窝的处女地被开垦了，它们不得不寻找新的地方做窝。自由的诗人写这些大鸨，读者就会领悟到被开垦的处女地。”

“于是自由的诗人写的是草原里广阔的空间，鸟儿在这里寻找做窝的地方，而人类在进行改造大自然的伟大事业。不自由的诗人只能看到在处女地上行走的挖土机，他笔下的草原没有空间。”

“写作时只用眼光盯住所描写的对象当然容易，甚至不需要什么天才，当然也没有驾驭自己的天才的困难，而且还把这种没有天才的写作叫作技巧。其实，诗人的自由恰恰在于这种驾驭天才的能力。”

“我是这样理解诗人的自由的：手艺匠的东西是制造出来的，而诗人的作品是油然而生的，手艺匠只懂得技巧，而诗人不但要有天才，有技巧，还要有行为，这才是最主要的。对待才能如果没有独特的行为，是不可能成为自由的诗人的。”

“我也是这样理解诗人的自由的。”这位诗人回答说。

6 月 6 日

写作中最大的秘密，便是使已定型的形式得到更新……这种更新要在地上到天上的各种层次里进行：最低层在地上是鲜花，在天上是云彩，从地上到天上有个梯子，是从物质上升到精神……我说的不对，不是那么回事……

更新就是创造新的形式，然而形式只不过是幻影，不是本质。我们在形式里寻找本质，并把它叫作内容。

艺术家的行为属于内容，或者说属于物质或本质。技巧属于形式。技巧是艺术家实现内容或本质的行为过程中的一种更新。

6 月 15 日

我的第一个读者，是我自己，过了一段时间我便成为我自己作品的评判员。常常有这样的事：第一个“我”在“忘我状态”中写下什么东西，颇为沾沾自喜，直到“我本人”出现，把手稿撕成碎片，扔进纸篓。

同一个人在创作过程中一分为二，既是作者，又是读者。第一个“我”是富于幻想的作家，第二个“我”就是“我本人”，是读者兼主人。

在社会中也发生这种分化：我仍然是作家，而社会里形成了“你”，“你”是我的读者，或者按我的习惯叫法，“你”是“我的朋友”，“你”好像是另一个“我”，虽然跟“我”是分开的，却有权利评论“我”的事。

这两个人物：作家和读者，“我”和“我的朋友”，就构成了创作中的主要方面。

第三个要素是作品本身，是双方经过斗争与和解而得到的产物，对待它，我们双方——我是作家，而你是我的朋友，读者——都含笑看着它，就像看待自己的过去一样，就像父亲看待自己的子女，尤其像祖辈看待自己的孙子。

在整个创作过程中，最奇怪而且最复杂的就是这种一分为二：既是作家，又是读者；既是作者，又是评判员。

6 月 19 日

托尔斯泰之所以能把人物写活，是因为他像母亲一样哺养他们，而不是在有订货的条件下进行高速度竞赛，一下子就抛出来。

6 月 21 日

我在从从容容地写一本关于创作的书，很有自制力。我相信为了写这本书，我一生都在收集材料。今天写到托尔斯泰的“不抵抗主义”，这是他对艺术家伟大的母爱的一种“超越”。

6 月 27 日

当代主人公被关在小孩子开的汽车里。被关进汽车的人非常复杂，而开车的小孩非常单纯。当代主人公一方面应该复杂，另一方面也应该单纯。

这样的主人公还没有人写，不过我准备写他的单纯（如大自然的单纯),正为此准备材料。

7 月 8 日

我提出“行为”,反对技巧,并借助托尔斯泰和高尔基证实我的想法。其实我这种“行为”说法,并不是来自托尔斯泰和高尔基。

我的“行为”用于创作,用于影响艺术家对待创作的美学观,与我们从前所没有的现象形成对立面。

7 月 9 日

我有一个秘密的题目,很适合我自己,就是《人活着不只是为了面包》。

7 月 10 日

当时我为什么没有投向颓废派?因为我在某些方面接近高尔基。为什么我又没跟高尔基走?因为我在某些方面又接近颓废派,倾向于他们为艺术而艺术的主张。

为艺术而艺术本身是荒唐的,就像为利益而艺术一样荒唐。

艺术是与人生同时进行的一种运动,它的方向盘摇摆不定,有时往右,为了维护人的利益,有时往左,为了保护自己。艺术本身想不到任何直接的利益。

7 月 13 日

和谐,宁静,是准备斗争的一种习惯。不能把生活理解成只有白昼或只有黑夜,只有光或只有阴影:哪里有生活,哪里就有光,哪里有光,哪里就有阴影,从光明到黑暗,从黑夜到黎明,这种斗争永远不会停止。

7 月 17 日

某作家犯了跟列夫·托尔斯泰同样的错误,想用逻辑推理缩短自己的才华的道路。果戈理也是这样。

请问有谁能把自己、自己的一生、自己的种种想法都写进也是那么单纯而伟大的形象中去,正如当我们像孩子一样单纯的时候所亲身体验的那样……

这正是我的创作行为思想的宗旨,而技巧是为创作服务的。

* * *

艺术家想要创造出活人来代替自己,然后自己在活人中死去,这正是在有生之年追求不朽的目的。

艺术家这种追求不朽的心理,正像父亲对待儿子的感情一样。

如果我能如愿以偿,我就是希望能从我的作品中产生出像我一样的活人,而且永生不朽。

现在到了我这种年纪,在攫取材料上不能浪费精力。任何新的事实本身并没有用,但它必须能阐明旧的事实的意义。旧事实取得新意义,就是当代的明灯。

* * *

也许往往有这种情形:新的事实阐明旧事实的意义,而在这种阐明中出现新的理解,并把这种意义纳入自己的内涵。

于是便会产生隔代人的争论:孩子们把新的理解当作自己的东西加以接受,用以反对旧事物,并以此而高傲得不得了,而父辈则从孩子手中辨认出自己的东西。

7月20日

正在读《浮士德》,发现书中有许多提法,如果像我说的,只要按照自己的想法改一下,就会变成新东西。当然,光靠这种办法是生活不下去的。

7月30日

当你聆听贝多芬的奏鸣曲时,你仿佛在看着你自己,而当你聆听李斯特的音乐时,你仿佛在东张西望,并根据别人的神情了解你自己,原来他们心里发生跟你同样的变化。

诗人的民族性,在我看来就是他诗歌创作的源泉,而诗歌本身就像江河一样流入海洋。我可以用对大自然的描写来证实这一点:经过我的观察,我可以把完全陌生的大自然,如北方或远东,写得跟我土生土长的地方毫无二致。这还不够吗?

然而,在这条正确的途径上,我依然保持自己的面貌,我行我素,我只写我能写和爱写的东西。

德国人不管什么事都做得来,在这一点上超过世界上的一切民族。俄罗斯人在他能做的事情上总是成就不大,然而别人做不到的,他偏偏能做(“奇迹”)。

8 月 13 日

我对崇拜马雅可夫斯基的青年说:

“只是你们应该明白,马雅可夫斯基所以能成为我们的诗人,靠的不是在写诗上装腔作势,玩弄花样,他靠的是对人民未来生活的关切和对人民的恭顺。我是根据勃洛克和我自己的经验领悟到这一点的。”

8 月 25 日

我的全部特点,我的性格和行为的根源在于情欲上的浪漫主义,在于男人共同的弱点。这一点我在《人参》一书中已经说清楚了。

* * *

量和繁殖是性问题的一个共同方面。然而性作为一种创造力,也可以成为质的因素,从而取代量的因素。列夫 · 托尔斯泰在《克莱采奏鸣曲》里想说的就是这个意思。

8 月 31 日

俄罗斯人好就好在什么样的人都有,所以你一直盼望好人出现。

好人偶尔露露面……

9 月 2 日

对自己来说,人可以得到永生,然而在别人眼里一定要死亡(人人都得死)。所以不朽是主观的,而死亡是客观的。

9 月 20 日

大家在谈托尔斯泰的日记,发现其中有跟我的相同的地方,即写这种日记的目的在于认识自己,写这种日记好像在跟自己交谈。

这种日记的价值在于,随着思想的成长而不能不写,此外再没有别的目的。而我之所以不烧掉这些日记,因为除开认识自己之外,还可以练习如何写得自然,而日记的内容到后来往往有用。

* * *

我写日记,有一种神圣的责任,就是一定要写得好。在这种把内容变成形式的要求中,包含着艺术家的美学观:我并不想把日记留作身后的东西,而是想现在就拿给大家看(身后的事与我能有什么关系?现在就来安排身后的事有多么无聊)。

10月5日

我们之所以常常觉得动物可笑,还常常故意拿它们取乐,是因为我们本身就是动物,我们跟动物比跟植物更接近,我们可以根据自身的情况了解动物。

而植物,我们只有在极特殊的场合才能根据自己去了解它,比如托尔斯泰笔下的安德烈爱上娜塔莎,才对常青的柞树有所了解,再如普希金在新生的松树上看到新的一代,并用诗句向它们“问好”。

11月7日

词汇里包含着隐秘的力量,就像水里含着热,树木的睡眠的花苞里含着在适宜的条件下变成大树的可能……

12月5日

今天我又考虑了常常想到的改造大自然的问题,在这个事业中我们一定要留有余地,只能取自然界能给的那些东西,这是出于活物和死物的必不可少的合作原则的要求。

12月12日

读关于列宾的著作。其中说到列宾对物质有独特的感觉,他自己解释说是平民出身的缘故。我把这种说法用到自己身上,因为我出身于叶列茨城的商人家庭。从我写的儿童故事和猎人故事可以看出来,我对物质也有独特的感觉。

我想起有一位船长说的话,他曾在船上向船员们读我写的儿童故事和猎人故事。船员们领悟到我对物质的感觉,都说:

“这才是真正的马克思主义者!”

12 月 13 日

当作者把他的内心感受用语言形式固定在纸上的时候,他自己也感到自己很普通的想法或感觉一下子定了型,简直是奇迹,是超乎自己能力的前所未有的现象。

创作的魅力就在这里:似乎不是你一个人在写作,而是有人暗中相助。

12 月 24 日

开始写自传。我在日记中写自传,首先写上日期,作为时间标志,其次是天气、景物和事件的叙述,仿佛我要向时间夺取属于我自己的东西,以便交给我的朋友,好在我死之后,把自传作为经历过长途跋涉的手杖交给他们使用。

12 月 30 日

是这样,不过我活过这 80 岁是明摆着的,任何血沉相形之下都不足道。如今对我来说,最主要的就是不声不响、悄悄地得到完全的理智的平静,做好准备——对我来说现在这是最主要的,就是悄悄地做好准备。千万不能对任何人说(至于莉丽娅,我们之间无话不谈)。但是表面上要装作准备生存下去,而不是准备死,尤其要学会装相。其实也应该是这样:我准备生存下去,当然换一种方式,我并不准备死,而像我一生向往的那样,真正地生存下去,我现在并且永远等待这一天。上帝呀,但愿你能给我健康,让我精力充沛,像一个青年人一样踏入新生活,而不是像一个老头子一样,在新生活中我的一切优点都有用武之地,并且会开花结果。我在为此做准备,可是对别人要说,这里和那里的生活都是一样,要让大家相信这一点,不要被偶然事件吓昏了头脑。

是的,就是这样,我的死不过是偶然事件……有个树木葱茏的小山丘,这是能看到的最后一个地方,过了山丘,人生的旅人就什么也看不见了。

可以理解,我们大家都在往那里走,奔向松树葱茏的山丘,如果我们现在没在那里,仍然在这里,只不过是我们还没走到地方。

说实在的，我们大家的生活都一样，人生就是在走路，每个热爱生活的人都要走到那个有高大的松树、郁郁苍苍的山丘跟前，并按他自己的方式证明这一点。

1952 年

1 月 4 日

田园诗是没有的,有的是理解,有了理解就不会有敌人和战争,能够理解而没有敌意的生活,不亚于田园诗,无论如何要比田园诗更可靠。

* * *

如果说堂吉诃德作为独一无二的人物的性格是作者塑造的,这里说的是塞万提斯,那么堂吉诃德的典型则是读者形成的:由于有了这么独特的性格,才有了堂吉诃德式人物,他们是作者和读者共同创造的。

* * *

读者对作者的理解要通过自身的体验:读者了解到作者不是开玩笑,作者真的受到触动,感觉到旁人投来的目光。一旦有了这种认识,跟其他人的感受融合起来,大家有了共同的认识,就成为这个时代的典型……

不知为什么,批评家们分析作家的创作,大多数情况下都不着眼于性格,而着眼于某个时代的典型。

如果作家追求的是塑造时代的典型,便会出现博博雷金①式的作家,也使屠格涅夫有失光彩,因为他缺乏独立见解。

1 月 5 日

作家写出的字眼,会使自己感到惊奇,仿佛这个字眼是构思中所

① 博博雷金(1836—1921),俄国作家,代表作有《生意人》《中国城》。——译者注

没有的。得到权力的人也是这样：原来是乞丐，现在变成王子。人一到猎场会起什么变化？他们又是跑又是跳，或悄悄靠近，简直是神仙！

我们每个人在创作上越是提高，在生活中越会显得渺小猥琐，因为我们会像单身汉或老处女一样，连一个朋友也没有。

1月19日

给托尔斯泰抄稿的谢尔戈因科，把我1941年的日记抄完了。我想如果校正一遍，那么十年之内便可以把全部日记抄写并校对完毕，编成一部书，这就实现了米哈伊尔·普里希文的毕生愿望。同样，十二年前出现一个女人，于是过去的一段时间都用在求爱上了。我刚写到这里，打上句号，桌上莉丽娅的照片突然倒了。“没什么！”我扶起照片，对自己说，“我会驱散心中的迷信想法，这当然不愉快。不过要真的发生这种事（她先我而去），那么在承受这种痛苦遭遇之后，我会比现在站得更高。”

1月29日

写日记必须把个人的东西放在伟大历史事件的背景下，写回忆录的人的兴趣就在于此。

历史事件总是有的……如果明显的暂时没有，那么可以找一般人看不到的。

2月3日

写故事不要拘泥于构思，而要尽量使儿童能够理解。开头可以随便一些，越写会越顺利。我就这样写出一篇老园艺师的故事，情节是早就记下来的。这个故事是我系统地加工日记的第一个成果。

2月9日

我们一边读，一边整理日记。我把1941年、1942年和1943年（后两年都是战争年代）编成一集，叫作《我们跟你在一起》，想要全面阐释“你”的含意，其中当然包括读者。

2月20日

刚刚读完勃洛克写给母亲的信，心中充满对这位年轻的堂吉诃德的怜悯之情，他是一位伟大的（大概是伟大的）诗人，却成为特别侦查委员会的成员。

这里有个问题：

“该不该想法儿让这个堂吉诃德清醒一下，让他有头脑，以便……”

在勃洛克的著作中所反映出的他的心灵图像，是一个伟大的语言大师个性堕落的图像。我们时代的社会要求是，以同样的技巧勾勒出新生的图像。好呀！可谁能做到呢？但要记住，在伟大语言大师的技巧背后，是他在社会堕落时期的行为。这就是说，您的任务不在于技巧，而在于决定技巧的艺术家的行为。

作家和批评家之间常有这种情形：作家写得很独特，写的是一般人没有的事，可批评家偏从一般人常有的角度加以评论，如果他喜欢，便说“这是常有的事！”，如果不喜欢，就说“没有这样的事！”。而作家应该从没有发生过的事的角度来表现常有和可以理解的事。这两种情况应该融合到一起，成为艺术作品。于是创作中出现了奇迹：没有的事被表现为常有的事，才能变得亲切而熟悉。《泛喜草》的根就扎在这里——跟任何人一样，追求爱。

3 月 20 日

莫泊桑的短篇小说是合理的，是写成的，带有人工痕迹。比如说《项链》：一个女人借了别人的钻石项链去参加舞会，把项链弄丢了。她便借债买了项链还人家，为此她和丈夫像服苦役一般劳作。直到她老了，变丑了，才知道借的项链是假的。用这个情节写小说，可以像为歌词谱曲一样。小说的结论是：世上常有这种事。

可我要写的话，我要给读者一个相反的结论：世上还没有这种事。

* * *

我理解的时代感并不等于对时间的感觉。一个固执而精打细算的办报人对时间很敏感，但是他这种感觉不等于时代感。相反另一个人可能并不大注意时间，或者根本不过问时间，但是他可能比拿眼睛注视着时针转动的人更有时代感。

这是因为所谓的“当代”产生于我们生活中从来没有发生过的事的地方。这就是说，每个人都是绝无仅有的，不可重复的，因而是从来没有发生的，但是他要遇到早已有的、早已形成法律的东西。

“当代”是从来没有发生的，也是法律上所没有的事物（个性），然而它恰恰要变成法律。

没有发生的事物被人理解，写进法律，只要注意一下艺术的现象，这是每天都可以看到的。

年轻时我长时期不能理解，像普希金和莱蒙托夫这样从来没有过的卓越的人物，这样无视法律的反叛者，怎么会奴隶式地遵守上层贵族社会的规矩，并为此而落个悲惨的结局。

现在我理解这是从来没有发生的事物自然而然地要表现自己，要得到承认和理解。在最初阶段似乎只有在他们出身的阶层中容易得到承认。就普希金和莱蒙托夫而言，这种对已有的事物的依归，结果很惨。

在种子身上可以看到从来没有发生的事物如何和谐地进入生活，种子得到春水的滋润，便长入从来没有的世界，然后生根长大，并且能生存好多年。

也许在人的新生中有同样现象，不过这只有在幸运的条件下。

3 月 22 日

傍晚，我从日记中选出一些故事来读。卡维林听了说，他觉得我写的东西很像安徒生童话。

“再加那么一点点，就成童话了，我们正需要童话的影响。”我回答说，“我写的东西高于童话：它在读者的眼前就把现实变成了童话。”

不过，他的意见很中肯，在我的小说中在可能的地方应该加强童话成分。

3 月 24 日

有人说我这种外形短小而内容深刻的作品来源于东方，还谈论我的独创性，不过我倒想到了罗扎诺夫①、叔本华和托尔斯泰，想到了民间的格言和《圣经》。我认为这种形式更接近真理，应该叫作格言。不

---

① 当指瓦·瓦·罗扎诺夫（1856—1919），俄国作家、政论家兼哲学家。他喜欢用日记的形式表达对人生的议论。——译者注

过它跟寓言和童话究竟有什么区别，要好好想一想。

3 月 25 日

爱情是人生的一种事业，它不是一首歌，而是一种事业。

我现在在玛列耶夫卡跟莉丽娅一起的共同生活，给我留下最美好的印象，因此在 20 世纪 40 年代的日记里关于我们产生爱情的记叙，流露出一种沉重枯燥的情调，我们当时既不是在翱翔，也不是在游水，而是在建设自己的新生活，当时的日记就最清楚地说明，我们的爱情是人生的事业，无论如何不是一首歌。当时我们的歌早已各自唱完，我们走到一起是为了爱情的事业，以便帮助我们为生活而斗争，因为生活是最大的幸福，可以使人不朽。我们也不乏性欲，只是我们在性欲中并不像小狗一样盲目，而是聪明的人，长着明亮的眼睛。在我们的爱情中她走在前面，我小心翼翼地跟着她，设法保护她，以免受到各种攻击。我想做她的一名最纯朴的骑士，不是堂吉诃德，而要清楚看到她带领我走的这条路的前程。

3 月 27 日

读完莫泊桑的短篇小说《无益的姿色》。小说中把造物主描绘成一个巨大的生殖器，向世界上洒精子，还写出了女人对此事的愤慨。在这种意义上表现出姿色的无益，因为女人的姿色并不愿意屈从传种的规律。这个短篇小说代表了整个莫泊桑，说明他是一位诗人，一位真正的诗人，也表现了争取美好前途的全部诗意，作为人生的神圣事业的全部诗意。我准备编一部现代《圣经》（包括大卫王和所罗门在内的伟大的同路人）。这部《圣经》也会把莫泊桑写进去。

3 月 28 日

我现在在想什么？我在想莫泊桑的短篇小说和《克莱采奏鸣曲》，还有月球人①等等。不看这些论述也明白，人类的繁殖在各方面，无论是物质还是精神方面，没有任何好处，可是人类不顾这一切，仍然在繁殖。我想莫泊桑、托尔斯泰以及其他艺术家，还有艺术本身，之所以反

① 月球人的提法来自瓦·瓦·罗扎诺夫，他写有一本书叫《月球人》，反驳月球人对性和生育的指责，为家庭和婚姻辩护。——译者注

对繁殖,是出于他们个人的不幸,是他们没能繁殖成功,没能如愿以偿。如果家庭和睦,四代人都能彼此理解,世上还有什么比这更好的事呢?……

我们理想中的家庭幸福(难道《战争与和平》不正是描绘这一理想吗?而《安娜·卡列尼娜》的题词"我必报应",不正是对于破坏家庭的神圣法律的报应吗?),难道可以用社会、国家、工作单位或创作集体来代替吗?

* * *

普希金专家费恩别尔格在普希金的《彼得传》里发现了诗人的散文写得才华横溢,然而令我苦恼的是,他根本不知道维戈列齐亚确实存在这一事实,彼得大帝正是在这里跟旧教徒见面的……

* * *

苏联有些作家并不愚蠢,可我不止一次听他们说,象征主义时代的作家只剩下两个人:勃洛克和布宁,其他的诗人,如索洛古勃、勃留索夫、维·伊万诺夫,再也不存在了。

这些作家我都见过,他们的权威令我慑服,所以对上述说法还半信半疑,不过我又觉得这话像真的,因为这些有头脑的人被剥光了衣服,就像在澡堂子里一样,再也没有人给他们穿上衣服。是革命给他们洗的澡,可是还有活着的,如叶赛宁、克留耶夫……仔细想想还真不少呢,如高尔基、布宁和我本人,还有我的朋友列米佐夫呢,他好像不算数,他也属于有头脑的人。

5 月 7 日

干燥的春天没有变化。夜半偶然醒来,回想自己的一生,我不顾一切,凭着生活经验,缓慢地达到现在的我,这中间有欢乐(我的乐观精神),也有惊喜(我的创作)。

从此而领悟到,为什么像罗扎诺夫和阿·托尔斯泰这样的人会回避我,因为他们明白,我这个人很独特,他们不想跟我打交道,正是因为我不是一般地活着,而是有所追求。他们智力不同,各方面都不同,但是他们找到了什么,他们有了立足点,而我还在追求中。

6月1日

如果我再把句子锤炼一下，人们会说："还从来没有人这样写过！"这当然是写得好的句子。

不过我要是有意追求这一点，想让人这样说我，并且集中全部智慧和才华，有意要写得比一切人都好，那么这就是奢求了，就像一勺臭油，把我优美的句子中的蜜都搞坏了。

当年颓废派就是这么写作的，有一段时间我也模仿他们，有所奢求。我之所以能摆脱他们，得力于我的行为，而不是艺术：我非常强烈地希望和大家一样，写作也要像大家讲话一样平易。如果说我还有一点点成就的话，那么这成就就在这里：我的读者读了我的句子，会从中辨认出他有时跟朋友说的知心话。

6月2日

如果世界上没有真理的话，那么我们怎么能理解俄罗斯人的生活；我们从前仿佛什么都没有，突然间从一无所有中出现这么多财富。当然，一无所有不会出现什么。于是我们猜想，我们有真理，只是我们还不知道它。我们像盲人一样，赤身裸体地从一场战争进入另一场战争，从一场大火进入另一场大火，而且不知道我们一向是最富有的，我们一向为真理而战，并达到自己的目的：如今全世界都看得到，我们是拥护真理的。

6月9日

不，朋友，我无论如何不同意说天堂里的第一个人是亚当。天堂里的第一个人是女的，是她种的树，开辟的果园。后来亚当才带着他的幻想来到这已经修好的果园里。

6月11日

父亲养育了我，可是我能有今天，要感谢很多父亲，其中就有普希金。每当我写出自己喜欢的作品时，就在想象中把它拿给普希金看，有时在幻想之中，普希金还会拥抱我。

6月20日

在列夫·托尔斯泰笔下，娜塔莎·罗斯托娃是赤裸裸的，没有任何遮盖——这写得多么好！

正在读詹姆斯·奥尔德里奇①的长篇小说，发现他把战争和现代的人也写得赤裸裸，真是入木三分。当代艺术的任务也越来越明确了，就是写赤裸裸的人，剥去一切宗教伦理的和浪漫的外衣。要记住，莎士比亚的成功，就靠的是真实。（就靠它！）

7月2日

爱情作为个人的事，是从双方的理解和馈赠开始的。然而这种个人的事一经过女人就变成共同的事：婴儿就是共同生活的因素。

书也是这样产生的：从个人到共同，而且诗的产生也有女人参加，就像生儿育女不能离开女人一样。美丽的女郎也好，老巫婆也好，正面的也好，反面的也好，反正精神世界的产物也不能没有女人参加。

7月7日

如果《人参》的主人公作为禁欲主义者，没能让这一瞬间停下，那么是否可以赞美那个把这一瞬间拿走的人（当然不像浮士德置自己于死地），而是用这一瞬间建设自己的生活（这样的话便会生儿育女，而不仅仅是说空话），人和世界便会在和平的思想中融为一体。

7月12日

昨天观看了（莱蒙托夫的）《假面舞会》，这是赤裸裸的拜伦风格，不知为什么搞到苏维埃的俄罗斯来了。不过我也产生了一种想法，就是关于死亡。当然经过深思熟虑而充满灵感的创作，就是跟死亡、跟时间做斗争的手段。连“恶魔精神”也产生于战胜死亡的心理。不过这种恶魔式的挑战——“我和世界”，现在看来有些可笑，透过激情可以看出来一种苦闷的绅士派头。

* * *

现在我经常想到列宁的平易近人，没有任何的搔首弄姿和虚张声势。

---

① 奥尔德里奇（1918年生），英国作家。代表作有《外交家》等。这里当指《光荣的战斗》。——译者注

7 月 17 日

昨天有个年轻人提着水桶走上山来，看到我，便把水桶放在地上，走上前来。

“您好，米哈伊尔·米哈伊洛维奇，我读过您的书《我们的国家》。”

“那又怎么样？”

“原来您到过西伯利亚。”

在这之后出现了冷场。

“您是做什么的？”我问这位读者。

“我是‘莫卧戴’的检查长。”

“‘莫卧戴’，”我说，“这大概是莫斯科的……往下怎么说？”

“您扯哪里去了？”他回答说，“这不是莫斯科的，是全国的，是内政部的缩写。”

我跟我的读者就这样见了面又分手了，现在你可以高兴了，每个村子都有认识你的人。这种情况我很懂得，比谁都懂得，但不知为什么，我还是高兴。毫无疑问，全国这么多的读者，总会有人能真正评价我的作品。莉丽娅就是从这些读者中走到我身边的一个。所以我想，这个数量值得高兴，哲学家说数量可以变成质量，大概指的就是这个。

从另一方面看，也未必如此：我们有不少备受赞扬的奖金获得者，数量很大，质量却没有。

看来可以这样说：如果有质量，数量可以说明质量，质量好比还睡着的芽，藏在数量里，到时候就会从里面长出来，就像树上长出幼芽一样。

7 月 25 日

在我说来，《林中水滴》是一次说真话的尝试，而且我记得很清楚，我要说的真话就是告诉弄笔的人：写作不把自己摆进去，是没有生命的，也没有人需要。

不知这个真理触怒了什么人，《林中水滴》一开始就受到批评。这就是说，这次说真话的小小尝试落个悲惨的结果：我作为作家成了牺牲品。

现在我已经不是傻瓜了:《林中水滴》包含着说真话的悲剧,并会在地理上表现出来。难道我们的大自然不是这样的吗?你到大自然里找找人的真话试试。《林中水滴》包罗万象,有地理、江河、森林、儿童,其中还藏着人。

生活中常常是这样:人只有在内心里达到真实境界,陌生的地理才能变活,才能理解。我要做的就是:用真实的眼光来表现整个地理。

* * *

别林斯基曾预言:"俄罗斯注定要表示新的见解。"(巴乌斯托夫斯基)曾想在他的中篇小说①里把这一预言写成真理的途径。

7 月 31 日

人人都知道写诗常有这种情形:你冥思苦想,可写出来的并不是你思索的东西——诗自然而然就写出来了。

诗的形象并不产生于思索,可是你不思索又找不出诗的形象。

8 月 2 日

正在读巴乌斯托夫斯基的《梅晓拉地方》,这是对土地和土地上的人的真正艺术的描写,写得好极了。这会永远保存下去。好像照镜子似的看到自己:我写得也不错,也会保存下去。

8 月 4 日

俄国作家(指经典作家)都是有行为的作家,甚至"行为"有时迫使他们(果戈理、格列布·乌斯宾斯基)搁笔。阿·尼·托尔斯泰是个幸运的没有"行为"的作家。他所仅有的东西,是一种莫斯科派头的乐观的爱国主义,他就靠这种爱国主义而发展起来。

8 月 15 日

情节应该随着写作过程而逐渐发展,不可能事先就规定。现在快接近尾声的时候,突然想起别林斯基关于俄罗斯要向世界表示新的见解的预言,这个见解就是世界和平。

---

① 指《梅晓拉地方》。——译者注

8月16日

《林中水滴》接近尾声，但是这个尾声变得尖锐起来，不知是由于俄罗斯人的真实感，还是由于和平。现在一切正常，结果如何——不得而知。

8月23日

在老百姓的嘴里，说一个人很平易，就是赞扬，说一个人很高傲，就是批评。(《聪明误》中)恰茨基是高傲的，而法穆索夫很平易。对"平易的人"的美化，在莱蒙托夫笔下是马克西姆·马克西梅奇，在托尔斯泰笔下是图申。

8月25日

我的任务是在整个苏维埃时期一方面要适应新环境，另一方面要保持自己的本色。这个任务要求建树功勋，功勋建立了，做的事似乎很少：我要花许多精力来接受新事物。

9月25日

还有这样的读者，他们欢迎我的作品，并且认为我有写作技巧，从而给天真的人造成一种印象：如果你善于运用词汇，你就可以成为一个好作家。如果在别的艺术里，如绘画和音乐，这种见解在某种程度上例也不无道理。然而语言的艺术则不然，这种艺术我从打离开娘胎就开始学，刚上学就开始学。这一点正是语言艺术的优越的地方，所以它在所有的艺术中占首要地位，所有的人都要学，而且是在不知不觉中学习的。

把写作技巧看作语言艺术中最主要的因素，这种想法很可能来源于妒忌和模仿。

9月29日

作家一心要弄懂他不明白的东西，向往隐藏着生命之秘密的地方，想揭开这一秘密，以便造福于人类。

10月6日

早晨雾气潮湿，一片平静，突然想起季纳伊妲·吉皮乌斯①。之所

① 季纳伊妲·吉皮乌斯(1869—1945)，俄国女诗人，颓废派思想家。——译者注

以想起她来，因为在我跟她结识之后，也是在这样一个秋天，我写道："黄叶在雾中坠落，就像被击中的鸟儿。"我想到吉皮乌斯，便也想用那种雕琢的句子写作，反复推敲，并把它记住。连我自己也不知道上帝怎么救了我，使我免受这种折磨。

10 月 10 日

为什么当你端详自己、掂量自己的时候，总觉得自己什么也不是?! 可是当你写作和反复读你自己写的东西时，会觉得不次于伟大的作家。如果你其貌不扬，这种伟大是从哪里来的呢？我想是来源于生活：生活本身是伟大的，只是我们的认识还很浅。生活就像空气一样，一钱不值，可是如果你能引起人们对生活的注意，那么人们会忘记生活的幸福去赞美它，反而感谢你打开了他们的眼界。大概就是这种情况令你奇怪：你瞧不起自己，可是你一旦把握住生活，赞美生活，人们就会赞美你。

10 月 19 日

我能够在青年人面前因自己的写作技巧而自豪，并要求他们也有同样的技巧吗？我不能，因为我知道要想拥有这种技巧，需要豁上性命。我一个上了年纪的人，怎么能要求青年人为了像杂技演员耍球一样玩弄辞藻而减少他们本来就有限的生命呢？

如果我不知道青年人要这种技巧有什么用处，我怎么能教给他们这种技巧并且缩短他们的寿命呢？

因此我要告诉所有刚刚开始研究语言艺术的人，他们必须弄明白，为什么要把自己的生命变成语言。

我在这里把技巧问题换成行为问题，并且问每一个刚开始写作的人，他究竟为什么愿意豁出自己的性命。如果他反过来问我：

"那么您为什么做出牺牲呢？"

我会回答说：

"在我们那个时候，自我牺牲是我们所受的教育和我们行为的基本准则。"

10 月 22 日

看了《假面舞会》，想到恶魔精神来源于这样一种见解：世上没有恶,也就无所谓善,既然肯定善在大地上的胜利,也要在创作中给恶留有一席之地。难道我们不知道,只赞美光明,没有阴影,那么我们本身也就不存在了吗?正是为了替阴影辩护,也产生出恶魔精神。但是如今我们明白了,从前拜伦这种辩护是站不住脚的,因为恶的辩护律师并没有尝尽苦头。

11 月 20 日

现实主义就意味着真实性,如果谈到语言,那就是说,现实主义作家不能说空话,要有真实的东西。现实主义作家意味着诚实的作家。

真实是要真实,然而写童话也离不开虚构,因为虽说词汇有真实的东西,然而它作为一种容器,作为容纳真实的形式,毕竟是人类智慧的结晶,或是说就是一种虚构。

但是为什么虚构就不能真实了呢?所以说我们认为,语言艺术中的现实主义,要真实与虚构相结合:真实指人与人的关系的一般原则,虚构指语言大师个人对人生的理解。

11 月 21 日

真实和虚构:真理不是一下子就形成的,而是从人类在地球上开始生存的时候起逐渐形成的。而虚构并不违反真实(真理),不过它仅仅属于我个人,只有我在思考它。真理适用于一切人,而虚构是我为新事物而进行的斗争,一旦我能赢得胜利,那么我的虚构总有一天会变成人人都能接受的真理。

11 月 22 日

真理是人们共同的良心,而虚构是我要实现的,是新事物,是从来没有的事物。

11 月 23 日

现在终于明白,当时在巴黎我为什么没能把未婚妻当成恋人(《人参》的主题):我追求的不是这个。终于明白为什么不愿意娶她为妻,因为我还远远没有做好准备。终于明白,为什么那场恋爱变成我的心病,一直无法摆脱。这的确是我的病(是精神上的?),我只好用童年时代那种朴素的生活来医治它。

勃洛克读过我的《小圆面包》之后，问我："您在旅行过程中跟大自然融为一体，请您告诉我，人怎么能跟大自然融为一体呢？这是办不到的。"如果我把自己的生活打上大括号，把它称为"隐逸"，也许是一种神圣的隐逸，那么我的回答就接近于真实了。把自己变成儿童，这最简单，也最难。说它简单，因为你不再为任何事争论，不再向任何人索取什么东西，也不会给任何人带来危害（托尔斯泰也将这种回到童年的方法当作道德行为的准则，而且不止他一个人）。

困难在于要长期满足于这一点。

12 月 3 日

应当记住，一个词，当我们在日常谈话时使用或把它印成铅字给众人看时，应该只有一个含义。

作家可以想方设法让这个词印出来之后仍然像日常使用那样，不过这只是一种手法，一种欺骗或诱惑。实质上印出来的词跟平时说的并不一样。连作者本人也往往受骗，以为他并没有说出任何新东西，可是一旦印出来之后，他会发现他说出了新东西，具有前所未有的含义。

你不禁要想："原来我把大家骗了！"

后来才弄明白，我运用的词之所以出现新含义，而且用得恰到好处，是因为我在口头常用的旧词印出之后赋予其新的东西（把只有我们知道的内容变成众人皆知的了）。

这里并没有欺骗，能把口头词汇用于写作，并且使它像在亲密交谈时一样亲切，使个人的东西变成公共财产，并在社会中唤起沉睡的个人力量，这需要有伟大的艺术！

这是多么伟大的事业！自己觉得并没有做什么，说的也都是大家知道的东西，只不过是印成了铅字而已。

12 月 13 日

我之所以不算小说家，是因为我不写长篇小说。我倒能写，但是我即使写了长篇小说，也不算小说家，因为我不能长时间地脱离实际，悬在半空中，感觉不到真实情况，好用这段时间来写长篇小说。

人就像江河一样流动。要想写好这一点,既要找个僻静地方埋头写作,又要感觉到这流动的江河。

闭门谢客可以,好躲避吵闹和打扰,但是脱离生活不行,必须经常听到江河流动的声音。

12 月 28 日

从前(颓废派时期)的作家发现一个写作的秘密,就是写自己。现在相反,人们不再写自己。这两种方法都不对:光写自己会出毛病,光写别人会变成艺术之外的美德,变成宣传。在语言艺术里,必须先认识自己,然后把这种认识表现为从他人身上观察到的。

我们现在光写别人,不了解自己;从前光写自己,不了解别人。我之所以能摆脱颓废派,是因为幸亏我写的是大自然。

12 月 31 日

任何伟大的艺术作品,除开一切优点之外,必然包括作者的自白,即他在达到画面真实的过程中如何在内心里战胜生活中的虚伪的压力。

1953 年

1 月 2 日

人活八十，只有一次机会。既然如此，似乎可以为自己提点儿要求。什么要求呢？我什么都有，只能提出两点希望。我有两点夙愿：第一是但愿我身边的一切都彼此和谐，从而使我产生写作或唱歌的愿望。

第二是让我自己动手把身边的一切都安排妥当，让它们都唱起歌来，我只做做记录或者伴唱。

1 月 10 日

要做一个有智慧的人，首先必须注意观察你最亲近的人的心灵。有人要问：谁是最亲近的人？可以这样回答：要用亲人的目光在每一个人身上发现你最近的人，发现谁是谁就是。

1 月 11 日

有意的罪过我没有，无意的罪过有很多，再加上还有些罪过我并不认为是罪过，它们根本也不是罪过。

每当我写出好作品时，就觉得好像有人摇动我的树干，从前所有的罪过就像秋天的叶子一样纷纷坠落。

1 月 14 日

我之所以写作，是因为浩渺的生活有许多闪光一掠而过，我把它们连缀起来，整理好，在脑子里存不住。手中有了笔就好像有了拐杖……

* * *

牺牲品是为他人担罪名，因此生活中别犯错误。不犯错误倒不是因为自己要为此而难过，而是因为别人——无辜的人——要为你担罪名。

1 月 16 日

今天是我跟莉丽娅第一次见面的日子……我们共同幸福地度过了 13 年。现在我的散漫的生活都归结到这 13 年里。所有的往事，所有的强烈印象，现在都好像河水一样向这里奔流而来，得到确认。

2 月 4 日

她发生了巨大变化……以前我的看法很简单：我死了，让人埋掉就完了。现在提出一个可怕的问题：如果我得埋葬她，该怎么办？这还不算，还有更大的难题：我得希望她先死，免得我死后，她孤孤单单一个人，没人管她。我必须做好这个准备，而不是忙着自己先走。这就出现一个与死有关的最大的困难：一个人留下来比死还难。

我不知不觉活到了 80 岁（明天要"庆祝"），直到现在才认真考虑老伴的问题。

2 月 5 日

今天我满 80 周岁，晚上作协庆祝我的生日。

可以说参加（生日）会的人（表现得）就像一个人一样。我坚持坐了 3 个小时，丝毫不激动，镇静地对着扩音器讲话。我觉得我早已不再出现这类的激动，但是旁观者说，我的神态表明我很会维持自己的尊严。

早晨起来还有点儿凄凉，因为不可能指望别人能给什么帮助，莉丽娅有病，我既然爱她，就应该准备将来为她料理后事（时间久了又不可能！）。我还从来没埋过自己的亲人，难道我注定要喝这杯苦酒?!我在生日里醒来是这样，可是后来忙于摆花，看贺信、贺片和贺电，把坏事全忘了。

2 月 17 日

在电台做对外广播。

记者问："您现在正在写什么？"

我现在写的题材，是从我以前所有的作品里产生出来的。这就是我们俄罗斯关于真实的题目，我这本书的名字就叫《真实的话》。您不要以为我会从自己的口中说出它来：我是作家，我要用文笔写出我国人民是如何追求真实的。

我希望尽快写完这本书，然后再继续写大自然。

从前我坐车到处走，现在用不着我走了。大自然自己来找我。我住在莫斯科它也找到了我。光的春天开始了，一到中午，铁皮房顶上就会往下滴答水，结出二月的冰溜。每年的春天都不一样，我已开始为每年的春天做笔记。每年春天都有新东西，笔记也就不一样。我写的故事、中短篇小说，都是从这些笔记里产生出来的。

2 月 23 日

又是严寒，零下十七八摄氏度。每天都有阳光，但也有风。所有的莫斯科人都向我祝贺光的春天。

我的声誉可以败坏，但也可以培养。我开始说“光的春天”时，只有一个人，几十年过去了，如今所有的人一见到我，就要重复这句话：“光的春天！”现在我很珍视这个声誉，因为我的一切苦恼和我的“敌人”都被它淹没了。

2 月 24 日

阿列克谢·彼得罗维奇·谢尔格因科对莉丽娅说，是我把她理想化了。在旁人看来，这也许有一部分道理，因为莉丽娅在所有的人的眼中跟在我眼中不一样……莉丽娅把我的一生变成一首长诗，我又怎么能不美化她！

我常听到一个普普通通的人谈到自己的时候说：“要把我这一生写下来，会写出一部长篇小说！”

从前我嘲笑这种说法，现在我自己也这样说：“如果我这一生得到理解，把它写下来，会成为一首长诗！”现在我看得很清楚，我以前所写的并得到承认的东西，只不过是我的经历中的一点点火花，而我的一生是一首长诗。既然这些火花他们能承认，能理解，那么这首长诗也会得到共鸣。

我过生日时，有一组炮兵发来贺电说：“我们全组炮兵为《人参》

而感谢您!”这件事很令我奇怪。当然我不止一次听到有教养的人对《人参》的评价,说它是一部“艰深的哲理之物”。如果炮兵能懂,那就是说这首长诗能得到普遍的共鸣。

3 月 16 日

特殊的人物对人生的设想可以不同于普通人的经验,那么诚实的普通人到了晚年,根据他个人的经验,会产生什么想法呢?他会从儿童的不死观念转而认为,我们每个人都是要死的。他会看到人生的新的景象:几乎所有的人都死了,后出生的人早晚也得死。

* * *

我开始理解自己作为最普通的俄罗斯人勇于告诉人们:我们能够在世上活这么一段时间,是最美好不过的了。其实我们很多人都有这种想法。有了这种想法,一切懒惰、沮丧、贪权、空谈的坏毛病都会克服,渐渐达到纯洁、谦虚、有耐心和爱心。

这就是普里希文在他的“大自然”中走过的最平凡的路。

将来走到这条路上的人会越来越多,就是现在也不少,只是不是人人都看得到。

4 月 13 日

收音机里播放着夏里亚宾的歌,只是唱片太次,不过我对他的印象一如既往。对我来说他是奇迹,因为他坚定了我对祖国的爱和对自己的信心。

5 月 5 日

每个人都必然过着双重生活:一种是在大家都看得见的公共事业中,一种是别人看不见的私生活。不过每个人都应该从别人看不见的状态转变成看得见的,因为没有任何秘密不会不公开出来。

所以说,别人看不见的状态,也就是“个性”,必然变成看得见的,变成公共的。对作家来说,作家本人是个性,而他的读者就是社会。创作过程就是个性的实现……

个人的生活不会消失,也可以说是不朽的,但要有个条件,就是这种生活不是为了自己,而是来自整体并且还原于整体,在整体中得到实现。

5月30日

昨天傍晚坐在安乐椅上，面对着晚霞，聆听斯克里亚宾的第一交响乐，这令我永生难忘。这不是夜莺在歌唱晚霞，而是有着复杂心理的人，这个人又没有人的性质，而成为夜莺，融化在大自然里。

6月6日

常常说作家是按照人类来描写大自然，按照自己来描写树木、草地里的狗和天上的云，并以此来批评作家。我们可以同意这一点，即不能把大自然和人混为一谈。如果仔细分析一下，不把两者混淆起来，而是根据自身来了解大自然，寻找人的起点和大自然的起点相汇合的情况，并把他们（比如说人和狗）的共同点看作事实，不可以吗？

比方说，人趴在桌子上写东西，写腻了，打个哈欠，而猎狗躺在安乐椅上也躺够了，看人打哈欠，它也打个哈欠。人看到狗也打哈欠，便从墙上取下猎枪，挎在肩上，猎狗一到外面，高兴得跳起来，人看到狗跳，他那颗猎人的心也跳了起来。这种情形继续下去：狗的行动主要靠爪子和嗅觉，而人主要靠思维。一个是嗅觉，一个是思维，而他们的起点是共同的，就是打哈欠。

这样分析起来，人和大自然有分有合，讲到人的时候，尽量不要漏掉大自然，讲到大自然的时候，尽量不要放过共同的起点，比如打哈欠。

我还想起来，有些很大的鸟，比如松鸡，在树林里睡觉的时候，也打鼾，那鼾声跟人一样。

人跟大自然有很多共同点，多到你用一生的时间加以观察也观察不完。

6月7日

我又想起来一点：思考可以包罗万象，而要想写得好，只能写最简单的东西，而生活中简单的东西到处都有，需要寻找，需要用思考所有的东西换取简单的东西。已有的想法用不着吝惜，因为这些想法以后还会出现，并且会变成形象，这不是任何人都能想得出来的。人的智慧有高有低，但是所有的人都可能得出这些形象，只不过由于智慧高低不同，形象也有差别。只要形象是真实的，就会得到人们的理解，只有得到人们的理解，它才是真实的。

6月9日

记得从前我读完屠格涅夫的《处女地》，听说书中那种社会主义者直到今天还有，我感到非常奇怪。因为按我的想法，凡是书上写的东西，早已成为过去，我们今天读起来，也当成往事。所以当我听说现在还有社会主义者的时候，便对自己说："即使他们还有，也是另一种人，跟书上写的毫无共同之处。"

后来到了高等学校，发现果然如此：民粹主义者已成为过去，他们是屠格涅夫笔下的人物，如今只在生活的贫民窟里消磨晚年。

这一点我一下子就理解了，于是我就开始观察马克思主义者，想跟他们较量一下，或者把他们打倒，让他们跟屠格涅夫的人物去共命运，或者参加他们那一方。

这场较量没用多久，我现在还清楚记得，是哪一点把我打败了。

把我打败的是马克思主义宣称，罪恶的时代一定会过去，我们将用自己的双手为所有的人创造幸福的生活。

我当时还不十分清楚，只是内心深处觉得，从前生活中最大的不平就是一个正直的人跟资产阶级的爱无缘。

倍倍尔关于从前、现在和将来的妇女的书，我就是这样理解的：从前是这样，现在还是这样，但是我们要创造妇女胜利的时代，以此作为爱的祭坛。

他写的《妇女和社会主义》一书，没有任何诗意，可是对我来说，这本书就像短笛一样歌唱妇女的未来。

我从来没敢想，我能够承认这一点，但是现在，当我听到我妻子——一个现代女性——在她房间里压低声音说话的时候，我明白了，坦白承认这一点并不可臊。

是的，就是这样：我在内心深处开始宣传马克思主义，具体指的是未来妇女的未来的王国。

需要写诗，需要吹笛，我需要诗，我严格按照马克思的教导，按照经济的必然规律大声疾呼，内心里隐藏着伟大的秘密：将来会有实现妇女胜利的世纪。

毫无疑问，根据现在来判断，我的确有一种真正的口才。

回想我当时的情景，总要想起我的讲演，真像一头用铁链子拴在草地上的牛犊子的叫声。它的声音似乎表明，它有说不出的痛苦，而它偏要倾吐出来，想要口吐人言。

不过我的讲演不知通过什么途径，还是得到普通老百姓的理解。大概我当时的伙伴们也是这样讲演的，正是由于这个，里加的工人开始行动，集合起来，砸了当地的妓院。

6 月 24 日

有目共睹，自由在死亡，产生一种新的理想，就是真理，这是人们经历的新形式，其中包含着生活中的一切创造和我们每个人身上的神的差别的统一。

真理在包罗一切的意义上排斥任何神话，然而这一真理又要求我们每个人有自己的神话。

关于创造神话，颓废派就是这么说的，根本不考虑真理和神话是不相容的。现在到了新的时代，为了真理，相似的规律本身就要求有差别的规律。这种规律的差别就在于：上帝爱所有的人，但对每个人爱得更深。

6 月 25 日

我有个新的想法，就是对历史进程的感觉：现在在美国，自由正在死亡，而在我国代替自由而产生的是真理。

6 月 29 日

我昨天给谁的信中提到，我现在很满足，但不是满足于已度过的岁月（算术），而是有生之年的质量：哪怕还能活一天，这一天就是我的，是从前没有过的。

这样也许可以说，人生的美好和长生不死，就在于质量战胜数量。

7 月 12 日

森林到处都有许多小道从四面八方通向一个立柱。站在这里，东西南北都能看得很远很宽很深。

在俄国真理史上,俄国社会的一切道德途径都通向列夫·托尔斯泰:又远又深又清楚。

当然,森林里不止一根交会四方通道的立柱,我们的社会里也不止列夫·托尔斯泰一个人。如果我们拿眼睛仔细看看列夫·托尔斯泰一生都在注视的目标,那么俄国社会的相当一大块地方都可以尽收眼底。

以托尔斯泰的立柱为起点,最干净的小道通向我的童年。记得当时有一个大官用工整的字体把《克莱采奏鸣曲》抄在天鹅绒皮的漂亮的本子里。还记得那些最早的托尔斯泰信徒曾想把自己的一生安排(原缺)。

如今这段托尔斯泰主义时代似乎完全结束了,回想起这件往事不禁露出微笑。这时还想起来,我之所以对莎士比亚有深入的探讨,也多亏托尔斯泰,是他强迫我对莎士比亚进行反叛,所以我直到如今这么爱他。托尔斯泰身上有一种东西,一种"最主要的东西",所以我的童年的小道就通向他。这种"东西"永远不会过时,后来会有很多人追求它。

这种"东西"在托尔斯泰所有的文学作品里都有,像光环一样环绕着他所有的人物形象。广大读者认为托尔斯泰的形象的真实魅力就来源于他的艺术才能。托尔斯泰故去多年之后,现在我们才明白:托尔斯泰有着"俄国的真实感",这倒与他的创作才能无关。

托尔斯泰的艺术仿佛隶属构成他的行为的真实性。他的艺术是把真实体现在艺术中的最好的典范。这座灯塔将长久地照耀我们前进的方向。

8 月 5 日

30 年前,革命刚开始,我觉得我有能力根据自己的经历写一部长篇小说(表现我的生活中的真实),把它当作通向未来的道路,并且动手写了。现在到了 30 年之后,我写完了自传体小说《恶老头的锁链》,未来已经叩打每家每户的门窗,当然也叩打我的门,并且提出我的一生和《恶老头的锁链》的问题。

这个问题就是:30 年前写的自传体小说还能不能经得住现在的考验?

这个问题会使很多人害怕,我却毫不犹豫和毫无恐惧地回答:

“我自己也奇怪,但是无疑经得住考验的尤其是我在小说里增加的新人物,这就是经过 30 年变化的我。”

史官记载过去的事,记载大地上曾经有过的事和从未有过的事,和天上的征兆。所有这些,地上的也好,天上的也好,都是发生过的事,然而他记载这一切的语言却是从未有过的。

我也是这样,我写下我一生中真实的事,也许很多人有过同样的经历,然而我的语言跟史官的一样,是唯一的,从未有过的。

8 月 11 日

思索。

恶意变成行动(我根据自己而言),就像蚂蚁拖着一块原木一样,它有意无意地拖着善良走。正是出于这个缘故,恶魔靡非斯特相信是他把浮士德拖往地狱——罪恶的王国,而浮士德则嘲笑恶魔的愚蠢,因为恶魔只能使罪恶变成善良的动力。

8 月 15 日

卡门的变心,在道德上是可以为之辩护的,因为她可以不再爱士兵,而爱上演员。但是士兵唐霍赛想得到永恒的爱情,并且想尽办法要保护他这种爱。

照我看,他应该改行当演员,并且使自己的艺术达到炉火纯青的地步,让卡门自己跟着他跑。艺术可以弥补他的损失,使他得到新生。从这可以得出结论:艺术是一种贮存自由的爱情的仓库。士兵没有别的办法,只会用鞭子打老婆。这就是为什么要用匕首解决问题,在这里匕首代替了皮鞭。他们是用皮鞭和匕首来制服反抗的女人,而我有艺术和语言,好比沟通心灵的被子,所以我不怕我的卡门变心,因为我把这床魔被蒙在身上,卡门就会抛弃她的斗牛士。于是跟斗牛士的一场刀战就会变成一首歌。我最好是唱一首歌来挽留卡门,不用动刀子。

8 月 19 日

在去莫斯科的路上，我思考了创作问题：任何创作都分两个部分，一是肯定自己的个性，二是塑造典型。人们对作家作为社会活动家的全部要求，就是塑造典型。还有，我们在革命时期塑造典型的尝试，都缺乏对个性的肯定。

典型好比是创作个性跟社会性相遇的桥梁。创作个性使生活多样化，而社会性要求每个性格都要为统一的存在服务。

不能分“正面典型或反面典型”，不过每个读者倒是可以说谁是正面人物，谁是反面人物。

有些人物形象中，性格占主要地位（堂吉诃德、哈姆雷特），有些则是典型占主要地位（奥勃洛摩夫）。

冈察洛夫的奥勃洛摩夫作为性格有民族特色，作为典型则是一种谴责。作为性格可以说是正面的，是人们喜闻乐见的俄罗斯性格，跟伊里亚·穆罗梅茨一脉相通，作为典型则是反面的。奥勃洛摩夫作为典型是没有性格的人物，而作为个性来说又是伟大的俄罗斯性格（他一旦睡醒，就会按自己的意志改变一切）。

10 月 6 日

《恶老头的锁链》。这是我的第一个自白，从它开始写我的自传，借以说明，就我本身而言，我不是作家，不是学者，也不是什么圣贤或超人，而是跟大家一样平凡的人。

关于平凡的人我考虑了很多，但是无论如何也不能同意一位著名外国人的论断，他认为平凡的人的生存方式要比他低级得多。比方说，彼得大帝是皇上，但是就他本人来说，又十分平凡。从这个意义上说，我并不否认我是作家，我作为一个作家，当然也是名人，为此我花费了毕生精力，取得了一点点成就，也算当之无愧。然而在我心目中，作家并不是偶像，而是我了解生活的一种手段。就我本身而言，我是一个最平凡的人，我在人生的旅途上渴望找到朋友，哪怕在路上萍水相逢，也愿意把压在心里的话倾吐出来。话一说出来，立刻会感到轻松了许多,仿佛这时才明白,我在这个世界上并不是废物,任何一个真正平凡的人都能理解我。

据我现在理解,正是由于这个我才当上作家的,就是为了不必见人就聊天,借以倾吐积愫,而是用正确语言写出来,给大家看,从而了解我的读者,不然的话,永远也达不到这种目的。

这种告白还有另一种效果:可以使我对平凡的人的理解更加广泛一些。

我现在就想,大概不论到了什么社会,我只要借助读过的书和作家的声誉就能够以一个有教养的人的身份出现。实际上这种"教育"不应是一种道路或途径,而只是越过旅途中的崎岖坎坷的方法,跟平凡的人的心灵没有任何关系。

我现在搞清楚了我从前和现在对有教养的人的理解有什么不同。我年轻时候以为,有教养的人就是不论研究什么科学,都可以成为教授的人,这就说明他有学问。而现在有教养的人,除教授的头衔之外,还应该什么都了解,而且要从本身开始。

世上的每一个人都可以沿着自己的途径达到平凡的人的境界,从而找到自己的位置。

10 月 10 日

万有引力的发现者,当然是由于无所事事才注意到苹果的坠落。如果他当时埋头工作,就不会注意这些琐事。每个艺术家的任何尝试大概也是这样,拉斐尔画《西斯廷圣母》的时候,大概也正是由于无所事事。我早在自己身上发现了这一点,凡是写得好的东西,都是因为无所事事才动笔的,而且每一位真正的艺术家都了解这一点,所以当他听到读者对他的"工作"表示感激的时候,不免心中有愧,因为他明白,这不是工作,而正是由于无所事事。

当我遇见夏里亚宾,并且跟他单独谈了几个小时以后,我对这一点了解得更清楚了。当时一个酒瓶是两个俄罗斯人谈话的唯一见证,现在已不知这个酒瓶是否还在。我们谈话的过程中,夏里亚宾被人叫走,高尔基走进来。

“怎么样?”高尔基问,“您第一次见他,印象怎么样?”

我不假思索地说:

“神啦!”

高尔基听了很高兴,快活地说:

“别着急,我们会让他变得更加了不起,什么人也没见到过。”

直到如今我才明白,我为什么会说他“神啦”。当时我感觉到这位天才的心灵,并且有所领悟:他的生存就是“无所事事”。

但我并不像萨利里妒忌莫扎特那样妒忌这位“神”。现在我遇见任何人都毫无妒忌之心,我见了这种人只替他高兴。我并不为妒忌而苦恼,我苦恼的是我用九牛二虎之力却做不出人家无所事事、轻而易举就能完成的事。

当千千万万的劳动者每天都在为造福后代而辛勤劳作的时候,像这种无所事事、没有自己的行为的人,有什么值得羡慕的呢?再比如莱蒙托夫,写下优美的诗歌,让全国的人为之倾倒,甚至打动几百个读者的心,情愿为之而死。莱蒙托夫值得羡慕吗?他在诗歌中走的是星星的路,而广大人民走的是为谋生而辛苦工作的路,他反而嘲笑这种人生,甚至当敌人把枪口平静地对准他的时候,他也不准备自卫。这有什么值得羡慕的?太阳自己就能发光,值得羡慕吗?如果天才真是天生的,也许就像石竹花开得好看一样简单,也不值得加以评说。不过人应该努力发掘自己的天才(找到石竹花),这才是任何创造最起码的因素。

发现自己的天才也可能出于偶然,仿佛不知是从哪里来的。然而还有另一种情况,而且更为常见,那就是一生中总在寻找自己的特长,一旦找到,便好像一生中都在寻找宝藏,今天终于找到了。每个人都有自己的宝藏,只要努力都可以找到而加以利用。所以我的经验就是珍视这种努力,特别是开始的努力,由此才能有所成就。艺术家的第一次努力,往往出于无所事事,仿佛因为别人说他有天才,便高雅起来似的。

10 月 11 日

《战争与和平》好在什么地方?好在托尔斯泰想起了那些经历过

战争的人，并且写出了他们的爱国精神。

10 月 17 日

苏尔科夫发来电报，让我参加 10 月 20 日的全体会议。正准备答复。

我从来没有这么强烈的愿望，很想参加作协工作，准备发言，讲讲我对现在集体农庄的观察。我作为老一代农艺师，跟全国人民一道，十分关心农业上的最新改革。我很想把这种共同的喜悦转移到我们的语言艺术领域里来。最新措施的实质在于把沉重的捐税加在土地上，从而解放在这块土地上劳动的人的创造性。

无论是农业，还是语言艺术，都有自己的一块土地，有“播种者”，有必不可少的负担和自由。

我希望在艺术土地上也跟在集体农庄土地上一样进行改革：都从土地上收取必要的捐税，从而尽可能解放人的创造性。

10 月 23 日

《光的春天》很令我高兴：50 张印刷页编成一集，所容纳的琐事多得不得了，所以说这不是一个集子，而是一个装满我一生所收集的金戈比的口袋。这本书会有很多人读，读得长久，而且从从容容。我想，如果所有的人都能留下这样的“口袋”，那么对大家都是好事。列夫·托尔斯泰死在阿斯塔波沃：“凡是能做的都做了。”

11 月 1 日

昨天读列夫·托尔斯泰临出走前的日记。想起站在托尔斯泰夫人一边的人一致为她辩护，说她几乎亲手把《战争与和平》抄了四遍。这就说明，人们是从有利没利的角度看待爱情的。其实早该抛开对待爱情和诗歌的功利观点，并且宣布：恋爱并不一定要生儿育女，诗意不一定在诗歌中，对一切人都是最理想的。

11 月 11 日

我真不理解，为什么这片土地赐给人的那么多，而它索取的那么少。我之所以幸福，因为我把该得的一份中的大部分拿到手了。首先是对莉丽娅的爱，这是非常实在的，其次是读者对我的爱。

12 月 7 日

帕斯捷尔纳克下楼来看我们,还朗诵了诗。他虽已 60 岁,但还非常年轻。我感到心情舒畅,倒不是因为他的诗,而是因为世上有这么一个人。

12 月 18 日

费定写过书评之后,连特瓦尔多夫斯基在介绍新年出版计划时,也写道:普里希文新写的中篇描绘出苏联人民的纯洁和道德力量。《船木林》这个书名现在到处传开了,我还蛮有希望这本书会得到公正的评价,并且长时间为我扬名。

12 月 30 日

人生中遇到的失意还少吗?可我挽救了《光的春天》,使它能和世人见面。

还是感到身上疼,不想起床,但是今天早晨我在刹那间觉得有个非常熟悉的好人在敲门,还唤我的名字。

1954 年

1 月 1 日和 2 日

我坐在床上接受祝贺。

1 月 3 日

新年到了,我把书和贺年片一起分别寄出去。好像我顺着幸福的楼梯走上第一个平台。楼梯上平台很多,我希望自己走,但愿不要像撵幸福的驴子一样用棍子撵我,然后再把我的光的春天的火花踩在脚下。也许一个火花会带来另一个火花,我还真的有希望找到出路?

1 月 4 日

就我来说,倒可以放弃生存的忧虑。(您知道关于生活费用的忧虑是什么意思吗?您当然知道,不过您可以想象一下,这对我来说已成为过去!)我只要拟个写作计划,喘口气,写下来再寄出去,那里就给我钱。

1 月 5 口

圣诞节应该是野兽一窝窝活动的时候,当然是在那里,在森林里,到处都是,而眼前只是一片片白色的屋顶。不过我并不为不能打猎而发愁。相反,我现在在莫斯科很顺心,如果我病了(软弱无力),我也不觉得痛苦:身体软弱,就要休息。顺便说一下,《光的春天》出版了,全集的头两卷也准备好了,新的中篇小说《新世界》已决定发表。还需要什么呢?躺在床上享清福好了。

1 月 6 日

古老的圣诞节到了,圣诞树会自己移动,点亮了灯,来了一些客人,不喝酒,只坐在那里看灯。

1 月 7 日

不是晴天，一片片白云。

为了庆祝《光的春天》出版，青年近卫军出版社的编辑们在我这里举行一次晚会，社长和美术编辑都来了。他们在我面前都是孩子，从前是少先队员，共青团员，现在已经成了党员。他们的态度很好，像青年人对待领袖一样。

他们已经把我这本书报请评奖了，还有点儿希望，可能得奖。不过这个奖现在对我来说已经没有多大用处，除非能给钱。

1 月 9 日

气温又回到零下 15 摄氏度。

我什么也不做，如果不算完成《船木林》之后要改弦更张的话，其实这也许不该算数。不然大家都说，到我这把年纪不会写出长篇诗作。

* * *

我不能为自己的成就而高兴得太早，要老老实实地蹲在鸡架里的杆子上。

“米哈伊尔，你老实了吗?”

“我尽量老实，等待公鸡报晓。”

“公鸡要是不叫呢?”

“那我也等着。”

1 月 10 日

气温下降到零下 20 摄氏度。医生检查出我有肺炎，让我卧床休息。

1 月 11 日

我只好躺着，什么也不反对。

1 月 12 日

整个健康情况恶化，让我卧床休息。

1 月 15 日

昨天和今天的天气都很好(有太阳，零下 15 摄氏度)。这样的好天，会让你突然清醒过来，觉得自己很健康。

* * *

日记本上最后的笔记，是普里希文夫人写的："1 月 16 日大约半夜两点，米哈伊尔·米哈伊洛维奇合上眼睛了。他死于胃癌和心脏供血不足。大约有两个小时他非常难受。白天就开始剧烈地疼痛。他不安地问我：'现在我们可怎么生活下去呢？'我尽量安慰他。傍晚疼痛过去了，他还在办公室坐在桌后接待客人，跟客人一起喝点儿淡酒，还说准备把没用的'胜利牌'轿车卖掉，换个越野汽车，不久就可以自己开车到尼科利纳亚山去作客。还听了最新录的他的讲话。送走客人，他说太疲倦了，便上床休息。他要我为他读诗。我读了一首我们最喜欢的费特的诗：《把我的心带到喧响的远方》。他又有了精神。在床上跟来看他的尼·谢·罗吉翁诺夫侃侃而谈。大约半夜 12 点，心绞痛发作。呼吸困难，一会儿坐起来，一会儿躺下。我用手扶着他说：'忍一忍吧！'他蛮有精神，甚至有些生气地说：'这是另一码事，这个我们应该自己挺住。'"

"服药之后，他安静下来，转过身脸朝墙躺着，把手垫在脸底下，想躺得舒服些好睡觉。医生说脉搏好像恢复正常了。大家都安下心来，默不作声地站在旁边。就在这工夫，米哈伊尔·米哈伊洛维奇平静地、令我们毫无觉察地故去了。"

图书在版编目（CIP）数据

王士燮译文集．第四卷／（苏）康斯坦丁·格奥尔吉耶维奇·巴乌斯托夫斯基，（苏）米哈伊尔·米哈伊洛维奇·普里希文著；王士燮译．-- 哈尔滨：黑龙江大学出版社，2023.4

ISBN 978-7-5686-0594-6

Ⅰ．①王… Ⅱ．①康… ②米… ③王… Ⅲ．①俄罗斯文学－作品综合集②散文－作品集－俄罗斯 Ⅳ．①I512.11

中国版本图书馆 CIP 数据核字（2021）第 006351 号

王士燮译文集·第四卷
WANGSHIXIE YIWENJI·DI-SI JUAN
散文的诗意——巴乌斯托夫斯基散文集 [苏]康斯坦丁·格奥尔吉耶维奇·巴乌斯托夫斯基 著
SANWEN DE SHIYI——BAWUSITUOFUSIJI SANWEN JI
梅花鹿——普里希文散文集 [苏]米哈伊尔·米哈伊洛维奇·普里希文 著
MEIHUALU——PULIXIWEN SANWEN JI
王士燮 译

责任编辑 杨琳琳 王瑞琦
出版发行 黑龙江大学出版社
地　　址 哈尔滨市南岗区学府三道街 36 号
印　　刷 三河市铭诚印务有限公司
开　　本 720 毫米 ×1000 毫米 1/16
印　　张 19.5
字　　数 262 千
版　　次 2023 年 4 月第 1 版
印　　次 2023 年 4 月第 1 次印刷
书　　号 ISBN 978-7-5686-0594-6
定　　价 68.00 元

本书如有印装错误请与本社联系更换。

王士燮译文集 第四卷

散文的诗意

——巴乌斯托夫斯基散文集

Поэзия прозы—сборник прозы рассказов Паустовского

[苏] 康斯坦丁·格奥尔吉耶维奇·巴乌斯托夫斯基 著

梅花鹿

——普里希文散文集

Олень-цветок—сборник рассказов Пришвина

[苏] 米哈伊尔·米哈伊洛维奇·普里希文 著

王士燮 译

『十四五』国家重点图书出版规划项目

黑龍江大學出版社
HEILONGJIANG UNIVERSITY PRESS
哈尔滨